GUANDA NOIR

In copertina: illustrazione di Giancarlo Caligaris
Grafica: *the*World*of*DOT

Per essere informato sulle novità
del Gruppo editoriale Mauri Spagnol visita:
www.illibraio.it

ISBN 978-88-235-3438-4

Gruppo editoriale Mauri Spagnol
www.guanda.it

FLUMERI & GIACOMETTI

NESSUN PERDONO

Crime Academy

UGO GUANDA EDITORE

Mi chiamo Maria Angela Abisso. Credo che mia madre volesse bilanciare il peso di un cognome simile con un nome la cui etimologia significa «messaggera d'amore».

Non è servito.

1

Freddo. Freddo. Freddo.

Una sensazione paralizzante gli intorpidisce non solo i muscoli, ma anche il cervello. Raggomitolato su se stesso cerca di non disperdere il calore. È nudo. Chiunque sia il bastardo che lo ha rinchiuso là dentro si è premurato di non lasciargli addosso niente.

Lo scorpione esce da una crepa nel muro. Apre e chiude le chele con cautela, come a sondare l'ambiente circostante, poi avanza verso il piede del ragazzo, che lo fissa ipnotizzato. Ricorda vagamente di aver letto che gli scorpioni hanno una vista molto debole e percepiscono i movimenti grazie alle vibrazioni del terreno o ai flussi d'aria. Rimane immobile, ma quando i pedipalpi dell'aracnide (si chiamano così, assurdo come gli venga in mente quel dettaglio proprio adesso) gli sfiorano la pelle sobbalza e si ritrae, scartando di lato con un moto di disgusto. È squassato da un conato di vomito, ma ormai nello stomaco gli restano soltanto i succhi gastrici. Non sa da quanto tempo non mangia. Né da quanto sia lì. Lì dove? L'unica finestra è stata inchiodata dall'esterno con delle assi e non lascia filtrare la luce. La sola fonte di illuminazione è una vecchia lampadina a incandescenza che pende dal soffitto scrostato dall'umidità. Non c'è nient'altro in quell'ambiente squallido che puzza di muffa e di chiuso, a parte un materasso sfondato che funge da giaciglio e un secchio arrugginito in un angolo che è stato costretto a usare.

Si concentra e, dopo essersi messo in posizione prona, comincia i piegamenti sulle braccia come faceva ogni giorno. Si è imposto di non smettere, per quanto possa sembrare surreale. Non è così che si fa in questi casi? Non può permettersi di perdere il tono muscolare, non sarebbe in forma per la prossima gara. Se ci sarà una prossima gara. Scaccia quel pensiero con la rabbia della disperazione. Ha assolutamente bisogno di credere che ci sarà un'altra gara, perché questo significa che uscirà da quel buco schifoso.

Una volta terminato l'allenamento si sforza di pensare a qualcosa di piacevole. Alla bocca di Claudia, al suo corpo, a tutto quello che gli faceva e si lasciava fare...

Un fischio lancinante gli perfora i timpani. Non capisce da dove proviene e non serve coprirsi le orecchie con le mani.

«Basta!» urla, sollevandosi di scatto. «Basta, figlio di puttana!»

Il fischio si intensifica.

Il ragazzo pensa di impazzire.

«Che cazzo vuoi da me?» grida, cercando di sovrastare quel suono lacerante e insopportabile. «Che ti ho fatto, bastardo?» Ma l'urlo gli si strozza in gola. Implacabile, il fischio continua a trapanargli il cervello.

Allora si mette a correre avanti e indietro nei pochi

metri che ha a disposizione, cercando di individuare la fonte del suono. Ma non serve a niente. Alla fine si lascia cadere di nuovo a terra.

«Basta» geme. «Smettila... fammi uscire...»

Si prende la testa tra le braccia, tentando inutilmente di proteggersi. Anche se cerca di non lasciarsi andare, si sente impotente, in balia di un nemico invisibile. Sa di aver perso il controllo della propria vita, ha smesso di appartenergli. Ed è questo non essere più padrone di nulla che lo terrorizza.

2

La pedalata potente, la spinta costante, il fisico allenato a sfruttare al massimo l'energia per garantire la migliore prestazione atletica, Angela sfrecciava concentrata sulla Atherton nera, evitando con perizia le insidie del traffico romano dell'ora di pranzo su un percorso che ormai conosceva a memoria. Dal ghetto a via dei Villini impiegava una media di dodici minuti, ma poteva ancora migliorare.

Le tornò in mente l'espressione sbalordita di Fulvio quando aveva scoperto che non usava praticamente mai la macchina e che il suo mezzo d'elezione per qualsiasi percorso era la bicicletta. In realtà la Atherton, la sua preziosa mountain bike, era molto di più, un mezzo dalla tecnologia rivoluzionaria assemblato dai tre fratelli campioni di downhill da cui prendeva il nome, con parti in fibra di carbonio ottenute da una stampante 3D. Angela aveva cercato di spiegarglielo ma non era servito a molto. «Per me resta sempre una bicicletta» aveva concluso Fulvio, dopo la sua appassionata dissertazione. Fulvio era uno studioso e un intellettuale brillante, ma senza dubbio non lo si poteva definire uno sportivo.

Mentre affrontava senza sforzo la salita di via Barberini puntando a largo di Santa Susanna e dribblando macchine in doppia e tripla fila, Angela ricordò quando le aveva detto che era difficile trovare qualcuno che, come lei, racchiudesse in sé una mente lucida e acuta, un intelletto logico-matematico e le capacità fisiche di un'atleta. Si era sentita orgogliosa per quell'apprezzamento da parte del suo mentore, anche perché Fulvio non aveva alcuna tendenza all'adulazione. Per un attimo il pensiero di lui e dell'improvviso ricovero in ospedale abbassò il suo livello di concentrazione e Angela fu costretta a scartare bruscamente per evitare l'ennesima buca che occhieggiava subdola dall'asfalto screpolato. Si sarebbe ripreso, si disse, rimettendosi in carreggiata. *Doveva* riprendersi. Anche se la moglie e i medici avevano mantenuto uno stretto riserbo sulla sua malattia e neppure Angela sapeva con esattezza quale fosse il motivo del ricovero. Anche se quella notte l'incubo era tornato, come se l'inconscio volesse lanciarle un avvertimento. Ma la sua razionalità rifiutava di credere ai presentimenti. Fulvio doveva guarire. Tutti loro avevano bisogno del suo carisma, del suo prestigio. Senza Fulvio Briganti l'Accademia non sarebbe esistita.

Davanti a lei si stagliavano ora le mura aureliane e Angela accelerò per imboccare Porta Pia e proseguire sulla Nomentana fino a svoltare in via dei Villini. Di colpo il traffico convulso di una delle arterie di scorrimento della città scomparve come per magia. Angela rallentò e si godette il passaggio repentino dalla frenesia rumorosa della fiumana di auto alla quiete improvvisa che regnava tra i villini liberty circondati da giardini curati e palme svettanti. Procedette a passo d'uomo, assaporando il piacere di quel ritmo più lento, dei suoni non più sovrastati dallo strombazzare dei clacson: il richiamo di un merlo, il miagolio di un gatto, le note di una filastrocca infantile che si diffondevano dalle finestre di un asilo. Il mondo come dovrebbe essere, pensò, mentre fermava la bicicletta davanti a un cancello verde, oltre il quale un giardino lussureggiante circondava una palazzina liberty dall'intonaco rosato e le modanature color panna. Una targa discreta a lato del cancello recitava «Crime Academy».

Angela aveva ironizzato con Fulvio sull'uso invasivo dell'inglese, ma lui aveva replicato che era la lingua ideale per il loro lavoro, essenziale e sintetica, e poi, aveva aggiunto divertito, «Accademia del crimine» non avrebbe fatto pensare a Hogwarts, la scuola di magia di Harry Potter? Angela sorrise al ricordo, entrò, legò la bicicletta, si tolse lo zainetto dalle spalle e raggiunse la scala di marmo peperino grigio che conduceva all'ingresso del villino, dove un gruppo di ragazzi stazionava in attesa dell'inizio delle lezioni. Alcuni le rivolsero un cenno di saluto che lei ricambiò senza fermarsi. Una volta all'interno percepì la consueta sensazione familiare legata all'atmosfera calda e accogliente delle stanze e dei corridoi dell'Accademia, dove la luce che si riversava dalle finestre si rifletteva sulle porte di legno scuro, sugli intarsi che decoravano le pareti e i soffitti affrescati, sui pavimenti di marmo lucido alternato al parquet dal colore ambrato.

«Buongiorno prof!» Nicola Ferri detto Nic, le frasi sempre piene di punti esclamativi che sottolineavano il suo carattere solare ed estroverso, le venne incontro sorridendo nel corridoio, seguito a qualche passo di distanza da Franco Silvestri. Ancora una volta Angela non poté fare a meno di notare il contrasto tra i suoi due tirocinanti (assistenti, preferivano definirsi loro): uno mingherlino, biondo con gli occhi chiari, la barbetta rada e incolta, Nic. L'altro alto e bruno, fisico atletico, occhi scuri, schivo e riservato (solo da poco avevano scoperto per caso che era figlio del famoso regista Cosimo Silvestri), Franco. Mia, la sua terza tirocinante, uscì dalla stanza che recava la targhetta «dott.ssa A. Di Cori» con in mano una cartellina. Minuta, con una gran massa di ricci castani, all'apparenza fragile ed eterea, in realtà era dotata di una volontà instancabile quando si trattava di spulciare documenti e dati. Unico punto debole: Franco. Angela a volte li osservava e si chiedeva se il fatto che Mia fosse attratta da Franco, e Nic da lei, non avrebbe dato vita a un triangolo che poteva interferire con il loro lavoro d'équipe. Finora non era successo. Ma non c'era bisogno di essere una psicologa investigativa per capire che si trattava di una situazione potenzialmente esplosiva.

«Notizie del grande capo?» chiese Nic.

Angela scosse la testa.

«No, nessuna novità.»

Mia si tormentò il lobo dell'orecchio tra il pollice e l'indice. Un gesto inconscio che, Angela lo sapeva, tradiva nervosismo e incertezza.

«Ma tornerà, vero?» chiese, esprimendo la preoccupazione di tutti.

Angela era consapevole che avrebbe dovuto rassicurarli, ma quel senso di negatività, l'ombra oscura che aveva percepito appena sveglia, tornò a gravarle addosso. Si sforzò di allontanarla mentre imponeva alla sua voce un'inflessione assertiva: «Tornerà. E adesso su, andiamo a lavorare» aggiunse per chiudere l'argomento.

Mia le lanciò un'occhiata in tralice e Angela fu certa che la sua ipersensibilità avesse captato la forzatura nel tono. Ma la ragazza non disse nulla e le passò la cartellina.

«Questi sono i dati aggiornati sulla violenza assistita in Italia. Specificano la quota di violenze domestiche a cui sono esposti i figli, le percentuali del coinvolgimento nelle violenze, le probabilità che in età adulta vengano riprodotti gli stessi comportamenti violenti appresi nell'infanzia e... – fece una pausa – il numero dei bambini e delle bambine che hanno assistito all'omicidio della propria madre secondo le stime della Baldry» concluse distogliendo lo sguardo.

Angela prese la cartellina senza commentare.

«Grazie Mia.» Si avviò verso quello che un tempo era il grande salone del villino e che era stato convertito da Fulvio nell'aula dove si tenevano i seminari. «Ci vediamo tutti insieme nel mio studio dopo la lezione per organizzarci.»

L'ampia sala di forma trapezoidale era gremita, gli studenti non occupavano solo le sedie con la ribaltina disposte in file ordinate, alcuni di loro erano seduti sulle soglie delle finestre che affacciavano sul giardino e altri anche sul pavimento di legno consumato dall'uso. Al suo ingresso il brusio delle chiacchiere cessò di colpo e tutti gli occhi furono su di lei. Angela li salutò e si diresse verso l'antico tavolo in ciliegio massello che fungeva da cattedra, a fianco del caminetto di marmo che Fulvio non aveva voluto toccare per non alterare l'equilibrio dell'insieme. Posò lo zainetto sul piano, tirò fuori il portatile e lo collegò allo schermo posizionato sulla parete alle sue spalle, infine aprì la cartellina che le aveva dato Mia. Si soffermò per alcuni istanti sulle valutazioni di Anna Baldry, la psicologa che si era impegnata fino all'ultimo nella lotta a favore degli orfani di femminicidio, quelli che considerava «creature speciali» perché, scriveva, avevano bisogni straordinari dopo essere stati derubati dell'amore, della fiducia e della forza. Era necessario che qualcuno offrisse loro un appiglio per un nuovo inizio e avevano il diritto di andare avanti, nonostante un padre che gli aveva ammazzato la madre. L'appiglio di Angela era stato Fulvio. Non l'aveva spinta a cercare di dimenticare o rimuovere l'orrore che aveva vissuto ma a ribaltarlo, combattendo per salvare altre vittime. Era stato il suo modo di curare la propria anima ferita. Per questo Fulvio l'aveva voluta con sé. E per questo lei gli sarebbe stata sempre grata. Fece un profondo respiro, poi sollevò lo sguardo sull'uditorio.

«Prima di entrare nel vivo, è indispensabile una premessa» cominciò. «La violenza assistita non solo è sottostimata e difficilmente rilevabile, ma molti non conoscono neppure il significato del termine. Concordate?» Cercò una risposta negli sguardi dei ragazzi e delle ragazze che la fissavano attenti. Alcuni annuirono. «Eppure» riprese Angela, «si tratta della seconda forma di maltrattamento infantile più diffusa nel nostro Paese.» Digitò sulla tastiera del computer e sullo schermo comparve una slide con un diagramma esplicativo. «Il 19,4 su centomila. Una proporzione di uno a cinque. Quello che ci chiediamo è: dipende dalla maggiore capacità di intercettarla o dall'aumento delle situazioni di violenza? Voi che ne pensate?» chiese cercando lo sguardo degli studenti per sollecitare il loro coinvolgimento.

Ma nessuno fece in tempo a rispondere perché si udì un bussare concitato e subito dopo la porta si spalancò e comparve Mia, pallida e tesa.

«Angela... professoressa Di Cori... c'è una chiamata dall'ospedale. È urgente.»

3

Il Policlinico Gemelli era una città nella città. Angela cercava di concentrarsi sulle strisce colorate a terra che indicavano i percorsi guidati per accedere ai vari reparti, ma aveva l'impressione di aggirarsi in un labirinto in cui era impossibile orientarsi. Le parole pronunciate a fatica al telefono dalla moglie di Fulvio le vorticavano nella testa in un loop: «Angela, vieni subito al Gemelli... lui ha chiesto di te... vieni, ti prego». Non c'era stato tempo per le spiegazioni. Aveva detto a Mia di sostituirla, si era catapultata a prendere la bicicletta e aveva corso come una forsennata, consapevole che si trattava di una gara che non poteva perdere. Ora però rischiava di smarrirsi in quei corridoi e di consumare il tempo che non aveva. Scese altre scale, attraversò nuove corsie e finalmente trovò il cartello che segnalava la UOC di Rianimazione e Terapia Intensiva. Suonò il campanello del reparto. Alla voce che rispose al citofono chiese se potevano avvisare la signora Briganti che Angela era arrivata. Pochi istanti dopo la porta si aprì e comparve la moglie di Fulvio. Indossava ancora il camice di carta, le sovrascarpe e i guanti e sopra la mascherina gli occhi apparivano rossi e segnati.

«Germana...» cominciò Angela, ma la donna le fece cenno di tacere.

«La situazione è precipitata. Ha avuto un'emorragia cerebrale. Leucemia promielocitica acuta, così si chiama. Lui ha sottovalutato i sintomi, la stanchezza, i lividi, diceva che era lo stress, che era sbadato, e anche il sangue dal naso, non è niente di importante diceva...» Le frasi le uscivano smozzicate, impastate di lacrime e sofferenza. «Vai da lui, Angela, vuole te.» Suonò il campanello e chiese di far entrare la signora Di Cori. Poi la spinse verso la porta.

Angela si ritrovò in un corridoio bianco e asettico, la mente confusa, schiacciata da un senso di angoscia e di ineluttabilità. Un'infermiera con la divisa azzurra e le dotazioni di sicurezza le venne incontro e la accompagnò nella «zona filtro», dove fu invitata a igienizzarsi le mani e a indossare le protezioni.

«È cosciente?» chiese Angela alla donna.

L'infermiera annuì.

«In questo momento sì.»

La precedette nel corridoio fino a un grande spazio aperto, dove lungo le pareti erano disposti letti da degenza circondati da apparecchiature ad alta tecnologia. Gli strumenti erano collegati ai monitor, che permettevano di somministrare le terapie ai pazienti e di rilevare continuamente i loro parametri vitali. I degenti erano attaccati a fili e tubi, e il silenzio era rotto solo dal ronzio dei macchinari e dall'attivarsi intermittente degli allarmi.

Quando l'infermiera si fermò accanto a uno dei letti, Angela stentò a riconoscere nella fragile figura con il camice, il volto dal colorito grigiastro simile a quello di un vecchio, i tratti dell'uomo vitale che lei conosceva. Un dolore acuto le strizzò lo stomaco e il cuore. Desiderò fuggire il più lontano possibile. Ma si vergognò subito di un impulso così codardo. Allungò una mano verso quella di lui, da cui spuntava l'ago della flebo e, dopo aver ricevuto un cenno di approvazione dall'infermiera, la strinse con dolcezza.

«Fulvio» disse piano, «sono Angela.»

Lui sulle prime non reagì, poi aprì lentamente gli occhi, come se anche quel minimo gesto gli costasse un'immane fatica.

«Angela...» sussurrò.

Lei avrebbe voluto dirgli tante cose, ma soprattutto grazie, perché se aveva trovato la forza di diventare la donna che era lo doveva soprattutto a lui. E che gli voleva bene, non se lo erano mai detti, perché erano tutti e due restii a manifestare i propri sentimenti, e adesso Angela provava un rimpianto lacerante per non averlo fatto. E che non lo avrebbe mai dimenticato. Ma negli occhi di Fulvio lesse un'altra urgenza.

«L'Accademia» mormorò, «promettimi...» Si interruppe, ansimante.

Angela gli strinse la mano.

«Non ti affaticare, sono qui.»

La sua voce sembrava provenire da molto lontano, come se appartenesse già a un'altra dimensione, ma non c'erano dubbi sul significato di quelle parole.

«Promettimi che te ne occuperai. La lascio a te. È il

nostro sogno che si è realizzato, non permettere che venga distrutto. Promettimelo, Angela.»

Lei promise.

Solo allora Fulvio si lasciò andare sul cuscino, stremato.

In quel momento l'allarme cominciò a suonare.

4

Aveva bisogno di mettere una distanza tra sé e quella camera d'ospedale.

Quando l'allarme aveva cominciato a suonare, aveva dovuto lasciare la terapia intensiva attendendo nel corridoio per un tempo che le era sembrato infinito, divorata dall'ansia e pienamente consapevole della propria impotenza. Non poteva far altro che aspettare. Alla fine Germana Briganti era emersa dalla porta antipanico. Sembrava che qualcosa avesse risucchiato dal suo corpo ogni energia residua. Angela le si era avvicinata ma non aveva chiesto nulla: la risposta era negli occhi spenti della donna, nella rassegnazione che traspariva da ogni suo gesto.

«Se n'è andato» le aveva detto con voce piatta. In quel momento erano arrivate correndo le figlie, in lacrime, e Angela si era fatta da parte, rispettando il dolore di quella famiglia. In fondo per loro restava sempre un'estranea. Aveva lasciato Fulvio ai suoi cari, portandosi dentro la difficile eredità che le aveva consegnato.

Il Gemelli adesso era alle sue spalle. Si era buttata giù con la bici per la Trionfale pedalando come una pazza, malgrado la strada ripida e i tornanti. Non riusciva a cancellare l'immagine di Fulvio in quel letto, la mano di lui che cercava di stringere la sua senza riuscirci, la richiesta accorata che le aveva sussurrato. Vederlo spegnersi davanti a lei, negli occhi la speranza che assolvesse alla promessa che le aveva strappato, le faceva male. Aveva bisogno di sentire i muscoli sotto sforzo per sciogliere il grumo che le gravava sul cuore.

All'inizio Fulvio era stato il suo professore di criminologia all'università. Poi era diventato il suo mentore. Ma per Angela era stato più di un padre. Aveva creduto in lei, le aveva dato un motivo per andare avanti, per lottare in difesa di quelli che avevano attraversato il suo stesso inferno. Non poteva deluderlo. Non ora.

Dopo aver superato piazzale Clodio e il viavai incessante del tribunale, imboccò via Leone IV e, prima dei Bastioni di Michelangelo dove una fila compatta di turisti attendeva di poter accedere ai Musei Vaticani, girò a sinistra su viale Giulio Cesare, zigzagando nel suk di bancarelle e furgoni affastellati sui due lati della strada. Mentre pedalava, i pensieri tornarono al momento in cui Fulvio l'aveva chiamata per offrirle il lavoro all'Accademia. Le aveva dato appuntamento a via dei Villini, davanti al cancello della palazzina.

«Benvenuta alla Crime Academy» le aveva detto aprendo il portone e precedendola all'interno. «Qui offriremo corsi di formazione specialistici, ci saranno master in psicologia investigativa, analisi comportamentale, psicopatologia, insomma tutto quello che già sai. Ti va di farne parte?» le aveva chiesto. «Potresti tenere un corso e dei seminari sulla violenza di genere. Mi fido di te e sei la persona più adatta.» Avevano parlato tante volte di quel progetto, ma Briganti non le aveva detto di essere andato oltre, di aver affittato il villino per farne la sede di quella che sarebbe diventata un faro nella formazione di personale altamente specializzato in criminologia.

Angela era rimasta senza parole, non se lo aspettava e non pensava di essere all'altezza. Ma Fulvio aveva insistito.

«Se ho creato la Crime Academy è per formare giovani e tu, proprio per la tua storia, per il tuo vissuto, sei quella che può riuscire meglio a comunicare ed empatizzare con loro. Ho bisogno di te, Angela, e di nessun'altra.»

Non se l'era sentita di tirarsi indietro e in quei sette anni al suo fianco aveva dato tutta se stessa per rendere unici quei corsi di specializzazione.

Era stata una scommessa vinta.

All'inizio non era stato facile. Per il suo carattere introverso, trovarsi davanti una platea di ascoltatori, anche se ristretta, le aveva richiesto uno sforzo notevole. Ma col passare del tempo, Angela aveva scoperto dentro di sé doti comunicative che ignorava ed era stata la prima a stupirsene. Si era chiesta se dipendesse dal fatto che l'argomento la coinvolgeva e quindi non si limitava a sciorinare dati o a impartire nozioni, nelle sue parole la violenza di genere e i femminicidi diventavano materia viva, carne e sangue. Lo vedeva dall'interesse che suscitava, dallo sguardo appassionato dei ragazzi, dalla loro voglia di partecipare e di approfondire. Anche se nessuno sapeva che gli scenari evocati facevano parte della sua storia personale, Angela si rendeva conto che l'averlo vissuto sulla propria pelle la rendeva diversa dagli altri insegnanti. «Speciale» aveva detto Fulvio, aggiungendo che non aveva mai avuto dubbi sulla sua scelta. Intanto l'Accademia aveva ingranato ed era stata accreditata fra i corsi di specializzazione più autorevoli del settore. Il master in criminologia era diventato il fiore all'occhiello facendo sì che, anno dopo anno, le iscrizioni si moltiplicassero. A Fulvio venivano richieste sempre più consulenze e lui aveva voluto anche Angela sul campo. Era diventata il suo braccio destro. Proprio per questo adesso si sentiva schiacciata dal peso della responsabilità che le gravava sulle spalle. Come avrebbe mantenuto la promessa fatta al suo mentore e amico?

I locali dell'Accademia erano in affitto, Fulvio aveva pensato in grande e quella palazzina anni Trenta gli era sembrata una perfetta fusione tra passato e presente, tradizione e tecnologia, intuizione e scienza.

Tutto questo era l'Accademia, e adesso Angela doveva combattere per tenerla in vita.

Prima di imboccare ponte Sant'Angelo, si arrestò di fronte alla Mole Adriana sulla quale si ammassavano cumuli scuri di nubi che promettevano tempesta, in perfetta sintonia con il suo umore. Abituata a contenere le emozioni, ricacciò indietro le lacrime. Ancora una volta doveva essere forte. Non poteva permettersi nessuna debolezza. Aveva davanti a sé mesi difficili, in cui avrebbe dovuto trovare le energie per andare avanti, per non far fallire il progetto di Fulvio. E ce l'avrebbe fatta. Non poteva e non voleva deluderlo. Anche se in quel momento non sapeva da dove iniziare.

Mentre attraversava il ponte, caddero le prime gocce di pioggia. Sollevò lo sguardo sugli angeli del Bernini e le parve che piangessero. Cercò di scrollarsi di dosso quella suggestione e poco dopo imboccò via Giulia con l'acqua che le frustava le guance accaldate. Si affrettò verso il portone di uno dei severi palazzi rinascimentali che si susseguivano sui due lati della strada voluta da Giulio II. Scese dalla Atherton, suonò il citofono e attese.

Rispose una voce maschile: «Sì?»

«Sono io, posso salire?»

Dopo qualche istante si udì lo scatto della serratura.

Con una mano Angela aprì il portone, con l'altra spinse la bicicletta nell'androne.

5

Deve essere entrato mentre lui dormiva. Se si poteva definire così quello stato di torpore popolato da incubi e interrotto a tratti da quel fischio assordante. La ciotola che prima non c'era adesso è lì, al centro del pavimento. Non riesce a capire cosa ci sia dentro, ma sa che sono giorni che non mangia. Lo stronzo gli ha lasciato solo da bere, vuole affamarlo. Sente i crampi stringergli lo stomaco.

Che cazzo vuoi da me?

Sembra divertirsi a tormentarlo e spiazzarlo. Lo ha privato dei vestiti e del cibo. Lo sottopone al supplizio del fischio. Ricorda vagamente di aver letto qualcosa di simile a proposito del trattamento riservato ai prigionieri di Guantanamo. Che cosa si sarebbe inventato ancora?

Con uno sforzo, Massimo si solleva dal vecchio materasso sfondato su cui è sdraiato e, appoggiandosi con una mano al muro, si tira su. Fa sempre più fatica a cercare di mantenere la routine degli allenamenti.

Con cosa mi hai drogato, bastardo?

Guarda la ciotola in mezzo alla stanza e pensa che deve nutrirsi per recuperare le forze. Lo stronzo vuole umiliarlo facendolo mangiare in una ciotola per cani, ma non lo conosce. Ingurgiterà il cibo per reagire. Per combattere. Stringe i pugni fin quasi a ferirsi con le unghie.

Non cederò, pezzo di merda, non farò il tuo gioco.

Nonostante l'odore nauseante, si avvicina alla ciotola e si china per prenderla. Non solo la ciotola, anche il cibo è per cani. Un nuovo conato di vomito lo assale, sente i succhi gastrici bruciargli la gola e l'esofago. Comincia a tossire avvertendo l'amaro in bocca. Si butta sulla bottiglia d'acqua e ne beve un lungo sorso, poi un altro e un altro ancora.

Col dorso della mano si pulisce e torna ad avvicinarsi alla ciotola. Se vuole resistere, deve mangiare. Anche quella roba schifosa. Con le dita prende la poltiglia e se la porta alla bocca cercando di reprimere i conati. Un boccone dopo l'altro. I corsi di sopravvivenza glielo hanno insegnato: l'istinto di conservazione è più forte di ogni altra cosa. Ci si adatta a tutto pur di non soccombere.

In quel momento la porta della stanza si apre.

Massimo fa solo in tempo a scorgere, nella penombra, una figura vestita di nero con il volto coperto. Prima che possa tentare una qualsiasi reazione, il suo rapitore solleva il braccio e gli punta contro quella che sembra una pistola giocattolo. Un attimo dopo viene colpito da una scarica elettrica che gli toglie il fiato, paralizzandogli i muscoli. Allora capisce: non è un giocattolo, ma un taser. Cade a terra come un peso morto, stringendo gli occhi e trattenendo il fiato per dominare il dolore insopportabile che sente irradiarsi in ogni parte del corpo.

«Che vuoi da me? Che ti ho fatto? Lasciami andare,

mio padre è il senatore Moretti, può darti tutti i soldi che vuoi! »

Vorrebbe gridare, ma mentre muove le labbra non sa nemmeno se davvero abbia articolato quelle parole o se gli siano rimaste incastrate in gola e siano solo i suoi pensieri quelli che percepisce, carichi di rabbia e di frustrazione. Tutti i suoi piani di battaglia, di rivincita, sembrano essersi dissolti. Sente solo la paura crescere a dismisura. Paura di quello che lui potrà fargli. Paura di quello che ha perso e non sa se riavrà mai indietro. Tutte le sue certezze sono svanite nel nulla.

Lo vede avvicinarsi, minaccioso. Istintivamente si ritrae, portando avanti il braccio per ripararsi da eventuali colpi.

« Basta! Non ce la faccio più! Lasciami stare... »

L'ultima cosa che sente è un odore dolciastro, nauseante.

Poi più nulla.

6

Era lo sguardo di Angela bambina quello che adesso si posava sul «sofà» di pietra che correva tutto intorno al perimetro della corte dell'antico palazzo nobiliare. Di volta in volta per lei, Paolo e Vittorio era stato galeone di pirati, astronave o macchina del tempo su cui vivere mirabolanti avventure. E ancora indugiava sulle cycas e i ficus benjamin dalle foglie lucide di pioggia e sul grande banano che troneggiava al centro del cortile rinascimentale: una giungla impenetrabile dove erano stati indomiti esploratori a caccia di un favoloso tesoro. I pigri soriani di una vicina colonia felina si trasformavano in feroci tigri e sanguinarie pantere, e il cattivo di turno aveva sempre le sembianze di Oreste, il custode, in realtà un uomo mite e gentile, che dedicava alle piante cure maniacali e che tollerava quell'invasione solo per il rispetto dovuto a Sua Eccellenza Corrado Benassi, l'ambasciatore padre dei due ragazzini.

Angela sorrise, incurante della pioggia che le bagnava il volto e gli abiti, riappropriandosi di un paesaggio familiare che la faceva sentire come allora accolta, protetta.

Una voce la riscosse: «Che fai? Sali o hai deciso di star lì a inzupparti?»

Sollevò lo sguardo verso le logge con le arcate a bifora su cui si aprivano i pianerottoli degli appartamenti e vide Paolo affacciato alla balaustra con le colonnine panciute che le sorrideva.

Alzò la mano in segno di saluto e si avviò verso la scala di marmo che conduceva ai piani superiori. Lui l'aspettava sul pianerottolo, aveva i soliti capelli castani arruffati, l'aria stropicciata e lo sguardo affettuoso e rassicurante degli occhi nocciola di cui Angela aveva bisogno in quel momento.

«Se n'è andato» sussurrò lei, ripetendo le parole di Germana.

Paolo la strinse in un abbraccio senza parole. Come sempre le offriva il suo appoggio incondizionato, la stretta del suo corpo snello e nervoso era quanto di più simile al calore di una famiglia. Angela si lasciò andare contro di lui, la commozione le serrava la gola impedendole di parlare. Tornò a essere la ragazzina magra ai limiti dell'anoressia, chiusa nel suo dolore, incapace di piangere. Già da allora, Paolo per lei c'era sempre. Ricordava il loro primo incontro, al mercato di Campo dei Fiori, dove nonna Melina la portava cercando di farle vivere la normalità che le era stata strappata. Era scivolata su una fatidica buccia di banana e Paolo, che si trovava a pochi passi, invece di ridere come lei si aspettava, le aveva teso la mano aiutandola a rialzarsi e, per consolarla, le aveva regalato una mela rossa e lucente. «Sono Paolo» le aveva detto. Era stato l'inizio di un'amicizia che sarebbe durata per la vita. Insieme avevano sperimentato i soprassalti dell'adolescenza, le scoperte che li avrebbero segnati, la condivisione di momenti belli e brutti. C'era tutto questo racchiuso nell'intensità di quell'abbraccio. E la percezione che la perdita di Fulvio aveva scavato dentro di lei una voragine che nulla avrebbe potuto colmare. Briganti l'aveva formata, sorretta, indirizzata. Aveva trasformato il suo dolore in energia. Paolo ne era consapevole, oggi come allora.

«Non so come farò senza di lui...»

Angela avrebbe voluto che le lacrime sciogliessero il nodo di dolore che le opprimeva il petto. Ma il pianto era uno sfogo che continuava a esserle negato.

Paolo la strinse a sé facendole strada nell'appartamento.

«Fulvio non avrebbe voluto sentirti parlare così. Tu sei Angela Di Cori e ce la farai, sempre. Dentro di te c'è tanta forza, l'abisso te lo sei lasciato alle spalle.» Pronunciò quelle parole guardandola dritto negli occhi e Angela sapeva che non erano dette tanto per dire. Perché Paolo conosceva la sua storia, negli anni l'aveva vista lottare contro l'orrore che la paralizzava e vincere la sua battaglia. Per questo ne era convinto e, in fondo al suo cuore, anche lei lo era.

«Ma mi mancherà.»

«Mancherà a tutti noi. Fulvio era una persona speciale, chi ha avuto il privilegio di conoscerlo lo sa.» Le versò un bicchiere di vino rosso e glielo porse. «Finisco l'atto che stavo scrivendo, poi mangiamo insieme. Devi mettere qualcosa nello stomaco.»

Lei annuì.

«Posso restare qui stasera?»

Il suo sorriso era lo stesso di allora.

«C'è bisogno di chiederlo?»

Era una consuetudine che risaliva a quando lei portava ancora le trecce. Allora il grande appartamento con gli alti soffitti a cassettoni, il parquet di rovere scuro, i divani ricoperti di velluti damascati che occupava l'intero piano era la residenza dell'ambasciatore Benassi e della sua famiglia. Se qualcosa non andava, quando litigava con suo fratello Livio, Angela correva a rifugiarsi in quel luogo dove agli eleganti mobili antichi, agli etnici raffinati e stravaganti si mescolavano in grande armonia quadri, arazzi pregiati e kilim multicolori, facendola sentire parte di un mondo fiabesco nel quale non avrebbe potuto accaderle niente di male. Nella stanza della lavanderia, come un cucciolo in cerca di un nascondiglio in cui lenire le sue ferite, si addormentava raggomitolata nella cesta dei panni che profumavano di pulito. La madre dei ragazzi, tra i pochi a conoscere la sua storia, aveva non solo accettato quell'apparente stravaganza, ma rassicurato sua nonna che poteva restare quanto voleva, che non dava nessun fastidio e che, anzi, tutta la famiglia le era molto affezionata.

Angela aveva sempre preferito la compagnia maschile a quella delle altre ragazzine, troppo prese da faccende che non le interessavano, e così Paolo e Vittorio, il fratello maggiore, erano diventati i suoi migliori amici. Quelli di cui poteva fidarsi. E per lei nulla era più importante della fiducia. A distanza di anni i due fratelli erano ancora il suo porto sicuro. Solo loro conoscevano l'inferno da cui era fuggita, anche se nessuno ne parlava, e questo aveva creato un legame speciale che si era rafforzato con il tempo. Anche adesso che l'appartamento era stato diviso in modo che ognuno dei fratelli avesse la sua privacy, dopo che le loro Eccellenze – come li appellavano i figli con affettuosa ironia – si erano trasferite al Circeo per godersi la pensione nella villa di famiglia affacciata sulla scogliera di Punta Rossa.

Nell'appartamento di via Giulia, Angela si sentiva in territorio amico. Era il posto giusto dove raccogliere le forze, superare il dolore e cominciare una nuova battaglia.

Poco più tardi Paolo si mise ai fornelli nella grande cucina sempre pulita e in perfetto ordine, tanto da far pensare che non venisse mai usata. In realtà l'amico era un cuoco provetto e cucinare era uno dei suoi modi preferiti per rilassarsi. La capacità di preparare qualcosa di appetitoso anche con pochi ingredienti a disposizione testimoniava la sua abilità. Quella sera le confezionò un'omelette dall'aspetto così invitante che Angela non poté resistere.

«Dov'è Golia?» chiese poi guardandosi intorno.

Paolo sorrise.

«Oggi è il turno di Vittorio.»

Golia era il piccolo meticcio che l'amico aveva salvato da una fine certa quando qualcuno lo aveva abbandonato gettandolo in un cassonetto. I guaiti disperati della bestiola avevano richiamato l'attenzione di Paolo, che aveva messo in atto un rocambolesco salvataggio per recuperarlo. Lui e Vittorio avevano deciso di tenerlo «in affido congiunto» ed era stato il fratello poliziotto a dargli quel nome. Paolo aveva provato a ribellarsi ma Vittorio l'aveva avuta vinta come sempre. «Golia è perfetto per lui» aveva dichiarato mentre la bestiola – un buffo assemblaggio di parti di bassotto e di qualche altra razza non identificata – abbaiava con entusiasmo. «Lo vedi?» aveva detto Vittorio. «Gli piace.» Quanto avevano riso tutti e tre.

Mentre la scena le tornava alla memoria, la tensione sul volto di Angela si stemperò in un sorriso. Chiuse gli occhi per assaporare meglio quel ricordo ma la stanchezza e lo stress emotivo della giornata le furono di colpo addosso come un mantello di piombo.

«È ora di andare a riposare» disse Paolo. E, dato che Angela si era alzata per sparecchiare, la bloccò con decisione. «Non se ne parla. Adesso tu vai di là, nella tua stanza dei panni» aggiunse con uno sguardo divertito, «e ti fai un bel sonno.»

Angela obbedì senza discutere, troppo stanca per protestare. La lavanderia era stata in realtà trasformata in stanza degli ospiti con una bergère, un tavolino basso, un antico armadio cinese laccato e un comodo letto a una piazza e mezza. Angela trovò un cuscino, le lenzuola, un morbido plaid e gli asciugamani sul bracciolo della poltrona e dedicò un pensiero grato all'amico. Solo nonna Melina aveva per lei quelle premure. Si sentì di colpo esausta, consapevole che non sarebbe neppure riuscita a farsi una doccia. Si spogliò, sistemò alla meglio le lenzuola, si avvolse nel plaid e si raggomitolò proprio come faceva da bambina, aspirando l'odore di legno e cera con un vago sentore di lavanda che aleggiava nella stanza e che per lei aveva un solo significato: casa.

7

Le parole di Fulvio all'inizio sono solo un'eco lontana. Angela cerca di coglierle ma le sfuggono. Avanza in un viottolo sterrato dall'aria vagamente familiare che però non riconosce. Sa che deve far presto, percepisce l'urgenza, ma ne ignora il motivo. La sua voce si fa più vicina e le parole non sono più indistinte.

«Angela, devi promettere.»

«Cosa Fulvio? Dove sei?»

Davanti a lei una specie di muraglia di nebbia le impedisce la visuale, ma la voce del suo mentore viene proprio da lì. Angela procede, sente il gelo scivolarle addosso e infiltrarsi nella pelle, nelle ossa.

«Sono qui, vieni, promettimelo.»

Più la voce diventa chiara e nitida, più la nebbia si infittisce.

Avanza ancora. Deve trovarlo, deve raggiungerlo. Prima che... prima che cosa?

«Angela.»

Adesso lo vede. È davanti a lei, di spalle.

«Eccomi.»

«Finalmente.»

Con lentezza lui si gira, e Angela resta immobile, paralizzata dal terrore.

Non è Fulvio.

È lui. Il mostro da cui è fuggita. Il mostro che vuole annientarla.

Vorrebbe scappare ma è di nuovo una bambina e lui è molto più forte e più veloce.

«Piccola stupida, lo sai che non lascio mai un lavoro a metà.»

Lei urla, urla, ma la sua gola non emette alcun suono.

«Angela, svegliati, è solo un brutto sogno.»

La voce di Paolo bucò la nebbia e la strappò ai tentacoli dell'incubo.

«Stavo andando a preparare il caffè e ho sentito che ti agitavi.» Indicò il plaid che giaceva a terra e le lenzuola aggrovigliate. «Lo stesso delle altre volte?» le chiese, prendendole le mani fra le sue.

«Sì, ancora lui.» Angela sospirò. «Quando sto così torna sempre.»

«Purtroppo non abbiamo ancora imparato a addomesticare l'inconscio» commentò l'amico. «Ma sono sicuro che, se ci lavori, tu ce la puoi fare» aggiunse cercando di sdrammatizzare.

Angela sorrise alle parole lievi che la facevano sentire meglio. Sfilò una mano da quelle di lui e gli fece una carezza sulla barba ispida. «Ti voglio bene.»

«Anch'io.»

«Ma che quadretto romantico!» Si percepiva una venatura canzonatoria nella sonora voce maschile che li fece sobbalzare.

Paolo si voltò di scatto.

«Quante volte ti devo dire di non entrare senza bussare?»

L'uomo alto e ben piantato, capelli neri cortissimi a incorniciare un volto dai tratti marcati e dai penetranti occhi verdi, appoggiato allo stipite della porta con aria marziale e coperto solo da un asciugamano che gli cingeva i fianchi, sorrise ad Angela, ignorando Paolo.

«Lo sapevo che eri qui. Ieri sera, quando sono tornato dalla questura, ho visto il tuo bolide in cortile.»

Lei non poté fare a meno di sorridere a sua volta.

«Buongiorno Vittorio.»

Lui si avvicinò, perfettamente a suo agio.

«Non potevi almeno vestirti?» insisté il fratello.

L'altro continuò a ignorarlo e si rivolse ancora ad Angela.

«A cosa dobbiamo il piacere?»

«Purtroppo a una brutta notizia» rispose lei laconica. Ma bastava l'espressione del suo viso a esprimere quello che le parole rifiutavano di pronunciare.

Vittorio si bloccò.

«Fulvio?» chiese solo.

Angela si limitò ad annuire.

Vittorio coprì la breve distanza che li separava, le circondò le spalle e l'attirò a sé. La qualità del suo abbraccio era diversa da quella di Paolo. Angela lo percepì, come tutte le volte che, per un motivo o per l'altro, c'era tra loro un contatto fisico. Era qualcosa di indipendente dalla volontà, a cui nessuno dei due aveva mai voluto dar seguito per non alterare l'equilibrio della loro amicizia. Aveva a che fare con l'istinto, con la chimica, con quella parte che non poteva essere controllata dalla ragione. Poi Vittorio si staccò da lei.

«Sei un tipo tosto tu, Di Cori. Supererai anche questa, scommetto su di te» disse ruvido, come a voler prendere le distanze da quel momento di intimità. «E comunque noi ci siamo, lo sai» concluse, cercando lo sguardo del fratello e sollecitando la sua solidarietà, come faceva sempre da quando erano bambini.

«Lo so.» Due sillabe cariche d'intensità. Non c'era bisogno di aggiungere altro.

«Vado a vestirmi» disse allora Vittorio. «Facciamo colazione tutti insieme come ai vecchi tempi?»

«Sarebbe bello.» Angela gli sorrise, grata per quell'alleggerimento che li riportava alle atmosfere serene della loro quotidianità condivisa.

«Per te okay, avvocato? La facciamo qui perché da me non c'è niente» concluse candido il vicequestore.

«E come ti sbagli» commentò Paolo rassegnato.

Vittorio gli diede una pacca sulla spalla.

«Sei tu l'uomo di casa, no? Arrivo tra un attimo» disse facendo l'occhiolino ad Angela che lo guardava divertita e dirigendosi verso la porta che collegava i due appartamenti.

Quando fu di ritorno, pochi minuti dopo, in compagnia del cagnolino, Paolo aveva preparato la tavola con caffè e latte, miele, marmellata, pane caldo e biscotti.

«Che ti avevo detto? Ecco la conferma» commentò

Vittorio mentre sedevano tutti e tre insieme e Golia si precipitava a riempire Angela di feste. Poi tornò serio. «Cosa pensi di fare con l'Accademia?» le chiese.

«Non lo so, ho fatto una promessa a Fulvio e voglio mantenerla ma...»

Fu interrotta dallo squillo del cellulare di lui.

«Scusa, è la questura.» Ascoltava aggrottando la fronte. «D'accordo, dammi l'indirizzo, vado subito.» Digitò qualcosa sul cellulare e attaccò.

«Mi dispiace, devo scappare. C'è un ragazzo morto... una brutta storia, e chiedono di me» concluse senza dare altre spiegazioni.

Si chinò su Angela e le sfiorò i capelli con le labbra.

«Ci rifaremo presto, promesso.»

8

La macchina senza contrassegni si fermò davanti al cancello della proprietà. Un agente in divisa si avvicinò all'auto e, riconoscendo il vicequestore Vittorio Benassi, diede l'ordine di aprire.

«Brutta storia, dottore» commentò riecheggiando le parole che Vittorio aveva pronunciato poco prima.

Il vicequestore scese dalla macchina e notò subito il furgone della Scientifica parcheggiato poco lontano. Bruno, come sempre, era stato molto efficiente.

Ovunque c'erano agenti impegnati nei rilievi di prassi. Vittorio Benassi, firmato il registro, prese i guanti di lattice che l'agente gli porgeva, li infilò ed entrò nella villa. L'attenzione andò alla donna filippina in lacrime seduta su una sedia vicino a quello che sembrava il suo compagno. L'uomo cercava di farle coraggio, mentre un altro agente stava prendendo le loro generalità.

«Sono stati loro ad avvisare.»

Vittorio si voltò verso quella voce nota. Un metro e novanta per novantacinque chili di muscoli, l'ispettore Bruno Borghi, soprannominato con affettuosa ironia «Orso Bruno» dai colleghi, lo raggiunse nell'ingresso accendendosi una sigaretta.

«Immaginavo.»

«Avevo appena smontato quando ho sentito la chiamata, ero vicino, stavo tornando a casa, così mi sono fermato.»

Vittorio annuì.

«Tu non ti tiri mai indietro» commentò. Conosceva bene Bruno, quando era entrato alla Mobile era stato lui a insegnargli l'abc del lavoro sul campo. Sapeva di potersi fidare e la stima era reciproca. «Qual è la situazione?»

«Massimo Moretti, il figlio del senatore. Ventitré anni. Overdose. Temo ci sia poco da dire, i domestici erano fuori per il giorno di riposo, lui è tornato, si è sballato e gli ha detto male.»

«Era solo?»

«Sembra di sì.»

Vittorio si voltò verso le telecamere indicandole con la testa.

«Controlliamole, voglio un quadro preciso.»

«Certo. Ho già detto ai ragazzi di recuperare i filmati.»

«E i genitori?»

La smorfia sul volto di Borghi disse molto più delle parole.

«In giro, come al solito. I filippini hanno detto che sono a Bruxelles, il senatore aveva un impegno al Parlamento europeo.»

«Qualcuno li ha avvisati?»

L'ispettore Borghi scosse la testa.

«Ancora no, prima volevo che tu dessi un'occhiata. Visto chi è coinvolto, la situazione è piuttosto delicata.

Intanto ho chiamato il piemme di turno, che sta arrivando, e anche il medico legale.»

«Okay. Avverto io i genitori allora. Tranquillo.»

Borghi ebbe uno scatto.

«Non riesco a stare tranquillo! Perdere un figlio è la cosa peggiore che possa capitare, ma la colpa è di questi genitori sempre assenti, che sono bravi solo ad aprire il portafoglio per sentirsi a posto.» Sembrava trattenere a stento la rabbia. «E poi piangono quando la vita gli presenta il conto» concluse cupo.

«Non credi di essere troppo duro?»

Borghi abbassò di colpo lo sguardo e incassò le spalle. La sua stazza era davvero imponente, ma in quel momento sembrò essersi improvvisamente rimpicciolito.

«Scusa, mi dispiace. La verità è che, anche se fai il possibile per esserci, a volte non capisci cosa succede finché non è troppo tardi» disse con amarezza.

Vittorio sapeva che in quel momento Bruno non parlava del senatore ma di sé. Allungò una mano e gli strinse con forza la spalla. Un gesto solo apparentemente banale, perché esprimeva la sua solidarietà all'amico prima che al collega.

«Oggi i giovani sono chiusi, parlano poco, non fanno che smanettare sui cellulari o sul computer. Non si può dar sempre la croce addosso ai genitori» disse, poi cambiò bruscamente argomento: «Fammi vedere dove lo hanno trovato». Le parole di consolazione non erano il suo forte, Bruno lo sapeva, e gli lanciò comunque un'occhiata piena di gratitudine.

L'ispettore spense la sigaretta e gli fece strada verso il

primo piano della villa fino a una stanza in fondo al corridoio da cui entravano e uscivano agenti della Scientifica.

Infilati i copriscarpe, entrarono nella camera dove un fotografo stava cristallizzando in immagini ogni dettaglio: dai cassetti aperti al contenuto del grande armadio, dalla scrivania occupata da un computer con uno schermo gigante alla mensola su cui facevano bella mostra numerosi trofei sportivi. Sul letto a due piazze, con una gamba sul materasso e una che penzolava, giaceva il corpo del ragazzo. Sull'avambraccio sinistro il laccio emostatico usato per fare uscire la vena. Abbandonata sul letto, la siringa. La morte doveva averlo colto di sorpresa.

«Ho dato disposizione di prelevare anche il computer.»

Vittorio fece un cenno di approvazione

«Purtroppo temo che tu abbia ragione. Il medico legale lo confermerà. Ma è bene avvisare il senatore, abbiamo aspettato abbastanza.»

«Sì, certo.»

Vittorio notò che Bruno distoglieva lo sguardo dal cadavere. L'ispettore, abituato a scene del crimine ben più cruente, sembrava incapace di sopportare la vista di quella giovane vita spezzata.

«Mi faccio dare subito il numero di Moretti» disse andando alla porta. Poi si fermò e si voltò verso Vittorio. «Grazie.»

Vittorio fece un gesto a indicare che non aveva motivo di ringraziarlo. Quella era ben poca cosa rispetto a tutto ciò che Bruno aveva fatto per lui. Lo richiamò. «Per favore, di' ai domestici di aspettarmi di sotto. Voglio parlare con loro, abbiamo bisogno di una relazione dettagliata sui loro movimenti.» Mentre l'ispettore si allontanava, frugando nelle tasche alla ricerca delle sigarette, il vicequestore tornò a occuparsi della scena del crimine.

Avvicinandosi al comodino, vide il cellulare, completamente scarico.

Strano, notò, i ragazzi sono sempre connessi, è difficile che succeda.

«Prendete anche questo, mi raccomando» disse all'agente che stava repertando gli oggetti. Poi scese al pianterreno, dove incrociò il piemme e il medico legale. Li ragguagliò e si preparò ad affrontare quello che tutti i poliziotti detestano di più: comunicare ai parenti la notizia.

9

Dieci giorni dopo

Franco era intento a sistemare il proiettore e le casse a cui aveva collegato il computer di Angela nell'aula grande della Crime Academy, mentre lei visionava i video per la lezione. Nonostante la sua familiarità con tutto ciò che era tecnologico, il ragazzo non riusciva ad avviare il collegamento. Angela sollevò lo sguardo e lo osservò. Da qualche giorno le sembrava che avesse la testa altrove. Era distratto, in certi momenti addirittura assente.

«Tutto bene, Franco?»

Lui sussultò. Poi cercò subito di ricomporsi, ma Angela notò la tensione che gli irrigidiva la mascella.

«Certo, perché?»

Lei sapeva quanto il ragazzo fosse ombroso e timido: se non voleva parlare, forzandolo avrebbe ottenuto solo che si chiudesse di più. Gli sorrise.

«In genere sei un mago della tecnologia, non sono abituata a vederti in difficoltà, tutto qui» disse in tono leggero.

Franco scrollò le spalle.

«Un piccolo intoppo, risolviamo subito» e riprese ad armeggiare con i cavi. «Per favore, adesso prova a mandare un filmato così controlliamo l'audio» le disse poi, mentre i primi studenti cominciavano a entrare.

La lezione di quella mattina si focalizzava sui segnali di disagio dei minori vittime di violenza assistita e Angela aveva deciso di aprire con un'intervista fatta tempo prima a Briganti. Era il suo modo per sentirlo ancora vicino, per renderlo una presenza viva fra gli allievi. L'immagine di Fulvio apparve sullo schermo e la sua voce baritonale risuonò nell'aula.

«Cominciamo col dire che il ruolo di un bambino è quello di essere protetto, non di proteggere. L'invisibilità del disagio dei bambini può portare a non riconoscerlo o a minimizzarlo...»

«Okay, perfetto, puoi spegnere, sistemo i bassi per togliere il rimbombo e ci siamo» disse Franco avvicinandosi alla cattedra. Apparentemente era tornato quello di sempre.

«Mi piace l'idea di partire con la lezione di Fulvio e questo è stato possibile grazie a te.» Angela gli sorrise. Franco era prezioso anche per quello, senza il suo supporto tecnico tante cose non si sarebbero potute realizzare. Si era offerto lui, spiegando che in casa avevano una sala per la moviola, ma omettendo di dire che suo padre era Cosimo Silvestri, il regista del momento.

«Ho solo montato gli spezzoni che mi hai dato» si schermì lui, «e comunque concordo, è un modo per far sentire ai ragazzi la sua presenza. Per noi le sue lezioni sono state fondamentali. Se n'è andato troppo presto.»

Angela annuì, schermando le proprie emozioni. Si esercitava a farlo da anni e ormai le riusciva bene. Nel frattempo l'aula si era riempita e risuonava del chiacchiericcio degli studenti, che discutevano riuniti in capannelli. Angela si alzò, girò intorno alla cattedra e li richiamò: «Se vi sedete, possiamo iniziare».

Il brusio scemò rapidamente e tutti cominciarono a prendere posto.

In quel momento entrò Mia, che si avvicinò rapida ad Angela.

«C'è il senatore Moretti» le disse a bassa voce. «Vuole parlarti.»

Angela colse di nuovo una strana espressione sul volto di Franco, che però distolse subito lo sguardo, lasciandola nel dubbio di essersi sbagliata.

«Per favore, tu e Franco iniziate la lezione» disse a Mia, «voglio che partiate dall'intervento di Fulvio per poi aprire la discussione sulla difficoltà di prendere in esame i segnali della violenza assistita nei bambini.»

«Tranquilla, ci pensiamo noi» rispose la ragazza.

«Non preoccuparti» le fece eco Franco.

«Allora io vado» disse lei. Sui giornali aveva letto che il figlio del senatore era morto per overdose proprio pochi giorni prima e si domandò il motivo della sua presenza in Accademia.

Mentre lasciava l'aula, udì la voce di Franco che introduceva l'argomento e si affrettò nel corridoio per raggiungere la sua stanza.

Moretti, alto, imponente, sguardo diretto e un'aura di carisma che lo aveva reso molto popolare, era in piedi con le braccia conserte e osservava sovrappensiero il giardino spoglio. La sua presenza sembrava riempire la piccola stanza dalle pareti ricoperte di librerie e dove, malgrado questo, i libri occupavano ogni spazio libero, a cominciare dalla scrivania di legno chiaro accanto alla finestra. Angela sapeva che Moretti era stato amico di Fulvio e si augurava che potesse portarle buone notizie per i finanziamenti alla Crime Academy, anche se, viste le circostanze, le sembrava strano che fosse quello il motivo della sua visita inattesa.

Prese un bel respiro ed entrò.

«Senatore, è un onore averla qui» esordì, «mi permetta di porgerle le condoglianze a nome di tutta l'Academy per il suo lutto...»

L'uomo la interruppe: «È proprio per mio figlio che sono venuto».

Angela ricapitolò mentalmente le informazioni fornite dai media.

Ventitré anni. Overdose di cocaina. Il ragazzo era solo in casa.

«Le chiedo scusa, senatore, non la seguo» disse con cautela.

«Come saprà, Fulvio e io ci conoscevamo da molti anni e avevo la massima stima di lui» riprese il politico. «È stata una grande perdita e, ora che non c'è più, non saprei a chi rivolgermi. Ma so che aveva assoluta fiducia in lei, per questo sono qui.»

Angela era sempre più perplessa. L'attività di consulenza investigativa e forense su tutto il territorio nazionale, fortemente voluta da Briganti, era uno dei fiori all'occhiello dell'Academy, ma cosa voleva da lei Moretti?

«Si accomodi e mi dica come posso aiutarla.»

Lui scosse la testa e non si mosse.

«Grazie, preferisco restare in piedi.»

Angela percepì la tensione che emanava dal suo corpo, la sua lotta per mantenere l'autocontrollo. La postura rigida, la mascella serrata, le mani contratte: tutto indicava al suo sguardo attento e allenato un ferreo e non comune esercizio di volontà. Solo una impercettibile incrinatura nella voce tradì quello che si agitava dietro la facciata del politico abituato a dominare le emozioni in pubblico.

«Deve dimostrare che Massimo è stato ucciso.»

Lei cercò di non manifestare il proprio stupore e misurò le parole.

«Capisco ciò che prova senatore ma, perdoni la schiettezza, perché parla di omicidio? Ho letto che la polizia...»

Moretti la interruppe di nuovo, con una fermezza che denotava la sua assoluta convinzione. «La polizia si è fermata alla soluzione che gli è stata offerta su un vassoio d'argento» dichiarò. «L'hanno liquidata come morte per overdose, ma io so che non è possibile.»

Angela mantenne un atteggiamento neutro e professionale, poiché era evidente che il senatore non desiderava né compassione né empatia.

«Posso chiederle perché?»

Studiò l'espressione dell'uomo che aveva di fronte e capì che stava valutando se metterla a parte di qualcosa di molto intimo. Ma l'indecisione durò solo un attimo.

«La madre di Massimo è morta per overdose quando lui aveva nove anni. Si iniettò l'eroina davanti a lui. Massimo ne è rimasto traumatizzato. Non l'ha mai perdonata per quello che ha fatto ed è cresciuto con il rifiuto per qualsiasi droga.»

Angela rimase in silenzio.

«So che ora avete problemi a ottenere i finanziamenti per l'Academy. Lei trovi chi ha ucciso mio figlio e io troverò il modo per farle avere i fondi europei e tenere in piedi il progetto di Fulvio.»

Dritto al punto, pensò lei. E molto bene informato.

«Ha qualche sospetto che avvalori la sua ipotesi, senatore? Qualcuno ce l'aveva con suo figlio? Aveva ricevuto minacce? Era preoccupato per qualcosa? Ha notato un comportamento diverso dal solito?»

Il politico la fermò con un gesto autorevole della mano.

«No. Niente di tutto questo. Me lo avrebbe detto. Anche se ultimamente ci vedevamo poco a causa dei miei impegni, Massimo e io avevamo un legame molto forte.» Su queste ultime parole la voce di Moretti si affievolì.

Angela finse di sistemare alcune carte sulla scrivania per dargli il tempo di riprendersi, poi fu lei a parlare.

«Non posso prometterle niente, ma accetto l'incarico. Investigheremo e, se ci sono stati degli errori, delle manchevolezze, se davvero la sua ipotesi ha un fondamento, lo scopriremo.»

Moretti la studiò per qualche istante in silenzio.

«Fulvio non si sbagliava» disse alla fine. «Mai. Sono certo che aveva ben riposto la sua fiducia. La mia non è un'ipotesi, è una certezza, dottoressa Di Cori. Mi aspetto di avere presto sue notizie.» Anche l'incrinatura nella voce era scomparsa. L'uomo pubblico aveva preso il sopravvento sul padre.

«Se è come dice, troverò le prove.» Angela gli tese la mano.

La stretta di Moretti era decisa e vigorosa.

«I funerali sono domani mattina. Ci vediamo alle undici alla chiesa di San Bellarmino a piazza Ungheria, dove Massimo ha fatto la comunione e la cresima. Sarà padre Eraldo, che lo conosce da quando era bambino, a officiare la cerimonia» concluse. Poi si girò di scatto e lasciò la stanza.

Angela comprese che non voleva far trapelare la sua commozione davanti a un'estranea e registrò che riferendosi al figlio aveva usato il presente.

10

Era arrivato il momento di andare a trovare Vittorio. Angela non poteva negare che l'amicizia con il vicequestore si era rivelata cruciale in più di un caso, e lui non aveva mancato di sottolineare che lei non si faceva scrupolo ad approfittarne. Sorrise al pensiero delle loro scaramucce mentre attraversava in sella alla Atherton il centro della città, diretta a via di San Vitale, sede della questura.

Si fermò vicino a un lampione nei pressi del grande portone d'ingresso, legò la bicicletta e andò a passo veloce verso l'entrata. Superato il cortile, svoltò a destra per il controllo dei documenti. Dietro il bancone c'era un agente che la salutò cordiale: «Buongiorno dottoressa Di Cori, come sta?»

«Bene, grazie Giovanni. E lei? Sua moglie è guarita dall'influenza?»

«Sì, grazie al cielo, e ringrazi sua nonna, la propoli le ha fatto passare subito il mal di gola.»

Angela sorrise.

«Mi fa piacere. Può avvisare il vicequestore Benassi che sono qui?»

L'agente le fece cenno di salire mentre le porgeva il pass. «Vada pure, è appena rientrato.»

Angela si avviò all'ascensore, scambiando sorrisi e saluti con varie persone.

Una volta davanti alla stanza del vicequestore bussò discretamente alla porta.

«Avanti.»

Vittorio era al telefono, con la mano la salutò facendole segno di sedersi, mentre si accendeva una sigaretta.

«... d'accordo dottore, la terrò informata, ci conti» disse concludendo la conversazione telefonica e spostando la sua attenzione sull'amica.

Angela agitò platealmente la mano per disperdere il fumo.

«Non te l'ha detto nessuno che è vietato fumare negli uffici pubblici?»

Lui rise.

«Questa è la mia stanza, è off limits per il pubblico.»

«Come al solito te la canti e te la suoni.»

«Sei venuta per farmi la predica? Perché in quel caso non ho tempo.»

«In realtà no, volevo solo estorcerti qualche informazione.»

«Ah ecco, mi sembrava» commentò lui divertito. «E su chi o cosa?»

«Massimo Moretti.»

Il sorriso si spense sul volto di Vittorio.

«Perché ti interessa il figlio del senatore?»

«Perché il padre è convinto che si tratti di omicidio e mi ha chiesto di indagare.»

Lui si irrigidì.

«Si sbaglia. Ti ricordi quando hai dormito da Paolo?»
Angela annuì.

«La mattina mi hanno chiamato d'urgenza, era per lui» spiegò Vittorio.

«Chi se n'è occupato?»

«La mia squadra. Bruno stava tornando a casa e ha preso la chiamata. Non c'è stato nulla da fare, il ragazzo era già morto. Aveva ancora il laccio emostatico legato al braccio.»

«Questo non basta per escludere l'omicidio» obiettò lei. «Il senatore è sicuro che Massimo non si sarebbe mai drogato.»

Vittorio sospirò, poi le parlò con lo stesso tono che adottava quando erano piccoli e lei si intestardiva su qualcosa.

«Angela, la lotta contro la droga è uno dei cavalli di battaglia del senatore Moretti, non mi stupisce che non riesca ad accettare che il figlio sia morto per overdose. No, ascoltami» disse, visto che lei stava per interromperlo. «Noi ci atteniamo ai fatti e i fatti ci dicono che è morto per overdose di cocaina, che nella stanza c'erano altre dosi nascoste in un cassetto, che non sono state trovate tracce di colluttazione né segni di effrazione e che le telecamere di sicurezza lo hanno inquadrato quando è rientrato in macchina alla villa, da solo, alle ventidue e trenta.»

«E dove era stato?» si inserì lei, decisa a non mollare. «Qualcuno lo ha visto quel giorno? Sappiamo cosa ha fatto?»

Vittorio la interruppe.

«Ha mandato un sms al padre una settimana prima per dire che andava da solo in montagna ad allenarsi e che sarebbe stato in una zona dove il cellulare non prendeva. Lo faceva regolarmente da quando aveva frequentato dei corsi di sopravvivenza. Infatti, come potrai vedere dalle foto, aveva la barba lunga ed era piuttosto provato. E comunque il medico legale ha stabilito che la morte è avvenuta tra le ventitré e mezzanotte, quando in casa non c'era nessun altro. Le telecamere della villa non hanno rilevato intrusioni e l'allarme non ha suonato. Per favore, di' al senatore che il piemme ha archiviato il caso. Mi dispiace, ma dovrà farsene una ragione.»

Angela non si lasciò scoraggiare.

«Non sarete stati un po' troppo superficiali? Ci sono molti interrogativi su questa vicenda, la madre di Massimo Moretti è morta di overdose davanti ai suoi occhi quando aveva nove anni e mi sembra difficile che lui abbia fatto la stessa cosa. Non serve essere una psicologa per capirlo.»

Notò che Vittorio si sforzava di controllare la propria impulsività e immaginò che stesse contando fino a dieci, come quando, tanti anni prima, lei lo provocava per fargli perdere la pazienza. Suo malgrado, fece un sorrisetto. Lui alzò gli occhi al cielo.

«Sì, esatto, sto contando» confermò. «Ti faccio notare che la differenza fra me e te è che io mi baso sui dati reali e tu sulle teorie psicologiche. E i dati reali, in questo caso, ci dicono che quel ragazzo si è sparato una dose di troppo.»

«L'anatomopatologo che ha fatto l'autopsia non ha trovato sul corpo altri segni che confermassero l'abuso di sostanze, lesioni dovute a punture di ago o danni al setto nasale e alla mucosa?» insisté ancora lei.

Vittorio scosse la testa.

«No, ma questo non significa niente. Potrebbe aver cominciato da poco per noia o stress, magari prima aveva solo sniffato un po', poi ha deciso di provare qualcosa di più forte e ha sbagliato la dose. Purtroppo succede. Non c'è nessun indizio che faccia pensare che con lui ci fosse qualcun altro o che sia stato costretto. E questo è tutto» concluse.

Angela decise che per il momento era meglio deporre le armi. Lo conosceva troppo bene, in quei casi insistere era solo controproducente.

«Se il caso è stato archiviato, allora posso avere tutta la documentazione?» gli chiese con aria soave.

Il vicequestore le indicò la porta con un sorriso esasperato.

«Fai la richiesta, conosci la strada. Sei testarda come un mulo, ma questa volta ti sbagli.»

«Vedremo.»

Angela si alzò e andò verso l'uscita, incrociando Bruno Borghi che stava entrando.

«Bye bye» li salutò, mentre l'ispettore domandava: «Che voleva?»

Vittorio aprì un cassetto della scrivania e tirò fuori un pacchetto di sigarette. Ne prese una e un'altra la passò a Bruno.

«Dirmi che a Moretti non sta bene come si è chiusa la

vicenda» rispose. «Le ha chiesto di indagare perché è convinto che il figlio sia stato ucciso. Non lo accetterà mai, per lui è inammissibile che sia morto per droga e così cerca spiegazioni che non esistono.»

«La verità è che non sappiamo un cazzo dei nostri figli» furono le ultime parole che Angela sentì pronunciare dall'«Orso Bruno» prima di prendere l'ascensore. Il suo pensiero andò alla foto sulla scrivania dell'ispettore Bruno Borghi, quella che ritraeva una ragazzina dallo sguardo diretto, l'espressione decisa e il sorriso solare.

11

Angela amava il ghetto. Ventisette anni prima l'aveva accolta come un grembo materno nel momento più difficile e doloroso della sua vita. Non avrebbe potuto abitare in nessun altro posto, anche se oggi era diventato meta di tendenza per i localini kosher che si contendevano i turisti su via del Portico d'Ottavia, centro e simbolo del quartiere ebraico. Ogni volta che rientrava in quello che da allora era stato il suo rifugio, Angela si chiedeva cosa dovevano aver provato invece i suoi abitanti quando, ogni sera, i portoni incastrati nelle mura create per recintare in quell'angolo di Roma il popolo «giudio» venivano chiusi, imprigionando gli ebrei tra i vicoli dove le case erano cresciute in altezza e le famiglie si ammassavano le une sulle altre. Avevano sofferto per quella privazione della libertà, oppure secoli di abitudine li avevano assuefatti a un'accettazione passiva? Di certo questo non era stato il caso di Melina, sua nonna, una combattente nata, nel cui vocabolario quelle due parole non avevano diritto di cittadinanza. Come evocata da quelle riflessioni, Melina comparve dove la strada si apriva in uno slargo un tempo denominato piazza Giudia, il cuore del ghetto. Indossava uno dei suoi golfini color pastello e stava spiegando qualcosa a un gruppo di ragazzi, che sembravano molto presi dal suo eloquio.

Angela si avvicinò e Melina la salutò con calore.

«Questa è mia nipote» la presentò. «E loro sono i miei ragazzi del giovedì.»

Lei sorrise. Ogni settimana sua nonna, in collaborazione con la Fondazione Museo della Shoah, accompagnava un gruppo di studenti a visitare il ghetto, facendo rivivere davanti ai loro occhi le atrocità dei rastrellamenti e delle persecuzioni perpetrati dai nazifascisti tra il 1943 e il 1944. Malgrado i suoi ottantaquattro anni, l'energia e la vitalità di Melina sembravano inesauribili. Soprattutto quando si trattava di tener viva la memoria di quello che era accaduto. «Devo passare il testimone» diceva convinta, e Angela non poteva non ammirare quella donna piccola e forte, che conservava dentro di sé la bambina sopravvissuta all'orrore e aveva fatto di quell'impegno una ragione di vita.

«Ti lascio ai tuoi ragazzi, nonna, e vado dai miei» la salutò, scendendo dalla bicicletta per spingerla attraverso i tornelli che delimitavano piazza Costaguti.

L'«ufficio» dove Mia, Nic e Franco l'aspettavano era un locale che si apriva al piano strada di una delle costruzioni del periodo umbertino, proprio di fronte ai due imponenti palazzi nobiliari Costaguti e Boccapaduli, che invece risalivano al Cinquecento e al Quattrocento, a testimonianza di quando il ghetto era un miscuglio unico di dimore aristocratiche e case popolari di epoca medievale. Quello era un altro dei suoi «posti speciali». Apparteneva alla famiglia Di Cori da quando il palazzo era stato edificato e in origine ospitava il panificio del suo bisnonno materno, Elia. Ben camuffata dietro una delle pareti, c'era una spaziosa intercapedine che era servita da rifugio per Elia e la sua famiglia durante il rastrellamento del 16 ottobre 1943 e dove il bisnonno di Angela aveva continuato a nascondere i propri correligionari durante le successive incursioni dei nazifascisti. Ma nell'aprile del 1944 Elia non era sfuggito all'arresto, era stato deportato ad Auschwitz con la moglie e la figlia e nessuno di loro era più tornato. Solo il figlio più piccolo, Samuele, il nonno di Angela, era riuscito a scappare e a salvarsi grazie all'intervento di un carabiniere. Angela aveva un legame particolare con quel luogo, dove avvertiva ancora aleggiare lo spirito del ghetto, uno spirito di solidarietà e di condivisione, di cui sentiva in qualche modo di essere parte.

Era per questo motivo che aveva deciso di farlo diventare non solo il suo «ufficio», ma un luogo per l'assistenza alle donne vittime di violenza. Mia, Nic e Franco si alternavano a lei come volontari per fornire un primo sostegno a chi veniva a chiedere aiuto.

La saracinesca era tirata su e la portafinestra di legno era aperta, come sempre quando lo sportello era in funzione. Angela voleva che chiunque avesse bisogno anche solo di un consiglio potesse entrare liberamente, sapendo che avrebbe trovato qualcuno disposto ad ascoltarlo.

Mia e Nic si alzarono all'unisono dall'antico fratino che Melina le aveva regalato quando Angela aveva deciso di inaugurare quel servizio. «Prendilo, servirà sicuramente più a voi che a me, che ormai sono sola» le aveva detto, lasciando intendere che non avrebbe accettato un no come risposta. E in effetti il lungo tavolo di castagno, dalla superficie venata e irregolare, era diventato il cuore del locale, intorno al quale ci si riuniva seduti sulle sedie spaiate per discutere dei casi, si facevano ricerche online sul computer sistemato a una delle estremità, si accoglieva chi arrivava in cerca di aiuto.

Mentre i due le andavano incontro, Angela notò che Franco non si era mosso.

«Perché volevi vederci tutti? Ci sono novità?» chiese Mia.

«C'entra con il senatore Moretti?» aggiunse Nic.

Angela lasciò la bicicletta nella rastrelliera appena fuori della porta ed entrò seguita dai due ragazzi. Guardò Franco, che era rimasto in silenzio, ma lui non disse nulla.

«Abbiamo un'opportunità. Ho accettato un incarico, se lo porteremo a termine forse l'Academy non sarà costretta a chiudere.»

I due la fissarono sbigottiti.

«Chiudere?» esclamò Mia.

«Che stai dicendo?» le fece eco Nic.

Angela sospirò.

«Purtroppo abbiamo un problema di finanziamenti. Se non riusciamo a ottenere i fondi, non so per quanto potremo andare avanti.» Di fronte alla loro espressione avvilita, il suo spirito combattivo prevalse. «Su, non voglio vedere quelle facce, possiamo farcela. Il senatore mi ha promesso il suo aiuto, ma vuole qualcosa da noi.»

«Che dobbiamo fare?» chiese Nic con impeto.

«Lasciala parlare» lo rimbeccò Mia.

Solo Franco continuava a tacere. Sembrava distratto, assente.

«Ci sei?» gli chiese Angela avvicinandosi.

Lui si limitò ad annuire senza fare commenti. Lei allora cercò il suo sguardo, ma era sfuggente. Cosa gli stava succedendo? Angela si ripromise di parlargli in privato e riprese il filo del discorso: «Moretti è convinto che suo figlio sia stato ucciso e mi ha chiesto di dimostrarlo».

Nic e Mia la fissarono increduli.

«E secondo te potrebbe essere vero?» chiese lui.

«Che prove ha?» rincarò la ragazza.

Franco ancora una volta non disse nulla.

«Tocca a noi trovare le prove» rispose Angela. «Sempre che il padre abbia ragione e questo, al momento, non possiamo saperlo. Di certo il caso è stato chiuso in fretta e archiviato come morte accidentale per overdose senza troppi approfondimenti.» Indicò le sedie: «Sedetevi e prendete appunti». Angela si appoggiò al tavolo e fece una sintesi delle informazioni ricevute dal senatore. «Ho richiesto il fascicolo, intanto cerchiamo di raccogliere più notizie possibili su Massimo Moretti. Consideriamolo un caso di morte in circostanze equivoche e procediamo con l'autopsia psicologica. Perciò cosa dobbiamo fare prima di tutto?»

Mia alzò la mano, un riflesso condizionato che strappò un sorrisetto ironico a Nic.

«Ricostruire il momento psicologico che il ragazzo stava vivendo nel periodo precedente alla morte, le sue azioni e il suo stato mentale» rispose pronta.

«E stabilire una cerchia di eventuali sospettati» aggiunse Nic.

Angela lanciò un'occhiata in tralice a Franco sperando che aggiungesse qualcosa, ma lui era intento a scarabocchiare su un foglio. Lei allora si alzò e cominciò a camminare avanti e indietro dal tavolo alla porta e viceversa, come faceva sempre quando aveva bisogno di focalizzarsi su qualcosa.

«Sarà difficile ricostruire i suoi ultimi movimenti» riprese «perché sette giorni prima della morte aveva scritto al padre che andava in montagna ad allenarsi da solo in una zona dove il cellulare non prendeva. Aveva frequentato dei corsi di sopravvivenza e pare che ci andasse spesso. Allora cerchiamo di sentire chi lo conosceva, troviamo dei testimoni, qualcuno che era legato a lui, parenti, amici, fidanzata, e facciamoci raccontare chi era.»

Mia annuì continuando a far volare le dita sulla tastiera del tablet, mentre Nic, dopo aver strappato gli angoli di qualche pagina del taccuino, aveva preso ad arrotolarli in tanti piccoli cilindretti che accumulava davanti a sé. «Il mio modo di concentrarmi» aveva spiegato a una perplessa Angela. Franco invece non scriveva più e fissava un punto sul muro.

Lei si fermò di fronte a loro.

«Domani c'è il funerale, è una buona occasione per vedere i suoi amici, le persone che frequentava. Nic, tu fotograferai tutti quelli che saranno presenti alla cerimonia. Mia, tu cercherai di capire se aveva una ragazza e penserai a come agganciarla. Franco, tu...»

Il ragazzo uscì dal suo mutismo e la interruppe: «Mi dispiace, io non posso venire, ho un impegno di famiglia».

Angela lo fissò interdetta. Franco di norma sembrava non avere contatti stretti con la propria famiglia, le aveva fatto capire che tra lui e i genitori i rapporti erano molto freddi, a causa dell'intensa vita mondana che il regista e la moglie conducevano, e che nessuno aveva interesse a cambiare le cose. Di contro, era sempre in prima fila quando si trattava di darsi da fare ed essere d'aiuto. Era evidente che qualcosa non andava.

«Franco, c'è bisogno dell'impegno di tutti, altrimenti l'Academy rischia di chiudere» gli disse cercando di nuovo il suo sguardo.

Ma lui abbassò gli occhi, si alzò, appallottolò il foglio che aveva davanti, lo gettò nel cestino e si avviò alla porta.

«Domani non posso, te l'ho detto. Magari poi cercherò di rintracciare i suoi amici... Adesso scusa, devo andare.» Prima che qualcuno potesse replicare era già fuori e si allontanava a passi rapidi.

Angela, Mia e Nic si guardarono sbalorditi.

«Ma che gli è successo?» chiese Angela, fissando l'alta figura del ragazzo scomparire in fondo alla piazza.

Mia scosse la testa costernata.

«Non ne ho idea, non si è mai comportato così.»

«Vero, nemmeno nei periodi di stronzaggine acuta» concordò Nic, rimediando un'occhiataccia dalla ragazza.

Angela adesso non aveva più dubbi: qualcosa turbava Franco al punto che non riusciva neppure a mascherarlo.

12

Attraversò i pochi metri che separavano l'ufficio dall'ingresso di vicolo Costaguti così immersa nelle sue riflessioni che non notò l'uomo alto appoggiato a una delle colonne in stile dorico racchiuse dalla cancellata settecentesca del Tempietto del Carmelo.

«Ehi, dottoressa Di Cori.»

Angela si girò e incontrò il sorriso di Vittorio.

«Vicequestore, come mai da queste parti?» Sollevò lo sguardo verso l'affresco della colomba che rappresentava lo Spirito Santo sul soffitto della cupoletta dell'antico edificio e sorrise pensando che anche lui arrivava con un segno di pace. Infatti la raggiunse e le porse un fascicolo.

«Consegna a domicilio.»

Era quello sulla morte di Massimo Moretti.

«Prendilo come un ramoscello d'ulivo» continuò lui. «Poi ti farò avere anche le foto, ma il tutto solo se mi inviti a cena, sia ben chiaro. In caso contrario niente materiale» aggiunse sfilandole la cartellina dalle mani.

Angela rise e se la riprese. «Non ci pensare nemmeno. E comunque sei fortunato, mia nonna ieri mi ha portato polpettone di patate e tonno, caponata di melanzane e pane di Shabbat fatto in casa.»

Vittorio si incamminò tenendola sottobraccio.

«Grande Melina, era e resta il mio mito. Andiamo, mi è venuta fame.»

Superarono l'arco a cui era addossato il tempietto e imboccarono il vicolo, in realtà una sorta di sottopasso che finiva in un cortile su cui affacciavano le strette scale del piccolo condominio, protette da cancelletti di ferro. Al centro un albero sempreverde, circondato da piante di yucca, protendeva i suoi rami verso il quadrato di cielo incorniciato dalle mura screpolate. Angela aprì un cancelletto ed entrò seguita da Vittorio.

Se per alcuni gli interni dei vecchi palazzi del ghetto, con le scale tortuose che si arrampicavano nel ventre degli edifici senza ascensore, erano motivo di claustrofobia, ad Angela avevano sempre dato un senso di protezione e di appartenenza. Per questo aveva scelto di vivere lì. Il suo monolocale soppalcato all'ultimo piano («loft», lo aveva pomposamente definito l'impiegata dell'agenzia immobiliare), anche se di dimensioni ridotte, aveva qualcosa che per lei era impagabile: un terrazzino che si affacciava sui tetti e che permetteva allo sguardo di spaziare fino ai Fori.

Vittorio si diresse con sicurezza verso la minuscola ma attrezzata cucina separata da un basso divisorio dal resto della stanza. Il parquet di legno grezzo dorato e il semplice mobilio color panna conferivano all'insieme un'atmosfera serena e luminosa.

«Ti dispiace se prima do un'occhiata al fascicolo?» chiese Angela, posandolo sul tavolo sotto il soppalco dove c'era un grande futon appoggiato su un tatami in paglia di riso.

«Figurati» rispose lui prendendo una birra dal frigo. «Così mi rilasso un po'» e andò a sedersi fuori, incurante della temperatura. Non fece in tempo ad accomodarsi che fu raggiunto da Spartaco, un micione rosso che, da quando Angela era andata a vivere lì, aveva deciso di adottarla suo malgrado.

«E tu da dove arrivi?» gli chiese prendendolo in braccio per accarezzarlo. Vittorio non amava i gatti, ma per lui faceva un'eccezione. Forse era quell'aria sorniona, quelle cicatrici segno di un temperamento combattivo, o più semplicemente l'amore condiviso per la padrona di casa, ma a lui permetteva qualsiasi confidenza. Per tutta risposta il soriano miagolò e si sistemò sulle sue gambe, mentre il poliziotto sorseggiava la sua birra ghiacciata, godendosi l'aria frizzantina della sera.

Le flebili luci dei lampioni illuminavano i Fori imperiali, dai quali si alzava una tenue nebbiolina. Uno spettacolo unico che da solo valeva l'intero affitto.

Angela cominciò a sfogliare l'incartamento. Poi si concentrò sulle foto del ragazzo, alcune prese dai social, osservandole con attenzione.

«Non ti sembra strano che uno così si facesse di coca?» disse alla fine raggiungendo l'amico sul terrazzo.

Vittorio bevve l'ultimo sorso di birra.

«Cioè?»

«Aveva un fisico atletico, però non gonfiato dagli anabolizzanti, faceva sport a livello agonistico... difficile far coincidere il suo profilo con quello di un drogato.»

Vittorio si alzò e rimase per qualche istante in silenzio.

«A essere sincero» disse alla fine, «sulle prime anch'io

ho avuto qualche perplessità. Ma poi, quando abbiamo trovato le altre dosi di coca nella sua stanza, ho chiesto a Bruno di fare un controllo sul pc del ragazzo. Lui è stato alla Postale, di queste cose ci capisce.»

«E...» lo sollecitò Angela.

«E ha scoperto che Massimo aveva comprato cocaina nel dark web. Usava una VPN per non lasciare tracce in rete, si registrava ogni volta al link di un market diverso e pagava in bitcoin. Era sveglio, usava questo sistema proprio per non farsi beccare.»

Angela scosse la testa.

«Continuo a non essere convinta e non lo dico solo nell'interesse della Crime Academy... il mio istinto mi dice che in tutta questa faccenda c'è qualcosa che non quadra.»

Vittorio fece un sorrisetto.

«Ci avrei scommesso. Ma non credo ci sia altro da scoprire. Comunque è stata confermata la mia ipotesi che si trattasse di un vizietto recente, per questo non aveva addosso segni di punture e il naso era ancora integro. Te l'ho detto, ha provato a spararsela in vena e ha sbagliato il dosaggio. Ascolta» aggiunse avvicinandosi e posandole le mani sulle spalle, «non vorrei che ti lasciassi influenzare da quello che dice e pensa Moretti. Il senatore sa essere molto persuasivo.»

«Guarda che i suoi dubbi sono più che legittimi» ribatté lei. «E poi il mio lavoro mi ha insegnato che bisogna sempre andare oltre le apparenze.»

«Il mio invece mi ha insegnato che spesso la soluzione che appare più ovvia è quella giusta» replicò lui.

Si fronteggiarono in silenzio per qualche istante, poi un grande sorriso si allargò sul volto spigoloso del vicequestore, che cinse le spalle di Angela e la sospinse all'interno dell'appartamento.

«Però adesso perché non sotterriamo l'ascia di guerra e ci dedichiamo alle prelibatezze di Melina? Mi sembra un buon compromesso, che ne dici?»

Angela sorrise a sua volta, le era quasi impossibile avercela con lui.

«Almeno su questo siamo d'accordo.»

13

Aveva deciso di arrivare presto al funerale, voleva captare i discorsi dei presenti, assimilare l'humus in cui aveva vissuto Massimo Moretti. Perciò Angela aveva dato appuntamento ai ragazzi con largo anticipo su viale Romania, la strada che partendo da piazza Ungheria, nel cuore dei Parioli, fiancheggiava la parrocchia di San Roberto Bellarmino dove si sarebbe svolta la cerimonia funebre. Molti facevano riferimento a quella chiesa come a un luogo d'incontro, di riflessione. Angela ne aveva già sentito parlare, ma non c'era mai stata. Quello che la colpì fu il prospetto a capanna progettato da Clemente Busiri Vici, una facciata semplice di mattoncini rossi in stile razionalista che richiamava l'idea di una casa pronta ad accoglierti. Le sembrò ancora più strano che un ragazzo come Massimo, cresciuto in una comunità così viva, potesse essere rimasto invischiato nella droga.

«Dovete cercare di cogliere ogni più piccolo dettaglio. Dopo il funerale ci vediamo in ufficio al ghetto» disse a Mia e Nic. Poi, rivolta a Nicola, si raccomandò: «Siamo nelle tue mani per le foto, ma fai attenzione, nessuno si deve accorgere di nulla, non voglio grane con la privacy».

«Tranquilla, sarò invisibile.»

«E tu» aggiunse guardando Mia «prendi nota dei commenti, concentrati sui ragazzi, io mi occuperò degli altri.»

A poco a poco il piazzale di San Bellarmino si riempì. Tutta la Roma che contava era presente, lo si capiva dal viavai di auto blu che si accostavano all'entrata per far scendere personaggi noti. I paparazzi si affollavano sul marciapiede, tenuti a bada dal servizio d'ordine che impediva l'accesso alla chiesa a curiosi e giornalisti.

Angela si aspettava una massiccia presenza dei colleghi della coalizione di Moretti, ma notò che in quell'occasione anche i suoi oppositori avevano deposto le armi. Tutto il mondo politico si era stretto intorno a lui, per supportare un dolore che nessun genitore dovrebbe mai affrontare, la perdita del proprio figlio. La causa della morte sembrava irrilevante, almeno in apparenza. Magari per poterlo attaccare più duramente in un secondo momento, rifletté Angela, ricordando quello che le aveva detto Vittorio, che la lotta alla droga era proprio uno dei punti cardine del programma elettorale del senatore.

Moretti era in piedi vicino al portone della chiesa, un braccio intorno alle spalle della seconda moglie, una nota pianista di parecchi anni più giovane di lui che malgrado questo, notò Angela, sembrava avere un atteggiamento molto protettivo verso il marito, la cui espressione, una maschera tragica, pareva scolpita nel marmo. Non una lacrima, ma rughe simili a solchi gli segnavano il volto.

Nasconde il dolore per non offrire il fianco ai suoi avversari, si disse. Quanti dei presenti gli erano veramente amici? Chi lo compiangeva e chi, invece, era pronto ad affondare il coltello nella ferita?

Le elezioni erano ancora lontane, ma di nemici Moretti ne aveva molti. Possibile che qualcuno lo avesse voluto colpire proprio in ciò che gli era più caro, per dimostrare che le sue erano solo parole al vento? Angela si ripromise di non scartare a priori quell'ipotesi, anche se non c'erano prove che puntassero in quella direzione.

Si guardò intorno cercando Franco con gli occhi. Aveva sperato, irrazionalmente, che tornasse sui suoi passi e li raggiungesse. Di lui però non c'era traccia. Mia e Nic, come d'accordo, si erano mescolati alla folla e, mentre il ragazzo era impegnato a fotografare, non visto, i volti delle persone presenti con una microcamera, Mia, come lei, tentava di cogliere le frasi sussurrate a mezza voce dagli amici e dai conoscenti. Angela, vedendo i suoi ragazzi concentrati e determinati, pensò che erano davvero in gamba. Si avvicinò a un gruppo di persone che parlottavano fra loro.

«Si era sempre fatto un vanto che Massimo stesse lontano dalla droga e guarda come è finito.»

«Mio figlio lo detestava, lo trovava insopportabile, ma non mi ha mai detto che si drogava, lo avrebbe saputo.»

«Credo che nessuno ne fosse a conoscenza. Era un così bel ragazzo, non vorrei essere nei panni del padre.»

Parole inutili. Niente che non sapesse già. Niente che la potesse aiutare. Solo il sentore che la convinzione di quel padre disperato non fosse molto lontana dalla verità.

Il brusio indistinto del piazzale improvvisamente si

acquietò. L'attenzione della gente fu catalizzata da un gruppo di ragazzi in divisa sportiva con il logo tricolore della FITARCO, la Federazione Italiana Tiro con l'Arco. Si avvicinarono al carro funebre e, con l'aiuto dei necrofori, si caricarono la bara sulle spalle per portarla dentro la chiesa. Un silenzio irreale, quello di un tempo sospeso, calò nel sagrato. Per qualche istante anche il traffico della piazza sembrò essersi fermato. Gli occhi di tutti erano fissi sulla bara che conteneva il corpo di un ragazzo morto troppo presto. Poi i fotografi assiepati sul marciapiede cominciarono a scattare e a riprendere la scena e tutto parve di colpo rianimarsi. Il corteo funebre attraversò la navata, seguito da una processione ininterrotta di folla. Angela si fermò vicino al portone d'ingresso. Le chiese, con il loro odore di incenso, la opprimevano. Dovette fare uno sforzo su se stessa per non andarsene. Ascoltò l'omelia accorata del sacerdote, quel padre Eraldo di cui le aveva parlato Moretti, che conosceva bene il ragazzo e lo dipingeva come un giovane motivato, determinato, caparbio.

«... ma anche i più meritevoli possono perdere la strada maestra, perché i giovani sono fragili e proprio per questo dobbiamo sostenerli e perdonarli...»

Non furono tanto le parole del prete a colpire Angela, quanto le espressioni annoiate dei presenti. Sia i giovani che gli adulti sembravano essere lì per un dovere pubblico, non per un reale bisogno di rendere l'ultimo saluto a Massimo. Con lo sguardo si soffermò su ognuno degli astanti, senza riuscire a trovare una lacrima di commozione, un'espressione addolorata. A parte il senatore e la moglie, tutti sembravano presi da altro. Gli stessi ragazzi che avevano portato il feretro di tanto in tanto parlottavano fra loro, incuranti del rito che si stava officiando. Così, quando il sacerdote chiamò sull'altare gli amici di Massimo per un ultimo saluto, Angela rimase colpita vedendo farsi avanti un uomo sui quarant'anni.

«Io Massimo l'ho conosciuto pochi anni fa» cominciò con voce commossa, «sono... ero il suo allenatore di tiro con l'arco, venne da me e mi disse 'voglio diventare un campione', e io risi, lo presi in giro. Aveva solo sedici anni e quella che, pensavo, fosse tanta arroganza. Mi sbagliavo. Massimo era un fuoriclasse. Uno che andava dritto alla meta. E in questi anni me lo ha dimostrato, migliorando giorno dopo giorno, sacrificandosi per conquistare la padronanza del mezzo alla perfezione. Ed è per questo che la sua morte mi risulta incomprensibile. Il ragazzo che ho allenato in questi ultimi sette anni, il ragazzo che si stava preparando per i campionati italiani e che aveva come obiettivo le Olimpiadi di Parigi, il Massimo che io conoscevo non avrebbe mai fatto una scelta del genere. O almeno era quello che pensavo. Ma, come ci ha detto padre Eraldo, forse i giovani sono molto più fragili di quello che crediamo e non mi sono reso conto della pressione a cui era sottoposto, del suo voler primeggiare a tutti i costi tanto da cercare aiuto nella droga. Mi sento in colpa perché avrei dovuto capirlo, parlargli. E invece non l'ho fatto.» La voce gli si spezzò, e l'uomo si scusò e si allontanò dall'altare lasciando il microfono.

Angela lo seguì con lo sguardo riflettendo su quelle parole. Possibile che Massimo Moretti fosse soggetto a un'ansia da prestazione tale da spingerlo a drogarsi? Il suo profilo non corrispondeva e anche le parole del padre lasciavano pensare che non avrebbe mai toccato nessun tipo di sostanza stupefacente. Ma era davvero così? O aveva ragione Vittorio e la soluzione era quella più semplice e ovvia, e lei si stava facendo influenzare dalle teorie del senatore? Cercò di essere sincera con se stessa: quanto contava la speranza di salvare l'Accademia?

14

Franco ha passato una notte insonne. Ha paura. Quello che è successo non è casuale. È tutto collegato. E ora non resta che lui. Guarda l'orologio e pensa che Angela, Mia e Nic devono essere al funerale. Ha letto la delusione negli occhi di lei quando ha detto che non ci sarebbe andato, ma se solo le avesse rivelato il motivo l'avrebbe cacciato via e denunciato. E lui non ce l'ha fatta ad affrontare il suo disprezzo. E tutto il resto. La possibilità che lei gli ha offerto è stata come una zattera di salvataggio nel mare oscuro in cui stava pian piano annegando. Gli ha permesso di essere un altro. Una persona migliore. Ma tutto si fonda su una bugia e Franco sa che ormai la resa dei conti è vicina.

Angela ha il diritto di conoscere la verità. Non può continuare a tacere. Il senso di colpa lo sta distruggendo. Il peso di quel segreto e di quei ricordi lo sta schiacciando...

Musica a palla. Corpi sudati. Pasticche e polvere bianca. Adrenalina a mille. Eccitazione che si espande in ogni terminazione nervosa. Voci. Una su tutte: «Allora sei con me o contro di me?»

Una parte di lui vorrebbe non essere lì. Vorrebbe sprofondare nell'oblio.

Esce dal portone guardandosi intorno. L'assassino li conosce bene. Sa dove trovarli e adesso tocca a lui.

Accelera il passo diretto alla macchina, lanciando occhiate nervose per controllare la strada. Tutto quello che ha fatto non è servito. Cercare di colmare il vuoto che sentiva dentro ha portato solo ad altre menzogne.

Ricorda le parole di Massimo. Loro possono tutto. Loro sono dèi, gli altri nullità. Agli dèi tutto è permesso. Gli dèi si prendono quello che vogliono. Come vogliono. Quando vogliono. Senza chiedere. Lui si sente solo un vigliacco. E scappa.

Se solo potesse tornare indietro. Cancellare con un colpo di spugna il passato per ricominciare. Dimenticare tutto.

Ci ha provato, ma è stato inutile. Chi c'è dietro quegli omicidi? Chi li vuole morti? Deglutisce, ormai ha paura della sua ombra.

Nonostante la temperatura fresca dell'aria, un rivolo di sudore gli scende lungo la schiena. È terrorizzato. Sa che succederà da un momento all'altro, ed è questo a spaventarlo. È cosciente di meritare una punizione, ma ha la percezione di non poter controllare gli eventi. E quella è la parte peggiore. Non serve a niente continuare a rimuginare. Deve fare qualcosa. Angela si è fidata di lui, gli ha dato un'altra chance e non merita un tradimento. Tira fuori il cellulare dalla tasca e la chiama, attende un attimo poi guarda l'orologio, si dice che dev'essere ancora in chiesa e interrompe la comunicazione. Telefonerà più tardi. È arrivato il momento di prendersi le sue responsabilità.

15

Angela era tesa, nervosa. Avrebbe voluto chiamare Franco, ma forse non era una buona idea. In fondo i ragazzi facevano volontariato e non era giusto pretendere da loro ciò che pretendeva da se stessa. Era lei che aveva promesso a Fulvio di combattere per tenere aperta l'Academy, non loro.

La porta dell'ufficio era aperta, Nic e Mia erano già arrivati. Entrò e vide che Nicola stava sparpagliando sul tavolo le stampate dei primi piani delle persone presenti in chiesa, mentre Mia stava avvicinando al grande tavolo la lavagna magnetica sulla quale aveva fissato delle immagini di Massimo Moretti.

«Eccomi.» I ragazzi si voltarono verso di lei. «Avanti, ditemi le vostre impressioni» li sollecitò, entrando subito nel vivo della questione.

Nic indicò le foto.

«La sensazione che ho avuto è che a nessuno importasse molto di Massimo. Guardate le facce, non sono riuscito a riprendere neanche una persona con un'espressione addolorata e questo non è normale.»

«Sono d'accordo» si inserì Mia. «Anche durante la messa non c'era una vera partecipazione, credo che tutta quella gente fosse lì più per formalità che per affetto verso Massimo Moretti. Ho dato un'occhiata sui social, alla sua pagina Facebook» proseguì «e c'erano solo pochi messaggi. Di solito in questi casi i commenti si sprecano.»

Angela annuì pensierosa sedendosi su uno sgabello accanto al tavolo.

«E i suoi amici?» chiese.

«Chiamali amici! Quello che ho sentito in chiesa non era certo lusinghiero.»

«Cioè?» disse Nic.

«Chi in un modo, chi nell'altro, tutti lo criticavano. L'impressione è che per la maggior parte dei ragazzi Moretti fosse un montato, uno che se la tirava parecchio.»

«E non vi è sembrato strano che non avesse una ragazza? Guardatelo» disse Angela indicando le foto sulla lavagna, «era un bel ragazzo, alto, atletico...»

«Pieno di soldi» aggiunse Nicola.

«Esatto. Uno così non sta da solo, no?»

«Io credo che qualcuna ci fosse» disse Mia. «Ho sentito vari ragazzi sottolineare l'assenza di una certa Claudia.»

«L'ho sentito anch'io» confermò Nic.

Angela prese un post-it, scrisse il nome «Claudia» e lo attaccò alla lavagna.

«Dobbiamo scoprire chi è e perché non è venuta al funerale. Se stavano insieme e non c'era dev'esserci un motivo.»

«Mi sembra che l'unico veramente addolorato per la morte di Massimo fosse il suo allenatore» rifletté Mia.

«Lui e suo padre. A questo punto per tracciare il suo

profilo dobbiamo lavorare sui criteri vittimologici. Mi concentrerei soprattutto su alcuni aspetti. Appuntateli, per favore.»

Nic tirò fuori un blocchetto e una penna, mentre Mia accendeva il tablet.

Angela proseguì: «Che tipo di persone frequentava. Che rapporti aveva con loro. Se aveva mai avuto qualche dipendenza, oltre a quella presunta dalla cocaina. Se aveva esperienze di attività illecite. Se di recente nella sua vita affettiva e di relazione c'erano stati dei cambiamenti. Se aveva qualche tipo di vulnerabilità e se era collegata a qualcuno in particolare. Quali erano i luoghi che frequentava più spesso. Quali erano i suoi hobby. Se andava con qualcuno ai corsi di sopravvivenza. Se ci sono stati eventi significativi nell'ultimo anno. E infine quali erano i suoi social e siti internet preferiti. A quanto pare non era molto amato, scopriamo perché. Più informazioni riusciamo a ottenere, meno sarà difficile capire cosa è successo in quella stanza. Voglio sapere se aveva una ragazza, se era questa Claudia.»

Nic finì di prendere nota su un foglietto a cui aveva strappato un angolo per fare i soliti rotolini, poi disse: «Franco aveva detto che sarebbe andato a parlare con quelli che lo conoscevano all'università».

«Qualcuno lo ha sentito?» chiese Angela.

«No, ho provato a chiamarlo, ma non mi ha risposto» disse Mia sconsolata.

«Forse non ne aveva voglia» commentò Nic caustico, con una scrollata di spalle. «L'ho visto molto stranito ieri.»

«Hai ragione» concordò Angela, «c'era qualcosa che non andava, anche se non ne ha voluto parlare. Speriamo si faccia vivo, abbiamo bisogno di lui. Ragazzi, ve l'ho detto, questo incarico è importante soprattutto per le sorti dell'Accademia. Al momento le iscrizioni non bastano a coprire tutte le spese e non possiamo permetterci di perdere le entrate degli incarichi professionali.»

Nic e Mia sapevano che, se volevano un futuro in quell'istituto, dovevano darsi da fare.

«Io provo ad avvicinare i compagni della squadra di tiro con l'arco, vediamo cosa viene fuori» propose Nicola, mentre Mia si offriva di cercare la fantomatica Claudia.

«Tutti ne parlavano, dunque ci deve essere qualcuno che sa dove abita.»

Angela annuì in segno di approvazione.

«Chiediamoci chi fosse veramente Massimo Moretti. Il ragazzo determinato e pronto a sacrificarsi per raggiungere i suoi obiettivi descritto dall'allenatore o quello arrogante e montato di cui parlavano i suoi 'amici'? È essenziale una ricostruzione retrospettiva della sua vita, capire se soffrisse di ansia da prestazione, se avesse qualche disagio. Il fatto che frequentasse dei corsi di sopravvivenza, ad esempio, ci dice che non temeva di mettersi alla prova. Io tornerò a parlare con i famigliari, prima abbiamo un quadro psicologico della vittima, prima ne verremo a capo.» Stava per chiudere la riunione ma ci tenne a precisare: «Mi raccomando ragazzi, quando fate le domande state attenti, cercate di capire se i tratti di Massimo corrispondono a quelli di un cocainomane. La coca ritrovata nella sua stanza, le trattative che ha fatto nel dark web e la sua morte sono prove a favore di questa tesi. Noi, dalla nostra, abbiamo solo che si stava allenando per i campionati nazionali e che il suo obiettivo erano le Olimpiadi, dunque era uno sportivo, e che era rimasto traumatizzato dalla morte della madre per overdose. Troppo poco. Abbiamo bisogno di altro. Di riscontri concreti. Sempre che ce ne siano, non possiamo escludere che l'ipotesi della polizia sia quella giusta» si sentì in dovere di aggiungere, «ma per questo dobbiamo lavorarci e non lasciarci sfuggire niente».

Mentre i ragazzi prendevano le loro cose, Angela cercò nello zaino il cellulare, che era rimasto silenzioso, per controllare le chiamate. A sorpresa vide una telefonata di Franco. Controllò l'ora. Undici e quarantacinque. Era stata fatta quando erano in chiesa. Richiamò il numero e attese. Inutilmente, il cellulare squillava a vuoto.

16

L'autostrada è deserta, i pendolari sono ancora al lavoro chiusi nei loro uffici e i pochi che si spostano in questa direzione sfrecciano veloci, incuranti del cielo che si sta oscurando di nuvole nere.

La musica dei Måneskin riempie l'abitacolo.

Deve riuscire a tornare a casa per l'ora di cena.

Guarda l'orologio, manca poco alle due.

Solo in questo momento si accorge di un cicaleccio insistente.

Spegne la radio e il suono si fa più nitido.

Un telefono.

Come può aver fatto un errore così stupido?

Vede a pochi metri una piazzola di sosta e, con una manovra azzardata, taglia la strada all'auto che arriva alla sua destra e imbocca la rampa d'accesso a velocità sostenuta.

Il parcheggio è vuoto.

Con una frenata brusca ferma la vettura e scende.

Rabbrividisce per la ventata fredda. Novembre è alle porte e si fa sentire.

Presto sarà tutto finito.

Gira intorno alla macchina e apre il portabagagli.

Lui è ancora privo di sensi, legato nella stessa posizione in cui lo aveva lasciato.

Evita di guardare il viso. Non vuole coinvolgimenti. Il cicaleccio del cellulare si è fatto più forte. Veloce, cerca nelle tasche del giubbotto e finalmente lo trova. Lo prende, silenzia la suoneria, lo apre e toglie la batteria. Poi estrae la sim, la distrugge schiacciandola con il tacco e per sicurezza la butta in una canaletta per le acque di scarico a lato della strada. Torna alla macchina, richiude il portabagagli e si rimette al volante. Con noncuranza getta il telefono sul sedile accanto.

Non avrebbe mai pensato di arrivare a tanto. Si riscuote e accende il motore.

Ha perso anche troppo tempo, deve sbrigarsi.

Riparte.

Percorso qualche chilometro, dopo aver controllato che non ci fosse nessuno alle sue spalle prende il telefono e lo getta dal finestrino.

Non vuole lasciare nessuna traccia.

17

Se Nic andava in giro, Mia preferiva accendere il computer. Così, per capire meglio chi fosse Massimo Moretti, aveva deciso di fare una ricerca in rete. Quello su cui dovevano lavorare era il profilo vittimologico, e i social rappresentavano una fonte inesauribile di informazioni.

Aprì subito TikTok. Si aspettava di trovare foto e video e non rimase delusa. Non fu difficile identificare il nickname scelto dal ragazzo, Moretti@junior. Il cognome del padre aveva una sua risonanza e Massimo doveva essere uno che non perdeva occasione di accrescere la propria visibilità.

La prima cosa che Mia notò furono i follower: ne aveva più di dodicimila, mentre lui seguiva solo poche persone. Cominciò a scorrere le immagini. Tutte riprese in locali trendy davanti a bicchieri di aperitivi ghiacciati o piatti gourmet sapientemente esposti. In particolare si soffermò su un bistrò di Ponte Milvio che ritornava in parecchie foto e in brevi video. Lo riconobbe per l'arredamento moderno, giocato sul bianco e nero, e per le vetrate che l'avevano colpita quando ci era stata una sera con un ragazzo che sperava di far colpo su di lei portandola in un locale di tendenza, frequentato da volti noti dello spettacolo.

Doveva essere il locale preferito di Moretti e si ripropose di tornarci con Nic per vedere se si ricordavano di lui e potevano fornire delle informazioni. Continuando a far scorrere le foto si accorse che, a parte una ragazza molto bella dai lunghi ricci biondi, i volti delle persone insieme a lui erano sempre diversi, qua e là riconobbe qualcuno che aveva visto al funerale, ma la sensazione era che non avesse un gruppo fisso e cambiasse continuamente compagnia. C'era qualcosa di artefatto in quelle foto, qualcosa di forzato. Le venne in mente Riccardo III, re adulato ma poco amato: gli amici di Moretti le facevano pensare a una corte di parassiti pronta a chiedere e a sfruttare, ma altrettanto rapida a voltare le spalle davanti alla sorte avversa.

Nel profilo c'erano anche molte foto di gare sportive, ma Massimo era sempre immortalato da solo. Mia notò che una sua passione dovevano essere stati i viaggi. Lui e la biondina avevano girato mezzo mondo alloggiando in resort di lusso dalle Maldive ai parchi nazionali africani, dall'Asia a Capo Nord. Anche in questo caso a colpirla furono le emozioni che le immagini trasmettevano. In particolare l'atteggiamento di lui verso la ragazza. La stringeva a sé con aria possessiva, come se volesse ostentarla per mostrare al mondo quanto fosse bella e sua. Mia si soffermò su un loro scatto a bordo piscina di fronte a un mare spettacolare. Massimo la teneva per la vita e sorrideva soddisfatto. Ma non le sfuggì che sorrideva solo con le labbra, mentre lo sguardo era duro, sprezzante. Lei, invece, aveva gli occhi bassi e non certo l'espressione sognante di una ragazza che stava vivendo il suo sogno d'amore in una cornice da favola.

Prese il tablet e cominciò ad appuntare:

Avevano tutto ma non erano felici
Viaggi di lusso in resort
Lui ostenta atteggiamento molto possessivo e spavaldo
Gourmet
Frequentava locali trendy Ponte Milvio (fare controllo)
Perché non ci sono foto della squadra di tiro con l'arco?

A un tratto notò dei selfie di Massimo con la faccia sporca, provata, la barba lunga, per lo più scattati nei boschi e in montagna. Continuò a scorrere il profilo e ne trovò uno con la scritta «6°giorno in vetta DA SOLO». A seguire le foto di un falò notturno con la scritta «Finalmente ce l'ho fatta!»

Mia aggiunse un'altra nota:

Corso di sopravvivenza? In caso verificare dove

Uscì dal profilo del ragazzo. Cominciava ad avere un'idea di chi era stato Massimo Moretti: una persona sola, caparbia, coraggiosa, prepotente e testarda. Non ultimo, pensò, sessista.

Dopo la telefonata di Mia, Nic era andato al locale di Ponte Milvio per parlare con i proprietari. Anche se si ricordavano bene di Massimo – era sempre lui che pagava per tutti nonostante non bevesse molto – non erano stati in grado di dirgli altro.

Allora si era diretto al circolo di tiro con l'arco, augurandosi di avere maggior fortuna.

Non era stato difficile scoprire quale fosse quello dove Massimo Moretti si allenava. Era bastato digitare nel motore di ricerca il nome dell'allenatore che aveva parlato al funerale. Ovviamente era uno dei più rinomati, come era prevedibile visto che si trattava del figlio del senatore Moretti. Da quello che aveva letto, gli obiettivi del club erano finalizzati a formare atleti che si qualificassero ai vari campionati. E con lui, stando a quanto aveva detto il suo coach, avevano centrato il bersaglio.

Il campo da tiro si intravedeva oltre il lungo filare di alberi che lo delimitava.

Nic legò lo scooter a un palo, riflettendo su cosa fosse meglio fare, quando uno dei ragazzi che aveva fotografato al funerale arrivò proprio in quel momento e parcheggiò la moto vicino a lui.

«Posso disturbarti un attimo?» gli chiese avvicinandosi mentre era chino sulla catena.

L'altro alzò la testa e cercò di metterlo a fuoco.

«Ci conosciamo?»

Nic sorrise.

«No, ma forse ti ricordi di me perché ero al funerale di Massimo.»

«Ah sì...»

«Stiamo cercando di far luce sulla sua morte per conto del padre» cominciò Nic deciso a giocare a carte scoperte. «Ci sono troppe cose che non tornano.»

«Puoi giurarci» rispose l'altro rialzandosi. Era una spanna più alto di Nicola, e la sua prestanza fisica mostrava il duro lavoro di allenamento, «prima fra tutte quella storia della droga.»

Nic si fece attento.

«In che senso?»

«Qui ognuno di noi ha un tutor e Gianluca era quello di Massimo, se ne sarebbe accorto.»

«Non è detto, c'è anche chi simula bene» provò a obiettare Nic.

«Non lui. Si vede che non lo conoscevi. Massimo era uno stronzo, uno che se la tirava, ma su certe cose non accettava compromessi. Per lui la droga, ogni tipo di droga, era merda, dagli spinelli agli anabolizzanti, non ci credo che si sia sparato coca in vena come dicono i giornali.»

«Non può essere che con questa storia delle qualificazioni per le Olimpiadi gli fosse presa un'ansia da prestazione?»

Il ragazzo scosse la testa.

«Ansia da prestazione, Massimo?» Fece una smorfia. «Se c'era uno che credeva in se stesso era lui. Si riteneva il migliore e, anche se mi rode ammetterlo, con l'arco tra tutti noi era il numero uno.»

«Ma la cocaina a volte può aiutare proprio a...» insisté ancora Nic.

L'altro lo interruppe.

«Sei fuori strada. Figurati che ha rischiato una squalifica perché ha beccato uno della squadra a prendere delle pillole. Non ci ha visto più, ha cominciato a picchiarlo dandogli del coglione, se non lo fermava Gianluca lo mandava all'ospedale. Ma aveva ragione, su certe cose non si scherza. È per questo che non ci credo che si sia fatto di coca.»

«C'era qualcuno che ce l'aveva con lui?»

Quello alzò le spalle, incurvando la bocca.

«Tutti e nessuno. Quando uno se la tira non sta mai troppo simpatico, anche se Massimo era generoso. I soldi non gli mancavano e lui li divideva con gli amici, e mi ci metto anche io nel gruppo.»

«E ragazze?»

«Che io sappia c'era Claudia, la sua ragazza storica, anche se non l'ho vista al funerale.»

«Possibile che si siano lasciati?»

Il tizio assunse un'aria scettica.

«Mi sembra strano, Claudia gli stava sotto e Massimo non era tipo da farsi scaricare. Di sicuro aveva paura di contraddirlo. Quando veniva al campo si metteva da una parte e non diceva una parola. Per scherzo la chiamavamo la ragazza fantasma» gli spiegò, poi guardando l'orologio prese al volo la sacca dicendo: «Cazzo, ho fatto tardi... scusa ma devo scappare».

«Se ti viene in mente qualche altra cosa, chiamami per favore» disse Nic porgendogli al volo un bigliettino con il suo numero di cellulare. «Qualsiasi cosa, anche la più insignificante potrebbe rivelarsi importante. Dillo anche ai ragazzi della squadra.»

L'altro annuì e corse verso l'ingresso del club.

Nic prese il suo taccuino e appuntò sei parole:

Violento, no droga,
Claudia ragazza fantasma

18

Le note del pianoforte fluivano nell'aria e Angela si fermò, in ascolto. Pur non essendo un'esperta di musica classica, lo riconobbe perché si trattava di un brano famoso. Quella melodia aveva al tempo stesso qualcosa di ipnotico e di inquietante, forse nei passaggi vibrati e ossessivi che si alternavano a note cupe e a momenti di straziante dolcezza. Sembrava esprimere lo stato d'animo di chi suonava, in un modo che arrivava dritto al cuore e allo stomaco.

Si riscosse da quella suggestione e si avviò verso l'ingresso della grande villa immersa nel verde, dove un domestico la attendeva.

«La signora l'aspetta» le disse e la precedette all'interno.

Angela lo seguì lungo un ampio e luminoso corridoio. Man mano che avanzava, la musica si faceva sempre più avvolgente. Quella melodia accorata le parve riflettere un tormento contenuto ma pronto a esplodere, un'emozione gonfia di tristezza mescolata a una implacabile sensazione di ineluttabilità. Il domestico si fermò davanti a una doppia porta che dava su un salone racchiuso da immense vetrate. Seduta a un lucido Steinway a coda al centro della stanza una donna suonava concentrata. Angela rimase immobile a guardarla. Le dita di Lara Carradori si muovevano agili e fluide, in una danza ricca di fascino da cui nascevano note gonfie di pathos. Quando la pianista si interruppe, Angela ebbe la sensazione che tutte quelle emozioni rimanessero sospese nell'aria. La moglie del senatore si girò verso di lei, era pallida e senza trucco, ma i suoi espressivi occhi scuri brillavano di una luce che nessun make-up avrebbe potuto riprodurre.

«Era il terzo movimento della sonata numero due di Chopin in si bemolle minore. Una marcia funebre. La eseguirono alle sue esequie. L'avrei suonata anche al funerale di Massimo, ma mio marito non ha voluto, malgrado le mie insistenze.» Quelle parole, che ad Angela parvero pronunciate con un tono a metà tra la sfida e la preghiera, aleggiarono tra loro come le emozioni suscitate dalla musica, cariche di un significato che le sfuggiva.

«Un'esecuzione splendida» disse con sincerità. «Mi scusi, non volevo disturbarla.»

La donna si alzò.

«Mi scusi lei, dottoressa Di Cori, ma ho un concerto fra tre giorni e devo esercitarmi. Prego si accomodi» proseguì indicandole un divano blu notte.

Angela sedette continuando a osservarla. In lei non c'era nulla di affettato, solo una grazia e una compostezza naturali che accentuavano la sua avvenenza. Due doti essenziali per la moglie di un politico, pensò. Sembrava avere un notevole controllo delle proprie emozioni, che evidentemente affidava tutte alla musica. O forse la morte del figlio di suo marito la lasciava indifferente?

«Come posso aiutarla?» le chiese Lara interrompendo le sue riflessioni e sedendo di fronte a lei su una poltrona gemella del divano. «Mio marito mi ha detto che voleva parlarmi.»

Angela decise di andare dritta al punto in modo da suscitare una reazione.

«Posso chiederle in che rapporti era con il suo figliastro?»

Due segnali: uno impercettibile, l'altro che durò solo la frazione di un secondo, ma che non sfuggirono all'occhio esercitato di Angela, abituato a cogliere anche il più lieve indizio di discrepanza nella voce, nella mimica, nella postura. Le pupille di Lara si dilatarono, mentre d'istinto la donna sfiorò con la mano destra il bracciale d'oro che portava al polso sinistro.

È tesa, sulla difensiva, pensò Angela.

Ma quando la donna parlò la voce era controllata.

«Sarò sincera con lei» disse. «Il dolore che provo è soprattutto per mio marito. Adorava Massimo, si rispecchiava in lui, erano molto simili, due leader, ambiziosi, testardi, orgogliosi.»

Aggettivi che possono avere un'interpretazione ambivalente, rifletté velocemente Angela.

«Quindi voi non eravate legati?» chiese ancora.

Una lieve esitazione, poi: «La verità è che Massimo non mi ha mai accettata. Quando ho sposato suo padre, cinque anni fa, lui era un adolescente nella fase della ribellione e, anche se io non intendevo sostituire sua madre, mi ha rifiutato. Non aveva nessuna considerazione di me, di quello che facevo. Pensava che avessi sposato

Luigi per interesse, per farmi aiutare nella carriera. Invece stravedeva per suo padre, anche perché mio marito non sapeva dirgli di no.»

Angela colse una nota amara nella sua voce.

«Crede che abbia pensato che lei volesse mettersi tra lui e suo padre?»

«Non lo so. Ma erano stati solo loro due per parecchi anni, gli anni della formazione di Massimo, e io in un certo senso ho rotto un equilibrio.»

Un istante dopo sembrò pentita di quelle parole.

«Questo non significa che non sia sconvolta per quello che è successo. E la penso come mio marito, Massimo non si sarebbe mai drogato. Era un ragazzo forte, carismatico, con una volontà di ferro e tante potenzialità. Aveva puntato molto sullo sport, sono sicura che sarebbe andato alle Olimpiadi se...» La donna si interruppe e distolse lo sguardo.

Angela le diede il tempo di recuperare la sua compostezza e si guardò intorno. Su una modernissima libreria di acciaio e cristallo spiccavano molte cornici d'argento con foto della famiglia ma soprattutto di Massimo. Alcune lo ritraevano durante le gare di tiro con l'arco e con le medaglie vinte. Si alzò e si avvicinò per osservarle meglio.

«Le dispiace se ne prendo una?» chiese poi.

Lara annuì.

«Basta che me la riporti, Luigi ci tiene molto.»

«Certo, grazie.»

Angela prese dalla cornice una foto in cui il ragazzo stava per scoccare la freccia, la corda dell'arco tesa fino a sfiorargli il mento, lo sguardo concentrato, l'espressione di chi non dubita delle proprie capacità.

«Per sapere cosa è successo veramente, devo capire fino in fondo chi era Massimo» disse.

«Era uno che non accettava di perdere.»

Angela sollevò lo sguardo per incontrare quello di Lara Carradori. Ma l'espressione della donna non rivelava se dietro quelle parole si celasse qualcos'altro.

«Chi erano i suoi amici? Li conosceva?»

La moglie di Moretti scosse la testa.

«Fino all'anno scorso ne aveva due, Ricky e Chicco, avevano fatto tutte le scuole insieme, erano inseparabili. Ma poi Ricky è morto in un brutto incidente di moto e Massimo e Chicco si sono allontanati. I motivi non li so. Poi c'erano i compagni del tiro con l'arco, può chiedere a loro, io ne conosco solo qualcuno di vista.»

«Aveva una ragazza?»

«Sì, Claudia. Stavano insieme da tanto, ma forse si erano lasciati. Quando siamo partiti per Bruxelles li ho sentiti litigare e lei se n'è andata via in lacrime. Non è neppure venuta al funerale.»

Angela rifletté qualche istante.

«La polizia vi ha restituito il suo cellulare? Potrebbe essermi utile per le mie ricerche.»

«Sì, certo. Se vuole vado a prenderlo.»

«La ringrazio.»

La pianista uscì dalla stanza e Angela si avvicinò alla vetrata che affacciava sul parco della villa. Quando era entrata non aveva notato cani, invece in quel momento sentiva un abbaiare persistente. Si aspettava di veder comparire un cane di razza, invece notò in un angolo del giardino un piccolo meticcio che inseguiva giocoso un operaio intento a sistemare delle attrezzature in un capanno. Una strana incongruenza in una famiglia come quella, dove l'apparenza voleva dire molto.

Poco dopo la moglie del senatore rientrò nel salone.

«Piccolo, ma tenace» commentò Angela indicando il cane in lontananza.

«Quella è la nostra Luna» disse Lara con un sorriso. «Abbaia di continuo agli estranei. Ha un concetto molto preciso di proprietà. È un po' molesta, ma per il resto ti conquista il cuore.»

Angela si voltò verso di lei.

«La notte in cui Massimo è tornato dov'era?»

«Con noi a Bruxelles. La porto sempre con me. Abbiamo scelto di non avere figli, così ho deciso di adottare una trovatella in un canile. Li avrei presi tutti, non sapevo decidermi, poi l'ho vista e non ho avuto dubbi, era lei.»

Angela si chiese se fosse stata veramente una sua scelta quella di non volere figli o un'imposizione del marito, ma preferì non approfondire, era un dettaglio che non avrebbe aggiunto nulla all'indagine.

Lara le porse l'ultimo modello di un costosissimo smartphone che stringeva fra le mani.

«Questo è il telefono di Massimo.»

Angela lo prese, poi cercò il suo sguardo.

«Lei condivide quello che pensa suo marito? Crede che Massimo sia stato ucciso?»

La moglie di Moretti annuì con un gesto misurato del capo.

«Sì, non riesco a immaginare Massimo che si droga. Altre cose magari...» Si interruppe bruscamente.

«A che si riferisce?»

Per la prima volta la donna apparve in difficoltà.

«Ma niente... qualche bravata... le solite ragazzate insomma.»

Stava mentendo, c'erano tutti i segnali. Era evidente che adesso davanti a lei non c'era Lara Carradori la pianista, bensì la moglie del senatore Moretti, che gli doveva lealtà e sostegno. Angela decise comunque di provare.

«Ha qualche idea di chi potesse avercela con lui al punto di volerlo morto? Cosa potrebbe aver fatto Massimo?»

Il volto dell'altra adesso era impenetrabile, il tono quasi formale.

«Lei sa che ci sono molti squilibrati in giro, molte persone invidiose... Massimo, come le ho detto, era un leader, era bello, era ricco... non si sa mai cosa può passare nella testa di certi individui e cosa siano disposti a fare per distruggere l'oggetto del loro odio.»

Angela ebbe la sensazione che quelle parole suonassero false, come un testo imparato a memoria senza convinzione. E dietro quella recita percepì una profonda lotta interiore. Lara si alzò.

«Le chiedo scusa, devo tornare alle mie prove. E purtroppo temo di non poterle dire altro per aiutarla.»

Angela si alzò a sua volta per accomiatarsi.

Poco dopo, mentre percorreva il lungo corridoio che conduceva all'ingresso della villa, sentì che Lara aveva ripreso a suonare. E adesso quella melodia le sembrò un lamento, un inno disperato che non cerca conforto perché sa che non può trovarlo.

Una volta fuori, Angela si sottrasse alla suggestione della musica e cercò di analizzare il colloquio con Lara Carradori con il dovuto distacco. Era quello il suo compito, anche se non sempre si dimostrava facile, come in questo caso. C'era stato qualcosa nell'incontro con la moglie di Moretti, a parte la musica, che aveva toccato delle corde particolari dentro di lei e Angela sapeva che questo avrebbe potuto interferire con una sua disamina razionale.

Forse era stata la sofferenza che aveva intuito, il tumulto di emozioni – paura, rabbia, dolore – che si agitavano sotto una superficie apparentemente tranquilla grazie al ferreo autocontrollo esercitato dalla donna. Qualcosa in cui si era rispecchiata. Che le apparteneva e che le aveva permesso di andare avanti, di non perdersi, di non impazzire. Forse era stata proprio quell'affinità a far scattare l'empatia con una donna altrimenti così diversa da lei. Una donna che non le aveva detto tutto, che aveva omesso qualcosa di importante, di questo Angela era certa. Ripensò a quegli impercettibili segnali che sarebbero sfuggiti a un occhio meno allenato del suo: il dilatarsi delle pupille, che indicava la paura di una minaccia, e quello sfiorare il bracciale al polso opposto. Era una forma di dissimulazione delle braccia incrociate, che raccontava stress e ansia, un modo per formare una barriera difensiva e ritrovare la sicurezza.

Cosa nascondeva la pianista? Cosa le impediva di parlarne? Avrebbe potuto nuocere a suo marito? Gli aggettivi che aveva scelto per definire Massimo erano davvero armi a doppio taglio, volevano farle arrivare un messaggio che lei non era stata in grado di decodificare? E quelle frasi ambigue, lasciate cadere come sassi in uno stagno mentre era già pronta a ritirare la mano, cosa significavano?

Non aveva risposte, ma sapeva che, per comprendere cosa fosse successo davvero a Massimo Moretti, avrebbe dovuto trovarle.

19

La macchina procede lungo la salita, davanti a sé ha ancora un'ora di luce. Il paese è alle sue spalle e si sta inerpicando per la strada stretta e tortuosa, manca una mezz'ora alla meta. Ancora poco, pensa, lo sguardo alle cime delle montagne imbiancate da una spruzzata di neve. Fino a quel momento la temperatura è stata mite, solo negli ultimi giorni si è irrigidita.

Dovrà lasciarlo vestito. Per due o tre giorni non sarà lì e, se la temperatura scendesse di molto, sarebbe un problema.

Niente ripensamenti. Nessuno sconto.

Prende un respiro e cerca di mantenere il distacco necessario. È l'unico modo in cui può raggiungere il suo scopo.

Alza il volume della musica e cerca di concentrarsi su quella. Anche se il pensiero corre al baule della macchina.

Il sole sta per tramontare quando imbocca la strada che porta al casolare. Ha sempre amato quel posto proprio per il suo isolamento, lontano da tutto e da tutti.

Come una tana.

E adesso si è rivelato utile per tenerli nascosti senza dare nell'occhio.

Per evitare che i pochi pastori che passano da queste parti sentano le loro richieste d'aiuto, durante l'estate l'ha insonorizzato seguendo le istruzioni di un tutorial che si è rivelato estremamente efficace. Dall'esterno non si sente assolutamente nulla. Sembra un vecchio rudere, appena restaurato. Il luogo ideale per chi ama la montagna e la solitudine.

Ripensa agli ultimi mesi. A mano a mano che procedeva, la tecnica si perfezionava. Dopo il primo errore, ora fa attenzione. Non avrebbe mai creduto di poter arrivare a tanto, ma è stata la vita a decidere per lui. Non aveva alternative. Non c'è perdono, pensa con amarezza, né per sé né per loro.

Imbocca la strada sterrata e, dopo qualche chilometro, raggiunge il casolare in pietra grigia sotto il grande faggio, nudo, senza più foglie.

Parcheggia il più possibile vicino all'edificio, scende dalla macchina e apre lo sportello posteriore. Da un borsone sportivo prende un panno e una bottiglia di cloroformio. Ormai l'effetto dev'essere svanito e non vuole sorprese. Meglio trasportare un peso morto, piuttosto che rischiare un corpo a corpo.

Apre il portabagagli e gli occhi del prigioniero si spalancano colmi di terrore, lo sguardo fisso nel suo.

Gli preme il panno sulla faccia.

Franco si dibatte, spostando il viso da una parte all'altra. Ci vogliono alcuni minuti perché l'anestetico faccia effetto, poi perde i sensi.

Facendo forza sulle braccia lo scarica dalla macchina.

Poi, trascinandolo per i piedi, entra nel casolare.

Acqua, un pezzo di pane e un secchio come latrina. Nei giorni a venire non avrà bisogno di altro. Deve perdere il rispetto per se stesso. Solo così pagherà il giusto prezzo per quello che ha fatto.

20

Angela studiò il mosaico multicolore dei post-it sulla lavagna magnetica, appesa alla parete dell'ufficio che celava l'intercapedine grazie alla quale il suo bisnonno aveva salvato tanti correligionari nel periodo buio dei rastrellamenti nazifascisti. Era un sistema ormai rodato e che funzionava: ognuno aggiungeva una tessera con i suoi aggiornamenti e le sue scoperte o intuizioni sul caso di cui si occupavano e alla fine il quadro si ricomponeva. Malgrado appartenessero alla generazione dei nativi digitali, Nic, Mia e Franco avevano dimostrato di apprezzare il metodo e si impegnavano a cercare i collegamenti e a dare un senso ai tasselli del domino. Ma anche quel giorno l'assenza del figlio del regista si faceva sentire. Mia, seduta al tavolo, continuava a giocherellare col suo lobo, la mente rivolta ad altro. Nic, invece, non riusciva a stare fermo, un moto perpetuo.

«Avete notizie di Franco?» chiese Angela catalizzando immediatamente l'attenzione dei due.

Mia e Nic scossero il capo all'unisono.

«Di qualsiasi cosa si tratti, spero che la risolva presto» disse Angela, mascherando l'inquietudine strisciante che le si era insinuata dentro. Provò di nuovo a chiamarlo, ma l'utente risultava irraggiungibile. Non si era mai comportato così. Cosa poteva essere successo? Sentendosi impotente, si sforzò di concentrarsi sui post-it e cominciò a leggere a voce alta.

«Ritrovamento di bustine di cocaina nella stanza. Acquisto di cocaina nel dark web. Nessuna impronta oltre a quelle di Massimo Moretti sulle bustine. Presenza di cocaina nelle urine e nel sangue. Nessuna traccia di farmaci secondo le analisi di laboratorio. Nessun segno di violenza sul corpo. Moretti leader, sportivo e promessa olimpica. Moretti rispettato ma non amato. Violento, no droga, Claudia ragazza fantasma. Espressioni non verbali di Lara Carradori, moglie di Moretti, indicano che omette qualcosa o mente.»

Una volta terminata la lettura, Angela prese una busta dalla borsa e tirò fuori alcune foto.

«Queste me le ha fatte avere il mio amico vicequestore Benassi» disse, sistemandole sulla lavagna a lato dei post-it. Ritraevano il corpo di Massimo Moretti sul letto con il laccio emostatico ancora stretto intorno al braccio, la siringa abbandonata lì accanto, il cassetto con le bustine di cocaina, la stanza ripresa da varie angolazioni, il particolare di una mensola con una serie di trofei di tiro con l'arco, rappresentanti arcieri nell'atto di scoccare un dardo e bersagli più o meno stilizzati con arco e frecce.

«Partiamo con l'ipotesi della polizia» proseguì Angela. «Il caso è stato archiviato perché, in base ad alcuni elementi, hanno stabilito che la morte di Massimo Moretti è stata provocata da un'overdose accidentale di cocaina.»

Indicò i post-it. «Dalla loro hanno l'esame tossicologico, il rinvenimento delle bustine di coca nella stanza, il tracciamento dell'acquisto di droga nel dark web e i risultati dell'autopsia, secondo cui non ci sono tracce di aggressione o altre forme di violenza...»

«Quindi Massimo non avrebbe reagito» si sovrappose Nic. «È anche vero che ci sono modi per colpire senza lasciare segni, ma d'altra parte nella stanza non è stato rilevato alcun indizio di lotta.»

Angela annuì.

«Esatto. E neppure nel resto della casa. Quindi oggettivamente le argomentazioni della polizia non sembrano fare una piega. Le nostre, come dice Vittorio, allo stato attuale sono solo congetture basate su teorie psicologiche. Anche se io ormai sono convinta che possiamo senz'altro definire quella di Massimo una morte equivoca. Cos'abbiamo?» chiese rivolta a Mia e Nic.

Il ragazzo si fermò e appoggiò le mani sulla scrivania sporgendosi verso di lei.

«Io la penso come te. Ho parlato con uno della squadra di tiro con l'arco e ho avuto la conferma che Massimo era contrario a qualsiasi tipo di droga e che usava la violenza come elemento di dissuasione.»

«Ma non possiamo escludere a priori che ne abbia fatto uso di nascosto» si inserì Mia.

«No, certo. Ma uno così, che vuole vincere a tutti i costi, non rischia di essere squalificato per dare una lezione a un compagno se non odia davvero la droga. Quel fatto ci racconta molto, secondo me.»

«Sono d'accordo» approvò Angela. «Ipotizziamo che

Massimo sia stato ucciso. Cosa notate in queste foto?» chiese indicando le immagini che aveva fissato sulla lavagna.

«Mi sembra la stanza di una persona estremamente ordinata, quasi maniacale. Non c'è niente fuori posto» osservò Mia.

«Ottima annotazione» commentò Angela. «Ma proprio per questo c'è un dettaglio che stona.» Indicò i piedi di Massimo. «Come mai un tipo così preciso e ordinato, che evidentemente teneva molto all'aspetto fisico, ha un calzino sì e uno no? Questo potrebbe far pensare che è stato spostato da qualcuno che, non sappiamo come, è riuscito a non farsi riprendere dalle telecamere di sorveglianza.»

I ragazzi annuirono.

«E come mai sulle bustine di coca ci sono solo le sue impronte?» aggiunse Nic. «Okay sulla siringa, ma è strano che le bustine non le abbia toccate nessun altro.»

Angela rifletté per qualche istante.

«Se si tratta di omicidio, come noi pensiamo, è chiaro che c'è premeditazione. Chi lo ha ucciso ha nascosto altra cocaina nella stanza per avvalorare l'ipotesi dell'overdose e deve aver avuto accesso al suo computer per far risultare quegli acquisti di droga nel dark web.»

«Magari ha usato un trojan» intervenne Mia. «Ci cascano quasi tutti quando ti arriva via mail o sms un link dove ti dicono che hai vinto qualcosa e devi solo cliccare, oppure ricevi qualche notifica che sembra di un servizio affidabile, come la tua banca o le poste. Tu clicchi e l'hacker ha l'accesso in remoto al tuo computer.»

«Giusto» commentò Nic. «Basta capirci un po' di informatica, come la nostra Mia» aggiunse con una punta d'ironia.

«Almeno io non sono rimasta all'era degli amanuensi» replicò lei con uno sguardo di sfida.

Nic mostrò con orgoglio il suo taccuino.

«Ma tu lo sai che scrivere a mano attiva zone fondamentali del cervello, potenzia il linguaggio, il pensiero e la manualità? E soprattutto» concluse «aumenta la capacità di concentrazione.»

Mia fece una smorfia eloquente ma, prima che Nic potesse replicare, Angela li richiamò all'ordine.

«Ragazzi, stiamo sul pezzo. Lo sapete che il nostro è un lavoro di squadra e che sono importanti le abilità di ognuno. Torniamo al nostro ipotetico assassino. Uno: sapeva che in casa non c'era nessuno, era giovedì e i domestici avevano la giornata libera, dunque aveva studiato la situazione con accuratezza. Due: è rimasto nella stanza per vederlo morire. Se lo avesse lasciato prima, Massimo avrebbe potuto chiedere aiuto. Ha abbandonato la scena solo dopo la morte del ragazzo. E questo ci dice che aveva un legame con lui.»

«Doveva essere armato» intervenne Nic. «Da quello che ci hanno detto Massimo era un tipo tosto e ben piazzato fisicamente, solo davanti a una minaccia reale non avrebbe reagito.»

«L'assassino potrebbe averlo colto di sorpresa e narcotizzato» ipotizzò Angela.

«Però nel sangue non sono state trovate tracce di farmaci» obiettò Mia.

«Il cloroformio è abbastanza volatile da svanire nelle ventiquattr'ore ma sufficiente per mettere qualcuno fuori combattimento» replicò Angela. «Il problema principale è la dinamica dell'omicidio. Come ha fatto il nostro presunto assassino a entrare e a uscire dalla villa senza essere ripreso? I filmati delle telecamere di sicurezza testimoniano che Massimo è tornato da solo alle ventidue e trenta e il medico legale ha stabilito che la morte è avvenuta tra le ventitré e mezzanotte. Non ci sono segni di effrazione, l'allarme non è scattato, le videocamere non hanno registrato l'arrivo di nessun altro a parte lui. È possibile che l'assassino si trovasse già all'interno della villa? Ma anche se fosse, come ha fatto a eludere le telecamere? Può avere sfruttato un angolo cieco?»

«Sembra improbabile» commentò Nic, «ma come diceva Sherlock Holmes, eliminato l'impossibile, ciò che resta, per improbabile che sia, dev'essere la verità.»

Angela rimase in silenzio per qualche istante, lo sguardo concentrato sulla lavagna.

«Escluderei un coinvolgimento dei domestici» disse alla fine. «Che motivo avrebbero avuto? Al momento però non vedo altre ipotesi. Certo è che se non troviamo prove a suffragare la nostra teoria nessun piemme riaprirà mai il caso. Dobbiamo tornare sulla vittima, su Massimo, e scavare nella sua vita. Se qualcuno ha elaborato un piano del genere, oltre a sapere il fatto suo, doveva essere spinto da una motivazione molto forte. Tocca a noi scoprirla.»

«Da dove cominciamo?» chiese Mia.

«Dalle tue capacità informatiche» fu la risposta.

«Riusciresti a sbloccare questo cellulare?» Angela le porse lo smartphone ricevuto dalla moglie di Moretti.

Nic fece un fischio di approvazione.

«Wow! L'ultimissimo modello, costa un botto» commentò. «È di Massimo, vero?»

Angela fece segno di sì mentre Mia prendeva il telefono e lo collegava con un cavo al computer.

«Non ci vuole niente, se fosse stato un iPhone sarebbe stato un po' più difficile» disse la ragazza, digitando rapida sulla tastiera mentre sul monitor comparivano varie schermate in successione. «Basta resettarlo.» Poco dopo scollegò il cellulare dal cavo e lo porse ad Angela: «Et voilà».

Lei colse lo sguardo di ammirazione di Nic, che però si affrettò a dissimularlo dietro un sorrisetto ironico.

«La maghetta del computer... o preferisci streghetta?»

Mia gli fece la linguaccia e Angela sorrise per i battibecchi tra i due ragazzi che le regalavano qualche attimo di leggerezza. Cominciò a scorrere veloce la rubrica del cellulare. Quando trovò quello che cercava si voltò verso Nic e Mia: «C'è una sola Claudia tra i suoi contatti, dev'essere lei. Vediamo su WhatsApp».

Fece un rapido controllo e confermò: «Dal tenore dei messaggi direi che era senz'altro la sua ragazza. Segnatevi il numero e chiamatela. È il vostro primo compito. Dovete parlarle, è importante sapere il motivo per cui hanno litigato e perché non è venuta al funerale».

21

Mia controllò per l'ennesima volta il cellulare: «Non è da Franco comportarsi così».

Nic, che stava rimettendo a posto il materiale video della lezione nella stanza di Angela, alzò gli occhi al cielo e Mia non poté non notarlo.

«E chi te lo dice? Pensi di conoscerlo davvero bene?»

«È quasi un anno che fa parte del gruppo» scattò lei.

«Appunto. Troppo poco per definirsi amici» ribatté il ragazzo. «Secondo me aveva qualcosa di meglio da fare e se ne è infischiato di avvisarci.»

Lei gli si piazzò di fronte con una postura aggressiva.

«Ma come ti viene in mente? È sparito nel nulla, senza avvertire nessuno, non è il tipo da fregarsene di tutti. Franco è sensibile, sa che saremmo stati in pensiero. Non è uno stronzo.»

Nicola si irrigidì. Era evidente che la sua preoccupazione per il collega lo infastidiva.

«Scusa se te lo dico, ma tu i tipi come lui non li conosci.»

«Nic, non sono una sprovveduta, so da che famiglia proviene Franco, ma io a differenza di te non ho pregiudizi. Il fatto che sia il figlio di Cosimo Silvestri...»

Il ragazzo non la fece continuare: «Suo padre è uno dei registi che vanno per la maggiore, ne consegue che lui abbia soldi a strafottere. Per Franco fare un po' di volontariato è solo un modo per infiorettare il suo curriculum prima che il padre lo piazzi da qualche parte».

«Sei ingiusto. Si è sempre fatto in quattro per...»

«Per fare colpo su di te e su Angela.»

«Non è vero, e comunque non c'è bisogno di essere in competizione con lui. Di lavoro ce n'è per tutti e, anche se ti costa ammetterlo, la sua assenza si sente.»

«Lasciamo perdere, tanto quando si parla di Franco non si riesce a farti ragionare» le rispose con una scrollata di spalle. «Chiamiamo piuttosto questa Claudia e cerchiamo di incontrarla.»

Mia annuì. Era inutile polemizzare con Nicola, la sottile gelosia che c'era fra i due ragazzi era qualcosa di impalpabile che si era venuto a creare dal primo momento in cui Franco era entrato nel team e, anche se faticava ad ammetterlo, l'amico aveva ragione: lei aveva un debole per Franco, e non per il fatto che fosse figlio di una celebrità e neppure per il suo aspetto fisico, ma per la sua sensibilità, per la sua aria malinconica, per quel modo di mettersi a disposizione degli altri senza pretendere niente.

«Meglio che chiami io o preferisci farlo tu?»

Nic chiuse il mobile dove aveva riposto il materiale e si sedette alla scrivania.

«Vediamo come reagisce alla mia chiamata, la butto sul professionale, se non funziona ci giochiamo la tua carta.»

Sorrideva, era bastato cambiare argomento per mettere da parte le ostilità. Quello era il Nic che le piaceva, l'amico di sempre di cui non avrebbe saputo fare a meno. Lui le fece l'occhiolino e compose il numero che si era segnato.

«Ciao, sono Nicola Ferri, chiamo dalla Crime Academy, stiamo indagando per conto del senatore Moretti sulla morte di suo figlio Massimo...» La ragazza doveva aver risposto qualcosa perché Nic si affrettò ad aggiungere: «Esatto. Sappiamo che stavate insieme, possiamo vederci?» Un attimo di silenzio, poi Nicola con la mano fece il gesto di scrivere guardandosi intorno per cercare un foglio. Mia si affrettò a passargli carta e penna. «Viale del Vignola 50. Flaminio, giusto? Ah, è una strada pedonale, devo chiedere della Piccola Londra, al 32.» Mia inclinò la testa con un'espressione di apprezzamento. «A fra poco allora.»

«Hai capito, la signorina deve essere di ottima famiglia» commentò Mia.

«Conosci la via?»

Lei annuì.

«Vedrai.»

«Ti presento 'Piccola Londra'» disse Mia.

Lei e Nic si trovavano nel quartiere Flaminio, di fronte a uno dei cancelli che delimitavano alle estremità una stradina pedonale lastricata di sampietrini e fiancheggiata da due file di villette dalle facciate variopinte.

«Surreale» commentò lui mentre il suo sguardo si

posava sui lampioni in stile vittoriano, sulle ringhiere e sui cancelli in ferro battuto, sulle scale di pietra ornate di piante che salivano fino ai piccoli portoni in legno. Il tutto in perfetto stile liberty inglese. «Ora capisco cosa intendevi, sembra di essere a Notting Hill.»

Mia rise.

«Peccato che non ci sia Hugh Grant.»

Nic simulò uno sguardo languido.

«Ci sono io, che ci fai con Hugh Grant? Ormai è pure decrepito...»

Come sempre mascherava dietro il tono scherzoso i suoi veri sentimenti, ma Mia ormai lo aveva capito, anche se cercava di non incoraggiarlo: amava il suo essere solare, il suo spirito ironico e la sua inesauribile creatività, ma per lei Nic era soltanto un amico. Gli diede un buffetto e rispose nello stesso tono: «Come dice mia nonna, gallina vecchia fa buon brodo, non lo sai?»

Lui alzò platealmente gli occhi al cielo.

«Donne...» sospirò scuotendo la testa.

Intanto Mia aveva individuato il numero che stavano cercando: un villino color rosa salmone un po' sbiadito, delimitato da un piccolo cancello di ferro verde socchiuso, da due basse colonnine e da un muretto nel quale era incastonata una ringhiera dello stesso colore del cancello. Dietro, una spoglia scala di marmo bianco venato di nero conduceva a un portoncino verde, sormontato da una tettoia trasparente un po' malandata da cui pendeva una lanterna con i vetri impolverati. Tutto l'insieme dava un'impressione di trascuratezza che stonava col resto della strada.

«Per una che abita in campagna come me gli appartamenti a Roma sono un po' claustrofobici, ma per un posto come questo, anche se è meno glamour degli altri, farei un'eccezione» disse la ragazza. «Adoro Londra.»

Spinsero il cancello, salirono i gradini e suonarono il campanello. Improvvisamente dalle finestre del villino si diffuse la musica di *Wish You Were Here* dei Pink Floyd che risuonò nella strada silenziosa. Seguì un rumore di passi frettolosi e la porta si aprì.

«Ciao ragazzi, ben arrivati» li salutò una donna con una lunga treccia grigia e dei grandi occhi chiari segnati dal kajal. Indossava un'ampia gonna di stoffa indiana stile anni Settanta e un maglione di lana pesante fino a metà coscia. «Non ci conosciamo, o sbaglio?»

Nic e Mia non fecero in tempo a rispondere che lei si voltò verso le scale alle sue spalle e gridò: «Claudia, ci sono i tuoi amici». Sorrise e aggiunse: «Io sono Eva, la mamma, vi avrà parlato di me...»

Altri passi di corsa e una ragazza si affacciò sul pianerottolo.

«Ma', ti prego» la rimproverò, poi rivolgendosi a Mia e Nic: «Salite, parliamo in camera».

Eva si spostò lasciandoli entrare con un sorriso accogliente, Mia e Nic ringraziarono e si affrettarono a raggiungere Claudia che fece strada fino alla sua stanza.

«Scusatemi, ma mia madre vuole fare sempre l'amicona e non si rende conto di essere ridicola» commentò con una certa durezza chiudendosi la porta alle spalle.

Mia si guardò intorno, vestiti sparsi un po' ovunque, una scrivania ingombra di libri e quaderni e il letto coperto da una trapunta imbottita patchwork e cuscini colorati. Nell'aria aleggiava un odore dolciastro: Mia e Nic si scambiarono una rapida occhiata ma non commentarono.

Mia studiò Claudia: aveva lunghi capelli ricci fino alle spalle, grandi occhi azzurri che aveva preso dalla madre e un'aria eterea. Il suo look minimalista, semplice e oversize, tendeva a coprire un fisico già minuto. Era molto bella, anche se lei non sembrava rendersene conto. Dietro quell'aspetto delicato, però, percepì un atteggiamento difensivo e una buona dose di diffidenza.

«Perché volevate vedermi?» chiese la ragazza. «Spero che non sarà una cosa lunga, non ho molta voglia di parlare, potete capire perché.»

Lo disse con la stessa durezza che aveva usato per stigmatizzare il comportamento della madre. Ma Mia si impose di non avere pregiudizi: ognuno reagiva alla sofferenza a modo suo, se Claudia non sembrava addolorata non significava che non lo fosse.

Fu Nic a rispondere con la franchezza che lo contraddistingueva: «Sappiamo che eri la ragazza di Massimo, ma al funerale non sei venuta».

Claudia si mordicchiò il labbro, come a voler valutare ciò che stava per dire, poi tirando giù istintivamente le maniche del maglione rispose: «Non ce l'ho fatta». Si prese un attimo e aggiunse: «Avevamo litigato, ma forse questo lo sapete già. Mi sentivo in colpa perché non avrei avuto più la possibilità di rimediare».

«Perché avevate litigato?» chiese Mia.

«Max era geloso» fece una pausa, «molto geloso.

Non voleva che frequentassi altri ragazzi se lui non c'era. C'eravamo messi insieme all'inizio della scuola e io ero strafelice. Mi faceva sentire una principessa, mi sembrava impossibile che fra tante ragazze avesse scelto proprio me, poi però ho capito che stare con lui aveva un prezzo, mi considerava come qualcosa di suo.»

Mentre la ragazza parlava, Mia prendeva nota dell'ambiente. Non c'era nulla che raccontasse di quella relazione, una foto, un peluche, i soliti oggetti che ci si scambia tra innamorati. Claudia stava raccontando che il loro era un rapporto serio, ma allora perché nella cornice digitale sul comodino non c'era nemmeno una foto di loro due ma solo quelle di lei con una ragazza e un altro ragazzo? E cos'erano quei lividi che aveva cercato di nascondere abbassando frettolosamente le maniche del maglione? Lo sguardo di Mia andò al cassetto del comodino, semiaperto. Qualcosa di argentato attirò la sua attenzione: un pacchettino di carta stagnola. Si voltò verso Claudia: «Sai se Massimo tirava coca? Eri la sua ragazza, non potevi non essertene accorta».

Di nuovo l'altra esitò, come se cercasse la risposta giusta.

«Se lo faceva, me lo ha nascosto.»

«Ma non è difficile capirlo» intervenne Nicola, «se pippava era schizzato, andava a mille, poi improvvisamente aveva dei down e non gliene fregava più niente di nessuno.»

«Massimo andava sempre a mille e non gli importava mai niente degli altri» scattò Claudia. «Era un vincente e per questo mi piaceva. Non lo so se si faceva di coca, di sicuro voleva che io ne stessi lontana.»

Mia fu colpita da quelle parole.

«Ma tu ti fai le canne, giusto?»

Lo sguardo di Claudia si inchiodò in quello di Mia. Sfrontato.

«I miei non sono mai stati contrari, a volte ce le facciamo insieme» aggiunse con aria di sfida.

Poi la ragazza, spostando lo sguardo da uno all'altra, passò al contrattacco.

«Insomma, mi volete spiegare perché siete venuti qui a farmi tutte queste domande? Che vuol dire che state indagando per conto del padre di Massimo? Che c'è da indagare? È stata una cosa tremenda, ma Massimo è morto di overdose, lo sanno tutti.»

Mia notò che aveva calcato su quel «tutti».

«Il senatore Moretti è convinto che suo figlio non si sarebbe mai drogato. Lui crede che lo abbiano ucciso.» Di nuovo Nic, diretto e senza giri di parole.

Claudia spalancò gli occhi azzurri e si portò le mani alla bocca.

«Ucciso? Ma che dite...?» balbettò.

Mia la osservava con attenzione e si convinse che non stava mentendo. Era davvero sconvolta. Ma sembrava anche spaventata. Perché?

«Puoi dirci se qualcuno ce l'aveva con lui, se lo avevano minacciato, se...»

Claudia scosse freneticamente la testa.

«No, no, assolutamente no! Massimo non aveva un carattere facile, era un duro, un vincente, ve l'ho detto...

ma questa cosa è assurda, assurda!» ripeté. Poi tornò a guardarli: «Per favore, vorrei stare da sola». Aprì la porta e gli fece cenno di andarsene. «Non c'è altro da dire e non mi sento più di parlare.»

Nic staccò dal suo taccuino un foglietto, annotò sopra i loro numeri di telefono e lo posò sul comodino.

«Se vuoi, sai dove trovarci.»

I due ragazzi uscirono dalla stanza e scesero le scale fino alla porta di ingresso. Questa volta la madre non si fece vedere.

Una volta fuori, Nic e Mia, come facevano sempre, si scambiarono le rispettive sensazioni.

«Non è stata completamente onesta con noi» commentò lui. «Era piuttosto reticente.»

«Di' pure che ha mentito. Massimo le mancava al punto che ha tolto di mezzo tutte le foto con lui» ironizzò Mia. «Il classico atteggiamento di una col cuore spezzato. E poi con quanta fretta ha negato che qualcuno ce l'avesse con lui. Eccessiva, a mio avviso.»

«Hai ragione, c'è qualcosa che non quadra, troppi segnali contraddittori.»

«Di sicuro era sconvolta all'idea che Massimo possa essere stato ucciso» riprese Mia. «E aveva paura, non so di cosa ma era spaventata.»

Nic rifletté.

«Sono d'accordo con te.»

Mia si avviò decisa verso l'uscita della «Piccola Londra».

«Dobbiamo parlarne con Angela.»

22

«Dunque secondo voi la ragazza mentiva?»

Angela e i suoi tirocinanti erano di nuovo nel piccolo ufficio di piazza Costaguti. Mia stava annotando qualcosa su dei post-it, mentre Nic versava dell'acqua in tre bicchieri di carta. Si erano dati appuntamento prima dell'apertura dello sportello di sostegno, per potersi confrontare dopo l'incontro di Nic e Mia con Claudia.

I due annuirono.

Mia aggiunse altri post-it sotto il nome CLAUDIA al quadro che stava lentamente prendendo forma sulla lavagna. Sul primo c'era scritto «niente foto o altre tracce della storia Claudia/Massimo nella stanza della ragazza». E sul secondo «nega di sapere se Massimo tirava coca. Fa uso di droghe leggere».

«Come lo hai capito?» chiese Angela dopo essersi accostata alla lavagna per leggerli.

«Dall'odore che c'era nella stanza» rispose Mia cercando con lo sguardo l'approvazione di Nic, che fece un cenno di assenso prima di sorseggiare l'acqua. «E dal pacchettino di carta argentata che ho intravisto nel cassetto del comodino. E comunque lei lo ha ammesso senza problemi.»

Anche Nic si avvicinò, sollevando la mano per attirare l'attenzione di Angela.

«Aspetta, non è tutto qui. Abbiamo altri elementi» disse. Aveva scritto tre nuovi post-it, nella sua calligrafia a lettere grandi e rotonde che sembravano voler schizzare fuori dal piccolo rettangolo di carta. «Innanzitutto Claudia ci ha detto un sacco di balle sul motivo per cui non era al funerale.» Con una puntina fissò sulla lavagna il primo foglietto su cui era scritto «incerta nel motivare la sua assenza in chiesa». Poi appese anche il secondo: «Sostiene che Moretti era geloso e possessivo». Prima di attaccare il terzo, il ragazzo si voltò verso Angela e la guardò. «E questo è il più preoccupante: Claudia era spaventata da qualcosa.»

A quel punto Mia intervenne: «Non solo, ha cercato di nascondere i lividi sulle braccia».

La ragazza scarabocchiò veloce la frase su un nuovo post-it: «possibile vittima di abusi?»

Angela fissò quelle parole. Era consapevole della particolare sensibilità di Mia su certe problematiche e sapeva che molto di rado le sue impressioni erano sbagliate.

«Abusi famigliari?» chiese.

La ragazza scosse la testa.

«Non direi. La madre è la tipica ex figlia dei fiori frichettona, un po' invadente, del genere 'facciamoci le canne insieme', ma quanto di più lontano dalla figura del genitore maltrattante. Lo escluderei.»

«Sono d'accordo» confermò Nic.

«Allora Massimo?» chiese Angela.

«Secondo noi è più probabile» rispose il ragazzo. «Il

tizio del tiro con l'arco mi ha detto chiaramente che Moretti era piuttosto manesco, ci potrebbe stare.»

«I lividi erano sbiaditi» puntualizzò Mia. «Quindi dovrebbero essere passati una decina di giorni e i tempi tornano.»

«Perciò, riassumendo» disse Angela, «abbiamo un rapporto sbilanciato con una figura maschile predominante e forse abusante, e una situazione di soggezione da parte di Claudia. Ma perché non parlarne? Massimo non c'è più, di cosa potrebbe avere paura? Perché sembra che cerchi comunque di coprirlo?»

Nic e Mia si scambiarono un'occhiata perplessa.

«Magari ha paura delle reazioni del padre, in fondo è un politico importante, se lei facesse certe dichiarazioni potrebbe crearle dei problemi» disse lui.

«Sì, è vero» replicò Angela. «Ma noi non dobbiamo aver paura di scavare, anche se quello che potremmo trovare non piacerà al senatore Moretti. Ci ha chiesto di scoprire la verità, ed è ciò che intendo fare. Più andiamo avanti più si delinea un quadro di Massimo piuttosto diverso rispetto a quanto ci ha detto il padre. Troppe reticenze, penso alla moglie del senatore e a Claudia, troppa ostilità, penso alle chiacchiere al funerale e a quello che ha detto il ragazzo del tiro con l'arco. C'è una sola cosa che dobbiamo fare» concluse. «Cosa?»

«Continuare a scavare» esclamarono i due all'unisono.

«Bravi.»

Prima che potesse aggiungere altro furono distratti da un lieve bussare.

«Posso?» chiese Melina affacciandosi nella stanza.

«Nonna, lo sai che per te è sempre aperto» rispose Angela con un grande sorriso.

«Ho visto che eravate qui e volevo farvi un saluto. Hai notizie di tuo fratello?»

Angela scosse la testa.

«Non lo sento da qualche giorno.»

Melina sospirò.

«Ultimamente non si fa vedere molto, se lo chiami ricordati di dirgli che lo aspetto, d'accordo?»

Livio era il tallone d'Achille di quella donna forte e battagliera, sin da quando era piccolo. Forse perché era stato un bambino fragile, sia fisicamente che psicologicamente, sua nonna aveva sempre avuto un atteggiamento molto protettivo nei suoi confronti. E anch'io, si disse Angela, consapevole che insieme avevano contribuito a viziarlo. Ma come avrebbero potuto fare diversamente, dopo quello che aveva passato?

«Va bene, più tardi lo cerco e gli do una bella ripassata» disse scherzosa.

Melina sorrise.

«Ci conto. E ricordati di passare da me a prendere il *cholent*, ho finito di cuocerlo stanotte ed è pronto per lo Shabbat.»

«Ci puoi scommettere.» Angela non avrebbe rinunciato per niente al mondo a quella prelibatezza di carne e ceci fatta stufare per una notte intera. Le diede un rapido bacio sulla guancia. Non era facile per lei lasciarsi andare a manifestazioni d'affetto, ma con la nonna, come con Paolo e Vittorio, era diverso. Loro erano la sua famiglia, il pilastro a cui ancorarsi quando dentro di lei soffiavano venti di tempesta.

Melina le fece una carezza.

«Ciao tesoro, ti aspetto. Ciao ragazzi» aggiunse, e uscì incrociando sulla porta la prima «cliente» del pomeriggio, una giovane donna dall'aria spaventata che si bloccò sulla soglia, incerta se entrare o scappare via.

Angela, Mia e Nic conoscevano bene quell'atteggiamento da preda braccata. Erano lì proprio per le persone come lei.

«Vieni, accomodati.» Angela le fece cenno di entrare, mentre Mia le avvicinava una sedia. «So come ti senti, ma ti assicuro che non sei sola e noi possiamo aiutarti.»

23

Angela guardò l'orologio a muro, era ora di chiudere lo sportello. Nic e Mia erano andati a casa e lei si era attardata sperando di avere notizie di Franco. Ma il ragazzo non si era fatto vivo. Prese le sue cose, spense le luci e uscì chiudendosi alle spalle il portoncino di legno. Poi abbassò la saracinesca.

Si stava incamminando verso casa quando d'impulso prese una decisione diversa.

Un lampo zigzagò nel cielo senza stelle, seguito dal rimbombo ostile di un tuono, poi d'improvviso grosse gocce d'acqua si abbatterono rabbiose sui sampietrini. Angela abbandonò l'idea di prendere la bicicletta, cercò nello zainetto le chiavi della macchina e corse verso la jeep parcheggiata in piazza Costaguti.

Se Maometto non andava alla montagna era la montagna ad andare da Maometto. Una massima che non aveva mai seguito perché non era da lei imporsi in quel modo, ma erano passati troppi giorni senza che il ragazzo si facesse sentire e il suo istinto le diceva che qualcosa non andava.

Il tempo di salire in macchina e si ritrovò bagnata dalla testa ai piedi. La stagione era cambiata e ormai anche a Roma le temperature si erano fatte più rigide. Accese il riscaldamento e l'aria si diffuse nell'abitacolo. Si incolonnò nel traffico del Lungotevere pensando alla strada più breve per raggiungere il quartiere Fleming dove abitava Franco.

Con la pioggia la città diventava invivibile, lunghe file di auto intasavano il centro e, per quanto cercasse di svicolare passando da un lato all'altro del fiume, procedeva a rilento. Per ingannare il tempo, attivò il bluetooth e fece una telefonata.

«Chiama Paolo Benassi.»

Dopo pochi istanti sentì lo scatto della segreteria e la voce registrata che invitava a lasciare un messaggio.

«Sono io, nonna Melina ha preparato il *cholent*, se vuoi venire a cena sarò così generosa da dividerlo con te, però non arrivare prima delle nove perché sto andando a casa di Franco.» Stava per chiudere, ma aggiunse: «Pensi tu al vino? Non so se faccio in tempo. Ti prego, vieni, non ho voglia di cenare da sola». Sorrise sperando che Paolo non si lasciasse scoraggiare dalla pioggia e accettasse l'invito. Aveva bisogno della sua compagnia, a volte la solitudine le pesava, soprattutto quando qualcosa la opprimeva come in quei giorni.

Dopo una buona mezz'ora imboccò il viadotto di corso Francia e si inerpicò per la Flaminia Vecchia. Conosceva l'indirizzo perché una sera Franco aveva bucato una gomma e lei lo aveva accompagnato a casa, scoprendo dove abitava Cosimo Silvestri: l'appartamento si trovava in una delle vie residenziali più esclusive del quartiere.

Parcheggiò e raggiunse il palazzo immerso nel verde. Ancora non sapeva bene cosa avrebbe detto, sperava solo di non essere troppo inopportuna visto che era quasi l'ora di cena.

Sul citofono c'erano due Silvestri, Angela spinse il primo pulsante, ma nessuno rispose. Quindi passò all'altro.

«Sì, chi è?» rispose dopo qualche istante una voce di donna con un lieve accento straniero.

«Buonasera, mi scusi per l'ora. Sono Angela Di Cori della Crime Academy, cercavo Franco.» Ci fu un attimo di silenzio. «Posso parlare con sua madre o suo padre se lui non c'è...» insistette.

«Salga. Ultimo piano a destra» fu la laconica risposta. Poi il rumore del cancello che si apriva.

Era il tipico palazzo di lusso degli anni Settanta, quando buona parte della classe borghese medio-alta si era trasferita sulla collina Fleming. Grandi case con terrazze, balconi e tanto verde intorno. Riservate quanto bastava per garantire ai residenti la privacy. Proprio il tipo di quartiere che Angela detestava.

Entrò nell'androne e prese l'ascensore, augurandosi di avere buone notizie.

Salì all'ultimo piano, dove una filippina dall'età indefinibile l'aspettava sulla porta.

«Prego, si accomodi» disse facendole strada nell'appartamento.

«Spero di non disturbare, cercavo Franco. Sono giorni che non si fa vivo e...» esordì Angela, ma la donna non la fece continuare.

«I signori non ci sono, mi scusi se l'ho fatta salire ma

speravo che sapesse qualcosa di Franco.» Quelle parole e l'espressione preoccupata che le accompagnava acuirono la sensazione di allarme che attanagliava Angela.

«Da quanto manca da casa?» le chiese.

«Tre giorni. I signori non si sono preoccupati perché pensavano che stesse in giro per voi» spiegò la donna, poi aggiunse: «Franco non parla molto con loro, ma io sono la sua tata, lui lo sa che io mi preoccupo subito, non mi avrebbe mai fatto una cosa così...» Lasciò la frase in sospeso quasi ritenesse di essere stata inopportuna. Dalla sua voce traspariva tutta l'ansia che le opprimeva il cuore, l'affetto per quel bambino che aveva cresciuto come se fosse suo.

«A noi ha detto che aveva un impegno di famiglia e che si doveva assentare, poi non ha più dato sue notizie» spiegò Angela, iniziando mentalmente a mettere i tasselli in ordine. L'ultima volta che lo avevano visto era il giorno prima del funerale e lui aveva detto che l'indomani aveva un impegno improrogabile. Erano passati tre giorni. Tre giorni in cui, a quanto pareva, non era neppure rientrato a casa.

«Possibile che non abbia lasciato detto niente? Avete controllato in camera sua?»

La filippina scosse la testa.

«Franco abita da solo nel superattico, ma io non ho visto niente di strano nella stanza. L'ha lasciata in ordine come al solito.»

«Se non sono troppo indiscreta, potrei vederla?» Non sapeva nemmeno lei perché avesse fatto quella richiesta, ma la sparizione improvvisa e inspiegabile e la bugia che

Franco le aveva raccontato non facevano che aumentare la sua apprensione.

«Mi aspetti qui, prendo le chiavi» rispose di getto la donna, come se non desiderasse altro.

Nell'attesa Angela si guardò intorno. In quella casa tutto parlava di successo e di ricchezza. Ogni più piccolo oggetto era stato scelto con un'attenzione particolare, forse neanche dai padroni di casa, ma per quanto tutto fosse di grande gusto, l'insieme non raccontava nulla della famiglia e risultava impersonale. Era il loro appartamento, ma poteva essere quello di chiunque altro. La sensazione era quella del bel set di una rivista di arredamento. Un set studiato per far colpo.

Pochi istanti dopo Mary Ann, questo era il nome della domestica, tornò con un mazzo di chiavi.

«Venga» disse precedendola sul pianerottolo.

Salirono la rampa di scale e raggiunsero il piano superiore, dove si apriva solo una porta. «Delle pulizie mi occupo io, ma ormai lui è bravo, lascia sempre tutto a posto» disse la donna inserendo la chiave nella serratura.

Angela la seguì nel loft. La prima cosa che la colpì fu l'arredo minimalista. La stanza era spoglia. Tanto l'appartamento dei genitori era opulento quanto quello di Franco era scarno. Da un lato, appoggiato al muro, c'era un letto a due piazze perfettamente rifatto. Un pannello con lo skyline di New York lo divideva dal resto della stanza, occupato da un angolo cottura, un tavolino, un divano e un televisore di modeste dimensioni. Completava l'arredamento una scrivania vicino alla portafinestra che si apriva sulla terrazza affacciata sui tetti del quartiere. Non una foto. Nessun oggetto che ricordasse che lì abitava un ragazzo di ventitré anni. I libri dell'università in bell'ordine sugli scaffali e null'altro. L'ambiente era quasi monacale. Angela si avvicinò alla scrivania e accese il computer, ma lo schermo era bloccato dalla password. Un cielo stellato. Buio.

«Non sembra nemmeno che qui ci abiti un ragazzo» disse quasi tra sé.

Mary Ann annuì.

«È diventato bravo, Franco. Quando andava al liceo lasciava tutto in disordine, era sempre nervoso, ma non era cattivo...»

Quella frase catturò l'attenzione di Angela.

«Perché dice così?»

«Perché faceva un sacco di guai, studiava poco, era molto...» Cercò il termine giusto, nonostante i tanti anni in Italia era evidente che alcune parole non le venivano spontanee. «Agitato, si dice così, vero? Ma è figlio unico, i suoi non ci sono mai, lui è stato tanto male per questo» cercò di scusarlo.

«E poi che è successo? Come mai è cambiato?» domandò Angela, pensando che il ragazzo di cui parlava la filippina non sembrava aver nulla in comune con il Franco che conosceva lei.

La donna sorrise e alzò le spalle.

«Non lo so, forse è solo diventato grande.» Fece un sorriso imbarazzato. «Ha buttato via tutto, e ha iniziato a studiare, a fare il bravo» ripeté convinta. «Era contento di lavorare per lei, mi diceva sempre, 'Mary Ann: la prof, la chiama così, è una donna speciale, come lei ce ne sono poche'. Lui parlava con me, Franco non è cattivo» insistette, «non mi avrebbe mai fatto stare in pensiero.»

Era la seconda volta che ripeteva quella frase e Angela le credette. Forse quella donna era il solo vero affetto che Franco aveva, pensò con tristezza. Le promise che avrebbe fatto di tutto per ritrovarlo.

«Ma lei chieda ai genitori di denunciare la scomparsa. Mi ha detto che sono tre giorni che non dà notizie, non è normale.»

«Glielo dirò, ma so già la risposta: 'Mary Ann, tu gli vuoi troppo bene, gli perdoni tutto e lui se ne frega, quando gli andrà tornerà a casa'. Ma non è così, mi creda.»

Angela la rassicurò, si sarebbe occupata lei della faccenda. Poi le diede il suo biglietto da visita pregandola di avvisarla se Franco si fosse fatto vivo e se ne andò con una strana sensazione addosso. Era come se l'immagine di Franco si fosse improvvisamente sdoppiata.

Uscita dal palazzo, corse verso la sua auto e salì cercando di scrollare via le gocce di pioggia dal giaccone insieme all'ansia crescente. Ripensò al suo primo incontro con il ragazzo. Era alla Crime Academy, aveva appena finito il seminario e stava raccogliendo le carte per tornare a casa quando lui aveva bussato alla porta.

«Posso disturbarla un attimo?»

Angela lo conosceva bene, aveva già dato tre esami con lei e tutti con ottimi voti. In aula era sempre nei primi banchi e poneva domande molto acute. Insomma, uno studente modello.

«Prego, entra» gli aveva detto e si era seduta alla scrivania per ascoltarlo. «Dimmi pure.»

Franco le aveva spiegato di aver seguito i suoi seminari e che sapeva del suo sportello di sostegno per le donne vittime di violenza.

«Mi piacerebbe lavorare con lei. Non ho bisogno di soldi.» Era andato dritto al punto, senza cercare scorciatoie.

«Perché?» Una semplice domanda che per Angela aveva un'importanza basilare. I ragazzi che lavoravano con lei li aveva scelti per le loro caratteristiche e per le forti motivazioni che avevano dimostrato di avere. Nicola per la sua intelligenza creativa, indispensabile nei momenti di impasse delle indagini. Mia per la sua empatia e per la capacità di analizzare i dati con una velocità fuori dal comune. Due persone diverse, che si compensavano e che si erano dimostrate preziose.

Se lo aveva spiazzato con quella domanda, Franco non lo aveva dato a vedere.

«Perché sono stato fortunato, fino adesso ho avuto tutto dalla vita e non mi sono fatto scrupoli a prendere ciò che volevo. È arrivato il momento di restituire qualcosa agli altri» aveva risposto. Solo adesso quelle parole acquistavano un significato diverso e inquietante.

Ma all'epoca non poteva saperlo e le erano bastate per decidere. I voti di Franco erano eccellenti, la laurea in Legge poteva tornare utile allo sportello ed era senza dubbio motivato. Eppure già allora Angela aveva percepito dentro di lui quell'ombra che cercava di nascondere, quel male di vivere che lei ben conosceva.

Lo squillo del cellulare interruppe la moviola dei ricordi. Sul display comparve il nome di Paolo.

«Dove sei?» le chiese l'amico quando rispose. «Io sulle tue scale e non vedo l'ora di mangiare il *cholent* di nonna Melina, sbrigati!»

«Arrivo subito.» Angela accantonò l'immagine della stanza vuota di Franco, quella stanza che raccontava fin troppo di lui. Ci avrebbe pensato l'indomani.

24

«Sei sicura che la scuola sia questa?»

Era l'ennesima volta che Nic le faceva quella domanda e Mia si stava spazientendo. Lui sapeva che aveva una memoria fotografica e che non le sfuggiva niente.

«Al mille per mille, l'ho riconosciuta da alcune foto nella cornice digitale sul comodino di Claudia e ho fatto una verifica online. Liceo Lucrezio Caro, lo stesso che aveva frequentato Massimo Moretti.»

Nic, con le spalle appoggiate al muro di fronte all'entrata, osservò la struttura color ocra degli anni Cinquanta, composta da edifici a forma di parallelepipedo che evidentemente erano stati ristrutturati di recente. Si trovavano ai confini dell'ex Villaggio Olimpico, costruito per ospitare i Giochi del 1960 e poi riconvertito in edilizia pubblica.

«Non sembra il classico posto da fighetti pieni di soldi» commentò perplesso.

«No, ma è una solida scuola pubblica di ottima nomea per quei ricchi che vogliono far vedere di non sfruttare i privilegi di classe mandando i figli alle private» replicò Mia. «Ed è in una posizione centrale per chi viene dalla Cassia, dal Flaminio, dai Parioli e dal Fleming.»

Nic sorrise.

«Sempre molto preparata, la nostra secchiona» disse trincerandosi dietro la solita ironia.

Mia gli lanciò un'occhiata in tralice.

«Mi piace documentarmi. Più ne so, meglio è.»

«Okay, okay, mi arrendo. Allora non ci resta che aspettare che escano, dovrebbe essere quasi ora» aggiunse guardando l'orologio.

«Esatto» rispose lei controllando sul cellulare se vi fossero nuovi messaggi.

«Posso darti un consiglio?» Mia sollevò lo sguardo su di lui. «Non ti aspettare messaggi da Franco.»

La ragazza sbuffò.

«La pianti? Anche tu sei preoccupato. Ti conosco, è inutile che fai questa scena con me.»

«Non sono preoccupato, sono incazzato, se proprio lo vuoi sapere» esplose il ragazzo. «Non ci si comporta così, è un menefreghista interessato solo a se stesso.»

«Non è vero. Se fosse come dici tu, Angela non lo avrebbe preso nella squadra.»

«Anche i migliori possono sbagliare» replicò lui lapidario.

La discussione venne interrotta dal suono della campanella all'interno dell'edificio.

«Non sarà facile individuarla.»

Come a conferma delle parole di Nic, un istante dopo una fiumana di ragazzi si riversò sul marciapiede.

«Ha un piumino rosa, era sulla sedia vicino alla scrivania in camera sua e gliel'ho visto in alcune foto, è della stessa sfumatura del suo zaino» disse Mia ritenendolo un elemento importante per riconoscerla in quella confusione.

L'attenzione dei due ragazzi si catalizzò sul portone. Si erano messi sul marciapiede di fronte al cancello della scuola, un po' defilati per non farsi notare, ma nella giusta posizione per poter tenere bene d'occhio l'uscita.

«Cerchiamo di mettere a fuoco i suoi amici.»

In quel momento videro Claudia con uno zuccotto di lana rosa calcato sulla testa e il piumino di cui aveva parlato Mia.

«Eccola.» Nic era stato il primo a notarla.

La ex di Massimo era in compagnia di un ragazzo e di una ragazza con cui sembrava in grande confidenza. Mia li osservò con attenzione mentre si fermavano a parlottare. Lui indossava un giaccone sportivo che aveva visto tempi migliori, una camicia a quadri e un maglione girocollo da mercatino, jeans logori e scarpe da ginnastica sfondate. Non sembrava il tipo di persona che potesse rientrare fra gli amici di Massimo. Lei, piumino verde mela con golfino in tinta e pantaloni alla moda accompagnati da stivaletti alla caviglia, poteva far parte di quella cerchia, ma non avevano elementi per dimostrarlo.

«La tipa non so chi sia, ma lui ha una faccia conosciuta, devo averlo visto in qualche foto nella stanza di Claudia» commentò.

«Mi fido di te» disse Nic con gli occhi fissi sul terzetto. «È evidente che sono molto amici, dovremmo cercare di parlare con loro.»

«Se Claudia si allontana, tu puoi provare con lui e io con l'amica. Magari siamo fortunati e riusciamo a farci dire qualcosa di utile.»

Nic annuì e rimasero in attesa, fingendo anche loro di chiacchierare.

«Tocca a te» disse Mia dopo qualche minuto, notando che il ragazzo salutava e si allontanava verso il cuore del Villaggio Olimpico.

Nic si mosse nella stessa direzione.

«Vado. A dopo.»

Senza perdere di vista l'amico di Claudia, e riflettendo sul modo migliore per approcciarlo, Nic osservava incuriosito quel pezzo di Roma che non conosceva. Grandi edifici lineari dalla pianta leggermente articolata, con le finestre a nastro e il rivestimento a cortina giallo, non più alti di cinque piani, circondati da pini, lecci e allori, sollevati da terra su pilastri di cemento come fossero palafitte, quelli più bassi disposti a croce, intersecati nei cortili aperti da stradine pedonali e da camminamenti erbosi. Si distrasse un attimo di troppo senza rendersi conto che l'altro si era fermato bruscamente e se lo ritrovò davanti, aggressivo.

«Mi stai seguendo? Che vuoi? Chi cazzo sei?»

Colto in contropiede, Nic alzò le mani e sorrise, facendo il possibile per mostrarsi amichevole.

«Scusa, scusa, hai ragione, volevo solo parlare un momento con te.»

Ma il ragazzo continuò a mantenere la postura difensiva di chi si sente sotto minaccia.

«Perché?» si limitò a dire con le labbra contratte.

Nic non poté fare a meno di annotare mentalmente la stranezza di quel comportamento per parlarne con Angela più tardi.

«Mi chiamo Nicola Ferri» spiegò, «mi sto specializzando in criminologia alla Crime Academy e collaboro con la mia insegnante quando le vengono richieste delle perizie» spiegò.

«E allora?» Il tono era sempre diffidente e ostile.

«Il padre di Massimo Moretti ci ha chiesto una consulenza sulla morte del figlio. Non crede possibile che si facesse di coca.»

L'espressione dell'altro divenne gelida.

«Non me ne frega niente di come è morto. E non ho capito che vuoi da me.»

Nic percepì un tale livore nel tono del ragazzo da restarne colpito.

«Senti...» cominciò, e proseguì: «Non mi hai detto come ti chiami».

«Aldo» rispose riluttante l'amico di Claudia.

«Senti Aldo, abbiamo parlato con Claudia, ma ci siamo resi conto che non ci ha detto tutto, tu sei suo amico, magari potresti aiutarci...» Parlando, Nic si era avvicinato con fare amichevole.

«E perché dovrei?» lo interruppe l'altro con veemenza, arretrando per mantenere le distanze. «Proprio perché sono suo amico ti dico di lasciarla in pace. Ha già dato.»

Nic non si diede per vinto e cercò di sfoderare le sue doti persuasive.

«È difficile per la famiglia accettare una morte del genere, stiamo cercando di capire cosa è successo veramente.» Aveva scelto la via più diretta, pensando che Aldo avrebbe abbassato le difese se avesse capito che non stava attaccando Claudia.

«Potevano pensarci prima» fu la tagliente risposta.

«In che senso? Tu lo conoscevi?»

«Tutti a scuola lo conoscevano, lui e quegli altri stronzi dei suoi amici.»

Nic lo osservò con attenzione: la rabbia che il ragazzo covava dentro sembrava indicare una questione personale.

«Ce l'avevi con lui per qualche motivo?» non poté fare a meno di chiedere.

«Che te ne frega? Non sono cazzi tuoi.»

«Te l'ho detto, sto solo cercando di capire...»

Aldo lo interruppe ancora una volta.

«Non c'è molto da capire. C'è chi nasce stronzo perché ce l'ha nel dna. Punto.»

«Ma Claudia...» riprovò Nic.

«Per lei è meglio così, credimi. Lasciala stare.»

Nic fece un ultimo tentativo, al buio, augurandosi di aprire un varco.

«Era lui che la picchiava? Ho visto i segni sulle braccia.»

Aldo lo guardò fisso, sfidandolo.

«Se lo sai già, perché vieni a chiederlo a me?»

«Claudia non lo ammetterà mai.»

Il ragazzo alzò le spalle.

«Allora forse non è vero.» E fece per andarsene. Poi si girò di nuovo verso Nic. «Scommetto che a scuola non troverai nessuno che rimpiangerà Massimo Moretti. Io per primo.»

Poi se ne andò, lasciandolo a riflettere su quelle parole.

25

«Qualcuno di voi è mai stato a casa di Franco?»

Angela era nella sua stanza all'Academy e guardava alternativamente Nic e Mia, a cui aveva chiesto di raggiungerla. Il primo, seduto sulla scrivania, lasciava dondolare le gambe che non volevano saperne di stare ferme, mentre la ragazza era appoggiata con la schiena alla libreria, una mano in tasca e nell'altra l'immancabile tablet, che secondo Nic era una sua appendice naturale.

«Io no, ho sempre avuto la sensazione che non volesse farci conoscere la sua famiglia» rispose Mia e si voltò verso Nic, che scosse la testa.

«Era blindato, all'inizio pensavo che fosse perché se la tirava, ma con il tempo ho capito che era proprio essere il figlio di Cosimo Silvestri il problema, era quello a metterlo in difficoltà. Non credo sia facile essere un *figlio di*» commentò il ragazzo.

Angela lanciò un'occhiata all'orologio, mancavano ancora dieci minuti all'inizio della lezione.

«Sì, ma forse c'è dell'altro» disse. L'attenzione dei ragazzi fu subito calamitata da quelle parole. «Franco ha un loft al superattico sopra l'appartamento dei suoi...»

«Non mi dispiacerebbe essere nei suoi panni» la interruppe ironico Nicola.

«Piantala Nic!» lo redarguì Mia che aveva percepito la dissonanza.

Lui alzò le braccia in segno di resa.

«Okay, okay, scusate.»

«Ma?» chiese la ragazza ad Angela.

«Ma in quella stanza non c'era nessun segno della sua vita passata. Ci sono stata, è una specie di dormitorio, nessuna foto, nessun libro se non quelli di studio, nemmeno un cd, un poster, un soprammobile...»

«Com'è possibile?» esclamò Nic stupito saltando giù dalla scrivania. «Franco è pieno di interessi, con lui puoi discutere di qualsiasi cosa, questo non torna proprio con la persona che conosciamo.»

Lo sguardo di Angela si soffermò su una foto pinzata con una molletta al calendario appeso dietro la scrivania: ritraeva lei con i tre ragazzi. Sorridevano. Anche Franco. Uno dei suoi rari e bellissimi sorrisi.

«È come se avesse voluto cancellare tutto» disse.

Mia seguì la traiettoria del suo sguardo.

«Ho sempre pensato che avesse qualche ferita dell'anima che lo faceva soffrire» mormorò.

Nic sbuffò.

«Bah, e da quando parli come un romanzetto rosa?»

La ragazza scattò verso di lui pronta a rispondere per le rime, ma Angela si frappose tra loro per evitare che quello scambio degenerasse.

«Ho fatto una chiacchierata con la filippina che gli ha fatto da tata, era molto preoccupata» disse anticipandola. «Continuava a ripetere che Franco non era cattivo e che in quest'ultimo anno era molto cambiato.»

Mia dimenticò Nic e si concentrò su Angela.

«Cosa intendeva?» Era turbata e non cercava nemmeno di dissimulare i suoi sentimenti.

«È stata vaga quando gliel'ho chiesto» rispose Angela, «ma da quello che ho capito Franco ha fatto vedere i sorci verdi ai genitori, poi però all'improvviso si è messo a studiare e si è concentrato sul lavoro che faceva con noi.»

«Questo spiegherebbe la stanza monastica» rifletté Nic, che era tornato a sedersi sulla scrivania.

«È quello che ho pensato anch'io, ma il Franco che abbiamo conosciuto non è certo un ribelle.»

Seguì qualche istante di silenzio, in cui ognuno elaborò i propri pensieri.

«Hai detto che il cambiamento risale all'ultimo anno?» chiese Mia. Angela annuì. «Il periodo coincide con il suo arrivo qui.»

La ragazza aveva colto il punto.

«Esatto. È come se fosse scattato qualcosa dentro di lui per cui ha scelto di fare tabula rasa del passato.»

«In effetti non ha mai parlato dei suoi amici» intervenne Nic.

Angela lo incalzò: «Voi facevate sportello insieme, possibile che non ti abbia mai raccontato niente di sé e del suo passato?»

Nic alzò le spalle.

«Se andavi sul personale, Franco svicolava. Mi ricordo che un giorno gli ho detto che lo invidiavo per suo padre, non perché era un regista famoso ma perché il mio era morto che non avevo neanche sette anni e quasi non me lo ricordavo, mentre lui era fortunato, poteva parlarci e confrontarsi. Lui mi ha risposto una cosa che mi ha gelato, che suo padre era solo un bancomat vivente, niente di più. Uno preso da se stesso e basta. Meglio un padre morto che uno così, ha detto alla fine. E sinceramente quella battuta se la poteva risparmiare.»

«Il suo era un modo per prendere le distanze, per difendersi da qualcosa che gli faceva male» scattò Mia. «Non capisco perché per te qualsiasi scusa è buona per attaccarlo.»

«Sei tu che hai gli occhi foderati di prosciutto e non vedi chi hai davanti!» ribatté Nic dando una manata su una pila di libri che rischiò di rovinare a terra.

Mia gli voltò le spalle e si rivolse esasperata ad Angela: «Dobbiamo continuare così?»

Lei alzò le braccia in un gesto pacificatore. La gelosia di Nic le faceva tenerezza, ma andava arginata e Mia doveva recuperare il controllo.

«Calma, ragazzi. Litigare non ci aiuterà a capire dove sia finito Franco. Purtroppo sono sempre più convinta che gli sia successo qualcosa.»

Mia fece un profondo respiro e parve dimenticare la scaramuccia con Nic.

«E se questa scomparsa fosse legata al suo passato?» chiese. «Hai detto che la domestica insisteva col dire che non è cattivo e a me, più volte, ha confessato che il nostro lavoro dava un senso alla sua vita. Mi chiedo chi fosse Franco prima di conoscerci.»

«Sforziamoci di ricordare se ha detto qualcosa che ci possa aiutare a ritrovarlo» suggerì Angela.

«Ma i genitori non hanno denunciato la scomparsa?» chiese Nic.

«No, pensavano fosse in giro per l'Academy. E non mi sembra che siano particolarmente preoccupati. Ho spiegato alla domestica che anche noi non lo vediamo da giorni e che non è da lui sparire così.»

«Speriamo si decidano» sussurrò Mia tormentandosi il lobo dell'orecchio.

«Per il momento su questo fronte non possiamo fare altro, dobbiamo solo aspettare» disse Angela con un sospiro. «Invece avete novità su Massimo Moretti?»

«Di sicuro non era nella top ten degli amici di Claudia. Uno mi ha detto senza mezzi termini che nessuno lo rimpiangerà per quanto era stronzo» riferì Nic. E raccontò dell'incontro con il ragazzo. «Aveva un atteggiamento strano, sembrava che avesse paura di essere aggredito, stava sulla difensiva, era teso, ostile... insomma strano» concluse allargando le braccia.

Angela si fermò a riflettere.

«Sembrerebbe il comportamento di qualcuno che ha subito atti di bullismo» disse alla fine. «Che ne pensi Nic? Potrebbe essere?»

«In effetti, adesso che mi ci fai pensare, sì. L'impressione è che ce l'avesse con Moretti per qualcosa di specifico, anche se quando gliel'ho chiesto non ha voluto dirmelo. Non saprei se fosse qualcosa legato a Claudia, perché magari era proprio Massimo a picchiarla, oppure se fosse una questione personale.»

«Nel senso che c'era un conto aperto tra lui e il figlio del senatore?»

«Non lo escluderei, soprattutto perché ha parlato al plurale, ha detto 'quegli altri stronzi dei suoi amici'. E si sentiva che era pieno di rabbia.»

«Forse allora il problema va oltre Moretti.» Angela prese la cartella dalla scrivania, era ora di andare in aula. «Forse stiamo parlando di un branco.»

26

Quando le aveva chiesto un nuovo colloquio a quattr'occhi, Angela aveva percepito l'esitazione di Lara Carradori. «Se ci sono novità non dovrebbe parlarne con mio marito?» aveva detto. Le aveva risposto con una mezza verità: non c'erano novità concrete, solo alcuni aspetti da chiarire e approfondire. Il senatore era troppo coinvolto, avrebbe chiesto di parlargli solo se e quando avesse avuto qualcosa di utile in mano. Alla fine, seppure con una certa riluttanza, la donna aveva accettato. Angela aveva ripensato alle parole ambigue della pianista sul figlio del marito e, ora che il profilo psicologico del ragazzo si andava precisando ed emergevano i suoi lati più oscuri, era convinta che ci fossero cose che non le aveva detto e che sarebbe stato importante sapere. Ma ovviamente non avrebbe parlato davanti al marito. Perciò era essenziale che la incontrasse da sola.

Tutto si svolse come la volta precedente. All'arrivo alla villa fu di nuovo catturata dalla musica, un brano di una tristezza che toccava l'anima ma che Angela non riconobbe. Lo stesso domestico la scortò fino al salone dove la pianista l'attendeva.

Lara Carradori si alzò dalla panchetta del pianoforte e le andò incontro.

«Dottoressa Di Cori, sinceramente non so cosa posso fare per lei, credevo di averle detto tutto nel nostro primo incontro.»

Molto più sulla difensiva della volta scorsa, notò Angela. Sapeva che non sarebbe stato facile ma doveva tentare.

«Avrei bisogno del suo aiuto per precisare il quadro psicologico di Massimo, dato che parlando con i suoi amici e con la sua ragazza sono emersi alcuni aspetti caratteriali che ritengo utile approfondire.»

Era stata vaga di proposito per evitare che la donna assumesse un atteggiamento di chiusura totale.

«Che cosa intende?» Il tono era guardingo.

«Che in determinate situazioni Massimo manifestava una certa aggressività.» Di nuovo evitò di andare dritta al punto.

La pianista abbassò lo sguardo. Angela si rese conto che era combattuta, ma sapeva che una parola sbagliata avrebbe vanificato ogni tentativo di ottenere qualcosa da lei.

«Sappia che tutto resterà tra noi.»

L'altra si tormentò nervosa le mani e continuò a tacere. Ma Angela percepì che dentro di lei era avvenuto un cambiamento e decise di rischiare.

«Signora Carradori, sarò sincera con lei. Dalle testimonianze che abbiamo raccolto, ma anche dai commenti sui social, sappiamo che Massimo non era molto amato. Era senza dubbio un leader e un atleta di valore, ma aveva anche dei comportamenti prepotenti e prevaricatori che non di rado sfociavano nella violenza. Questo cambia le cose, come può immaginare, perché da quello che sembra non erano poche le persone che ce l'avevano con lui.»

La donna l'aveva ascoltata con una tensione crescente.

«Mi promette che non dirà niente a Luigi?»

«Ha la mia parola.»

Lara Carradori si avvicinò alla grande vetrata, lo sguardo rivolto al giardino che circondava la villa. Sembrava seguire l'esibizione della cagnetta Luna, che si rotolava a terra per poi lanciarsi all'inseguimento dei passeri, ma la rigidità delle spalle e del collo indicava quanto la donna fosse tesa. Parlò senza voltarsi, a voce bassa e sofferta.

«La prima volta è successo poco dopo il matrimonio. Luigi non c'era, era in viaggio per lavoro. Mi sono permessa di riprendere Massimo perché teneva la musica altissima, io non riuscivo a suonare e avevo un concerto dopo pochi giorni. Sono salita su, ho bussato ma non mi ha sentito, allora ho aperto la porta della stanza... gli ho chiesto per favore di abbassare il volume ma lui mi ha detto che era casa sua e che poteva fare quello che gli pareva. Ho replicato che era anche casa mia e Massimo allora...»

Angela vide le spalle della donna tremare mentre la voce si incrinava.

«L'ha aggredita?» chiese con gentilezza.

L'altra annuì.

«Mi ha detto delle cose orribili. Che ero un'arrivista,

che avevo aperto le gambe a suo padre per interesse...» Non riuscì a continuare.

«E poi l'ha picchiata?»

La donna si girò, aveva il volto rigato di lacrime.

«Non potevo tollerare quegli insulti, ho alzato una mano per schiaffeggiarlo ma lui mi ha bloccato e mi ha colpito, in faccia, al ventre, poi mi ha dato una spinta per buttarmi fuori dalla stanza, sono caduta e sono rimasta lì a terra, nel corridoio, mentre Massimo sbatteva la porta continuando a insultarmi.»

Si prese il viso tra le mani. I singhiozzi silenziosi che la scuotevano erano ancora più toccanti perché raccontavano un dolore profondo ma inespresso.

Angela lasciò passare qualche istante, attendendo che Lara si riprendesse. Purtroppo era un copione che conosceva molto bene, ma ogni volta doveva combattere per arginare la rabbia che sentiva montare dentro di sé. Una rabbia che, lo sapeva, non si sarebbe mai sopita.

«Non ha detto niente a suo marito?» le chiese quando vide che la donna si era ricomposta.

«No. Mi sono inventata di essere caduta per giustificare i lividi.»

«Ma perché?»

«Perché non volevo dargli una delusione su quel figlio che adorava» abbassò lo sguardo, «e forse anche perché avevo paura che non mi avrebbe creduto. Lo so, sono stata vigliacca, ma ho temuto per il nostro rapporto. Già Massimo faceva di tutto per mettermi in cattiva luce, se glielo avessi detto sarebbe stato solo peggio. E adesso» tornò a guardare Angela «che senso avrebbe parlarne? Soffre già abbastanza.»

Angela capiva quello che provava. Doveva rassicurarla, ma al tempo stesso aveva bisogno di sapere di più.

«Le prometto che non ne parlerò con suo marito. Ma quella non è stata l'unica volta che Massimo ha alzato le mani, vero?»

«No. È successo di nuovo una sera che è rientrato ubriaco. Luigi era ancora in Senato, io ero qui, stavo suonando e Massimo è entrato e ha ricominciato con le frasi volgari, mi ha detto che sfruttavo il nome di suo padre per fare carriera, che ero un'arrampicatrice, che sua madre si sarebbe rivoltata nella tomba se avesse saputo che aveva sposato una come me... Non volevo fargli capire che avevo paura, mi sono alzata e gli ho chiesto di smetterla, altrimenti lo avrei detto a Luigi. Massimo allora mi è venuto vicino, aveva il fiato che puzzava di alcol e un sorriso cattivo... mi ha minacciato, ha detto che se solo ci avessi provato me lo avrebbe fatto rimpiangere, mi ha preso un braccio e me lo ha bloccato dietro la schiena, mi ha fatto male, ma poi è stato peggio, mi ha piegato una mano all'indietro e ha detto che mi avrebbe frantumato tutte le dita, così addio carriera...» Di nuovo gli occhi le si riempirono di lacrime silenziose.

Angela era divisa tra la pena e la rabbia. Si controllò e lasciò che continuasse.

«Da quel momento ho preso le distanze, facevo il possibile per evitarlo, non mi sono più intromessa tra lui e Luigi, fingevo che non esistesse. Lo so, ho nascosto la testa sotto la sabbia, ma avevo paura e non ho avuto il coraggio di dire la verità a mio marito. E pensare che all'inizio mi ero illusa di poter costruire un rapporto con Massimo» aggiunse con amarezza. «Ci tenevo tanto perché sapevo quanto Luigi fosse legato al figlio, quanto per lui fosse importante. Ce l'ho messa tutta, glielo assicuro, ma Massimo mi ha odiata dal primo momento, era geloso, pensava che suo padre gli avrebbe dedicato meno attenzioni, che io volessi allontanarli per averlo solo per me...»

Angela decise che quello era il momento giusto per andare più a fondo.

«Mi ascolti, Lara, ho bisogno di chiederle un'altra cosa. È importante per scoprire la verità, che è quello che vuole suo marito, e lei può aiutarmi.»

«Cosa vuole sapere?»

«La volta scorsa mi ha detto che non credeva che Massimo si fosse drogato, però ha accennato a delle bravate, le ha definite 'cose da ragazzi' ma ho avuto l'impressione che ci fosse dell'altro. È possibile che Massimo abbia fatto qualcosa, magari con i suoi amici, che fosse più di una semplice bravata?»

L'espressione sul volto della donna le disse che aveva colto nel segno.

«Forse, ma le assicuro che non so di cosa si tratta. Qualche mese fa li ho sentiti litigare. Erano nello studio di Luigi, con la porta chiusa, ma mio marito gridava. Era strano, perché lui alza molto di rado la voce e, come le ho detto, adorava Massimo, lo accontentava in tutto. Ma quel giorno era diverso. Luigi gli diceva che la prossima volta avrebbe dovuto prendersi le sue responsabilità, che si dovevano vergognare per quello che avevano fatto e che lo aveva deluso.»

«Ha detto 'avevano'?»

«Sì, ha parlato al plurale. Ma mi creda, non so altro. Mi sono detta che non mi riguardava, che l'unica cosa che per me contava era salvaguardare il rapporto con Luigi. E cercare di dimenticarmi dell'esistenza di suo figlio.»

«E dopo cosa è successo?»

La donna si strinse nelle spalle.

«Niente. È tornato tutto come prima. E io ho fatto finta di non aver sentito.»

Angela non poté impedirsi di pensare che per la moglie del senatore la morte di Massimo era stata una liberazione. La donna sembrò intuirlo.

«So cosa sta pensando. E ha ragione, da quando Massimo non c'è più per me è finito un incubo. Ma il dolore di Luigi è anche il mio. Non sarei stata capace di alzare un dito contro suo figlio.» La fissò dritta negli occhi. «Non c'entro niente con la sua morte, dottoressa Di Cori.»

27

Apre gli occhi. Poi li richiude. Quel sibilo costante gli entra dentro.

Forte.

Acuto.

Si porta le mani alle orecchie nella speranza di allontanarlo da sé.

Dura ore e poi smette. La stanza piomba in un silenzio che è quasi più doloroso di quel sibilo maledetto.

Si guarda le mani. Sono livide per il freddo. Le punte delle dita gli fanno male.

Tossisce. Una volta. Due.

Chiunque l'abbia lasciato in quella stanza si è premurato di non farlo morire di fame o di sete. Sul tavolo addossato alla parete ci sono delle bottiglie d'acqua e una pagnotta di pane. Nient'altro.

Li ha trovati a tastoni, perlustrando quell'ambiente sconosciuto alla ricerca di una via di fuga che non c'è.

Non sa da quanto tempo è rinchiuso. Ha perso il conto delle ore passate al buio. Sa che è giusto così.

Aveva sperato di ricucire un'esistenza strappata. Ma è stato inutile. Prima o poi i conti si devono saldare. E lui è stato fortunato.

Si rannicchia su se stesso sperando di cogliere il poco tepore del suo corpo, ma i brividi sono troppo forti per controllarli.

Fame.

Nausea.

E il respiro che accelera.

L'attesa è più terribile della morte stessa. Aspetta. Aspetta. E non sa per quanto tempo ancora aspetterà.

All'inizio ha cercato di fuggire. Aveva paura. Paura di ciò che avrebbe potuto fargli. Paura di soffrire. Paura che non sarebbe stato breve. Ma nonostante questo sentiva di meritarselo.

Perché non vieni e mi uccidi? Perché mi lasci così?

Ma conosce già la risposta. Perché è dentro di lui.

28

Il pianto di un bambino. Insistente, penetrante. Vicino.

La ragazzina solleva lo sguardo dai suoi giochi. Avverte un inspiegabile senso di urgenza. Molla tutto e corre verso quel suono. Non è vicino come sembrava. Ha la sensazione che si affievolisca man mano che lei avanza. Com'è possibile? Non sa spiegarselo, sa solo che deve andare avanti e trovare il bambino. Raggiungere la fonte di quel pianto. Poi comincia ad alzarsi la nebbia. La circonda, la sommerge, la priva di qualsiasi punto di riferimento. Quel muro di nebbia le è familiare, come familiare è il brivido che la percorre. Vorrebbe tornare indietro, ma sa che non può farlo. Il pianto la guida di nuovo, si è fatto più accorato, dolente.

Poi li vede. Il bambino tra le braccia della madre che sembra addormentata. Il pianto sempre più disperato. La ragazzina si avvicina, guarda la donna: ha gli occhi chiusi, il capo reclinato. La sfiora, e quel movimento scopre una ferita profonda che le attraversa il collo da parte a parte. Gli occhi della donna la fissano vitrei, senza più vita.

Adesso le urla della ragazzina si sommano a quelle del bambino. Sa che deve fare una sola cosa: fuggire. Prende in braccio il piccolo e scappa da quell'orrore. Ma percepisce una presenza alle sue spalle. Respiro affrettato, passi pesanti.

«No!» L'urlo le si strozza in gola. Corre più veloce che può, sa che se lui la raggiunge per loro non ci sarà possibilità di salvarsi. Una mano si abbatte sulla sua spalla e la inchioda dov'è. La ragazzina cerca di divincolarsi ma non ci riesce. La presa di quella mano è ferrea. Allora si gira lentamente, il terrore come il veleno paralizzante di un rettile che pervade ogni fibra del suo corpo. Ma il volto che emerge dalla nebbia non appartiene al mostro dei suoi incubi, è quello di un ragazzo, qualcuno che ha già visto ma non ricorda dove e come. E che ride, ride, ride della sua agonia e del suo terrore...

«Massimo!»

Quel nome fece da ponte tra il sogno e la realtà. Angela riconobbe stupita il suono della propria voce, distorto dall'angoscia. Per alcuni istanti non seppe dove si trovava. Si guardò intorno chiedendosi che fine avessero fatto la nebbia e il bambino. E la minaccia che incombeva su di lei.

Poi si rese conto di essere a letto. Coperte e lenzuola ridotte a un groviglio inestricabile. L'incubo era tornato ma, come un mutaforma, il mostro che la perseguitava questa volta aveva assunto le sembianze di Massimo Moretti.

Si alzò e si diresse verso l'angolo cottura. Lasciò scorrere l'acqua nel lavandino, si sciacquò il viso e poi bevve con avidità. Era sudata e ancora scossa dai brividi. Quegli incubi erano spaventosamente reali e le lasciavano addosso un'impronta indelebile di oppressione e turbamento. Ormai sapeva cosa significava la nebbia, quella sensazione di crescente impotenza, di angoscia, di pura disperazione che la pervadeva come una pianta infestante e maligna. Arrivava nei momenti difficili della sua vita, si insinuava negli interstizi del suo inconscio quando l'incertezza la faceva sentire minacciata e risvegliava i fantasmi che era riuscita a sopire grazie alla psicoterapia, all'autocontrollo e alla forza di volontà. Temeva di essere incapace di fronteggiare le difficoltà e i pericoli, tornava a sentirsi inerme come la ragazzina del sogno. La ragazzina che era stata tanti anni prima e che, lo sapeva, abitava ancora dentro di lei. Negli anni, grazie alla consapevolezza acquisita, aveva imparato a convivere con quelle emozioni negative ma non a sciogliere il nodo che era conficcato in profondità dentro di lei. Un nodo intriso di dolore e di paura. Sapeva che quando la nebbia si fosse dissolta avrebbe significato un passo avanti verso la risoluzione del problema e che il timore di non farcela pian piano sarebbe svanito. Allora avrebbe riacquistato l'equilibrio e le capacità razionali avrebbero avuto la meglio sul caos emotivo che ribolliva dentro di lei. Ma evidentemente non era ancora quel momento, si disse con una sorta di rassegnazione.

L'incontro con Lara Carradori e le rivelazioni su Massimo dovevano aver innescato la reazione del suo inconscio, mescolando il racconto di quelle violenze agli incubi del passato. Purtroppo quello che aveva saputo dalla pianista aveva solo confermato l'esistenza di un lato molto violento della personalità di Massimo Moretti, ma non le aveva fornito nuovi elementi concreti utili all'indagine, se si escludeva la lite tra padre e figlio. Però solo dal senatore avrebbe potuto sapere qual era stato il motivo e cosa aveva fatto Massimo insieme a qualcun altro non identificato. Ma come poteva parlarne con lui senza tradire la promessa fatta a Lara? Angela sapeva di essere in un vicolo cieco. D'altra parte non era nemmeno detto che quell'episodio avesse a che fare con la morte del ragazzo.

E per quanto riguardava un eventuale coinvolgimento di Lara? A questo punto non poteva escluderlo ma la donna avrebbe dovuto avere un complice, considerato che, quando Massimo era morto, si trovava a Bruxelles con il marito. Un complice a cui avrebbe dovuto fornire il codice dell'allarme e l'ubicazione delle telecamere. Certo, quello avrebbe spiegato come l'assassino si fosse introdotto nella villa senza lasciare traccia, ma non come avesse potuto mettere fuori combattimento Massimo senza il minimo segno di colluttazione. Insomma era una pista che avrebbero dovuto verificare ma che le sembrava piuttosto labile. Aveva la spiacevole sensazione di girare a vuoto, e la scomparsa di Franco non contribuiva a migliorare le cose. Prese il cellulare e controllò su WhatsApp se ci fosse qualche messaggio. Ma da lui nessuna notizia.

Si avvicinò alla finestra e guardò fuori. Le colonne di marmo dei Fori sembravano risplendere di luce propria contro il buio della notte. Mentre le fissava come se potessero darle la risposta alle domande che la inquietavano – Dove sei? Perché sei sparito? Cosa ti è successo? – un'ombra emerse dall'oscurità atterrando sul terrazzo. Angela sobbalzò e fece un salto all'indietro. Ma poi sorrise: in perfetto stile Spartaco, il gattone rosso, reduce da chissà quali scorribande notturne, si presentava a quell'ora improbabile pretendendo di essere rifocillato. Angela prese i croccantini e la ciotola che aveva comprato per lui, la riempì e aprì l'anta della portafinestra. Ma, invece di portargliela come al solito fuori, la depose a terra nella stanza e lo chiamò.

Gli occhi gialli la fissarono con un misto di curiosità e diffidenza. Angela arretrò verso l'interno dell'appartamento e solo allora Spartaco si decise a entrare e a mangiare. Lei si sedette sul divano e rimase a osservarlo. Quando la ciotola fu vuota, sistemò accanto a sé la coperta di pile che teneva sul bracciolo, ci batté sopra la mano e lo chiamò di nuovo. Sentì ancora su di sé lo sguardo di quegli occhi fosforescenti e magnetici. Il gatto avanzò circospetto, muovendo la coda con estrema lentezza, concentrato su di lei. Angela attese immobile. Spartaco allora prese la sua decisione: con un balzo saltò sul divano, si acciambellò sulla coperta e cominciò a fare le fusa. Angela, senza movimenti bruschi, allungò la mano e sfiorò il pelo morbido con una carezza. Percepì le vibrazioni prodotte dal ronfare del gatto e piano piano cominciò a rilassarsi. Socchiuse gli occhi e abbandonò la testa sullo schienale. L'ansia generata dall'incubo venne sostituita da un benessere diffuso che le provocò un piacevole torpore. Senza rendersene conto, si addormentò.

Quando si svegliò fuori era ancora buio, anche se una striscia di luce grigiastra annunciava il giorno. Dalla finestra aperta entrava una corrente d'aria fredda che la fece rabbrividire. Angela provò un inesplicabile moto di tristezza unito a un improvviso senso di vuoto: come un amante clandestino sorpreso dalle prime luci dell'alba, Spartaco se n'era andato in silenzio, lasciandola sola.

29

Il vicequestore Vittorio Benassi uscì dalla propria stanza e constatò che nei corridoi della sezione Omicidi e reati contro la persona il viavai di poliziotti era più frenetico del solito: dalla sala operativa erano stati segnalati in contemporanea un accoltellamento tra bande rivali, due rapine con un ferito grave, un'aggressione sessuale e un incendio di probabile natura dolosa scoppiato nelle vicinanze di un campo rom. Tutte le squadre della Omicidi erano state mobilitate e lui doveva coordinarsi con le altre prima di recarsi con la propria su una delle scene del crimine. In realtà questo non gli dispiaceva. Al contrario di altri colleghi, Vittorio era un uomo d'azione e detestava starsene seduto dietro una scrivania. Stava per chiamare l'ispettore Borghi e indire una rapida riunione organizzativa quando le porte dell'ascensore in fondo al corridoio si aprirono e comparve Angela, che avanzò dribblando tutti quelli che trovò sulla propria strada e gli si parò di fronte con un'espressione che Vittorio, conoscendola bene, riconobbe all'istante e che significava «rogne in arrivo».

«Ho bisogno di parlarti» gli disse senza preamboli.

Vittorio sospirò.

«Non ti hanno detto giù che oggi è una giornataccia?

Sembra che molti delinquenti si siano messi d'accordo per commettere vari reati nello stesso momento.»

«Sì, me lo hanno detto, ma mi hanno fatto salire lo stesso perché gli ho spiegato che era importante.»

Vittorio si avviò nel corridoio.

«Non adesso, Angela. Non possiamo rimandare?»

Lei lo fermò mettendogli una mano sul braccio.

«Non ti ruberò molto tempo, promesso.»

Lui sapeva che difficilmente avrebbe accettato un no come risposta.

«Va bene, dimmi, ma sii sintetica.»

In quel momento Bruno gli venne incontro.

«Andiamo?» chiese, facendo un cenno di saluto ad Angela.

«Dammi solo qualche minuto e ti raggiungo.»

L'ispettore Borghi parve sul punto di dire qualcosa, poi scrollò le spalle e rientrò nella propria stanza.

Angela ribadì la sua preoccupazione per la sparizione di Franco Silvestri, il suo allievo figlio del noto regista. Vittorio sapeva che doveva fidarsi del sesto senso dell'amica, in passato si era rivelato illuminante, ma aveva le mani legate, non poteva indagare sul nulla.

Cercò di assumere il suo tono più convincente: «È maggiorenne, niente di più facile che si sia allontanato di sua volontà».

Come prevedeva non funzionò.

«Non è da lui comportarsi così.» Testarda come un mulo, ostinata come un pitbull: Angela non avrebbe mai mollato la presa.

Vittorio cambiò approccio, cercando di spiazzarla con una raffica di domande.

«Che ne sai? Da quanto lo conosci? Perché ti sei convinta che gli sia successo qualcosa?»

Ma Angela non si lasciò intimidire e lo fissò.

«Uno, a noi ha detto una cosa, a casa un'altra. Due, sono troppi giorni che è sparito senza lasciare traccia. Tre, l'ultima cosa che ha fatto è stata avviare l'indagine sugli amici di Massimo Moretti, poi è scomparso.»

«Cosa vorresti che facessi?» si arrese lui. Una domanda di cui conosceva già la risposta, che lei gli sciorinò immediatamente: «Basterebbe provare a tracciare il suo cellulare».

C'era un limite oltre il quale Vittorio non intendeva spingersi, anche se si trattava di lei. Quello della legalità.

«Sai che non è possibile, c'è bisogno di un'indagine e di una richiesta del piemme, e non solo non c'è nessuna indagine ufficiale, ma non c'è neanche una denuncia per scomparsa.»

Angela ebbe uno scatto, contrasse la mascella e lo sfidò con lo sguardo.

«E tu sai bene che talvolta i genitori sono troppo presi da se stessi per accorgersi di quello che succede ai loro figli.»

«O forse siamo noi a ingigantire le cose, e diamo una spiegazione lontana dalla realtà per non restare delusi da comportamenti che non accettiamo» replicò lui.

Angela scosse la testa. Vittorio sapeva che era inutile insistere: era convinta che Franco Silvestri fosse stato rapito o peggio, non serviva farle notare che poteva trattarsi della semplice scorribanda di un giovane rampollo della Roma bene che se ne infischiava di chi era in pensiero per lui. Niente le avrebbe fatto cambiare idea.

«Tempo perso» borbottò lei.

Vittorio fece un'aria offesa.

«Non è una bella cosa da dire a un amico.»

«Augurati che non sia come penso io» replicò lei a mo' di saluto. Gli voltò le spalle e si allontanò nel corridoio a passo di carica, quasi scontrandosi con l'ispettore Borghi che usciva dalla sua stanza con una sigaretta spenta tra le labbra.

«Che le è successo?» chiese Bruno raggiungendo Vittorio. «Ancora problemi con l'indagine sul figlio del senatore?»

Il vicequestore scosse la testa.

«No, questa volta è entrata in fissa con un suo allievo, voleva che facessimo dei controlli su di lui, dice che è sparito da alcuni giorni.»

Bruno scrollò le spalle.

«Eppure col suo lavoro ha a che fare con i ragazzi, dovrebbe saperlo che la maggior parte, una volta compiuti i diciotto anni, si sentono in diritto di sparire senza dire niente a nessuno. È il loro modo di rivendicare l'indipendenza, non pensano che gli altri si possano preoccupare. O meglio» si corresse, «non gliene frega niente.»

«È quello che credo anch'io e ho cercato di dirglielo, ma quando Angela si mette in testa una cosa non c'è verso di farle cambiare idea.»

Bruno fece una smorfia.

«Scommetto che lei pensa la stessa cosa di te. In questo siete molto simili, ci hai mai riflettuto?»

30

Un altro giorno senza notizie di Franco. Era quasi sera e Angela, dopo le lezioni all'Accademia e il pomeriggio trascorso allo sportello, era rientrata a casa e aveva provato per l'ennesima volta a chiamarlo, ma il telefono del ragazzo continuava a risultare staccato. Sentiva crescere la preoccupazione ma, anche se le costava ammetterlo, Vittorio aveva ragione: senza una denuncia per scomparsa era impossibile avviare qualsiasi ricerca o ottenere l'autorizzazione per controllare i suoi tabulati telefonici. Eppure era convinta che a Franco fosse successo qualcosa e sapeva che più passavano le ore più sarebbe stato difficile ritrovare le sue tracce. In quel momento un jingle l'avvisò dell'arrivo di un messaggio. Prese il cellulare e lesse: «Ti ricordi di chiamare Livio? Melina».

Non le andava di telefonare al fratello, ma lo aveva promesso a sua nonna e sapeva quanto lei ci tenesse. Si sedette sul divano e cercò il nome fra i contatti pensando che non era un caso se non riusciva a memorizzare quel numero.

Dopo una serie di squilli a vuoto stava per interrompere la chiamata quando le arrivò la sua voce, leggermente strascicata: «Angie, che sorpresa».

«Non ti fai mai vivo, anche nonna Melina si lamenta.»

«Ero fuori città.»

«Come mai non mi hai detto niente? Dove sei stato?»

Un attimo di silenzio.

«Sono stato da papà.»

Un pugno allo stomaco le avrebbe fatto meno male. Non riuscì a dire nulla.

«Non l'ha presa bene che hai cambiato cognome» proseguì lui.

«Sai come la penso.» Non voleva discutere con il fratello di quell'argomento.

«Aveva diritto di saperlo, è sempre tuo padre.»

«Io non ho più un padre. Il mio è morto qualche giorno fa.»

Questa volta fu Livio a tacere.

«Senti, non ho voglia di parlarne, ti chiedo solo di chiamare Melina.»

«Lo farò, non preoccuparti, ma lui ti vuole vedere, mi ha chiesto una tua foto. Sono passati quasi vent'anni, Angela, non sarebbe ora che tu lo perdonassi?»

Non avrebbe dovuto dirlo.

«Questo non succederà mai!» gridò perdendo il controllo. «E tu sei uno stronzo, chi ti ha dato il permesso di portargli una mia foto? Io per lui non esisto. Non ha una figlia. Per lui sono morta. Morta!» E senza dargli il tempo di ribattere gli attaccò il telefono in faccia.

Per un attimo chiuse gli occhi e cercò di normalizzare il respiro. Era bastato nominarlo per scatenare una reazione fisica incontrollabile. A dimostrazione di quanto fosse ancora vulnerabile, malgrado tutti i suoi sforzi.

Fare finta di niente sarebbe stato sciocco e controproducente. Lottò contro il senso di nausea che le artigliava lo stomaco. Deglutì. E poi deglutì ancora.

Perché Livio continuava ad andare da lui? Cosa gli avevano fatto mancare?

Voleva bene al fratello, nonostante tutte le sue intemperanze, nonostante fosse un ragazzino irresponsabile di trent'anni. Lei e nonna Melina lo avevano ricoperto d'amore, perdonandogli qualsiasi cosa e forse proprio per questo non smetteva di pestare i piedi, di fare cose che non avevano senso, come andare da quell'uomo. Non aveva altri termini con cui riferirsi a chi un tempo era stato suo padre.

Provò ad allontanare immagini e ricordi che cercavano di irrompere abbattendo gli argini che aveva costruito negli anni per difendersi dal dolore. Ma le parole di Livio li riportavano con prepotenza alla mente. I lividi e le ecchimosi che sua madre tentava di nascondere. Le urla e le minacce del marito accentuate dagli effetti dell'alcol. Il rumore sordo dei colpi quando si accaniva su di lei, i suoi lamenti soffocati. Il grande armadio dove Angela si rifugiava con Livio per sottrarsi alla violenza che si abbatteva implacabile anche su di loro. E poi quella sera maledetta. Le urla, il coltello, il sangue, il terrore che la paralizzava, la fuga per salvare se stessa e il fratellino...

«No!» gridò scattando in piedi. «No» ripeté.

Non avrebbe permesso a nessuno di minare l'equilibrio che si era costruita con tanta fatica per continuare a vivere. Né a Livio né ad altri. Soprattutto ora che servivano controllo e razionalità per affrontare il caso che avrebbe potuto salvare l'Academy.

Si versò un bicchiere di bianco e andò a sedersi sul terrazzino, lasciando che lo sguardo si riempisse della bellezza che la circondava. Ma questa volta neppure la vista dei Fori riuscì a rasserenarla. Allora rientrò, prese lo zaino e tirò fuori la cartella sulla quale aveva scritto a pennarello MASSIMO MORETTI. Le foto che le aveva dato Vittorio si riversarono sulla scrivania. Angela decise di riguardarle ancora una volta: sembrava che il caso fosse a un punto morto e lei doveva assolutamente trovare un modo per uscire da quell'impasse. Se si fosse concentrata, forse sarebbe riuscita ad arginare l'inquietudine che sentiva montarle dentro come una marea lenta ma inesorabile. La scomparsa di Franco, le parole del fratello, l'inspiegabile morte di Massimo: tutto contribuiva ad alimentare quello stato d'ansia che la privava della lucidità necessaria per tenere la situazione sotto controllo.

Il jingle si fece di nuovo sentire.

Il nome di Livio lampeggiava sullo schermo. Solo poche parole: «Ti vuole incontrare. Io ci torno la settimana prossima».

Angela cancellò con rabbia il messaggio. Come poteva il fratello non capire il suo stato d'animo? Non importava quanti anni fossero passati, lei non avrebbe mai dimenticato. E mai perdonato. Mai.

Si sforzò di riportare l'attenzione sulle foto del figlio del senatore.

D'improvviso ebbe la sensazione che ci fosse qualcosa che avrebbe dovuto vedere e che invece le sfuggiva. Continuò a sfogliarle senza però riuscire a mettere a fuoco nulla. Ne prese in mano due. Una lo ritraeva sul letto dove era stato trovato cadavere, con ancora il laccio emostatico stretto al braccio sinistro; l'altra durante una gara di tiro con l'arco. Concentratissimo, serrava l'arco con la destra mentre la mano sinistra tendeva la corda pronta a scoccare la freccia.

All'improvviso Angela si rese conto di due cose: aveva la conferma che Massimo Moretti era stato assassinato e che Lara Carradori era innocente. Doveva solo fare una telefonata.

31

«Massimo Moretti era mancino.»

Per sganciare la bomba Angela aveva aspettato che avessero sceso le scalette dell'Isola Tiberina che conducevano al greto del fiume, dove la mattina presto lei e i fratelli Benassi, tutti e tre in tenuta da jogging, con Golia abbaiante al seguito, erano soliti andare a correre per mantenersi in allenamento.

Vittorio si fermò di botto e Paolo sbatté contro la schiena muscolosa del fratello.

«Ehi, attento!» protestò.

L'altro lo ignorò e si voltò verso Angela: era evidente che aveva colto al volo le implicazioni di quell'affermazione.

«E tu come lo sai?»

«Grazie al materiale che mi hai dato, a una foto che ho avuto dalla moglie di Moretti e al mio notevole spirito di osservazione» fu la risposta non priva di una buona dose di ironia.

Come sempre accadeva quando lei e Vittorio si confrontavano su questioni di lavoro da cui si sentiva escluso, Paolo si intromise: «Posso sapere anch'io di cosa parlate? Magari potrei dare il mio contributo».

Angela gli sorrise.

«Le immagini della scena del crimine» spiegò «mostrano che Massimo Moretti aveva il laccio emostatico ancora stretto al braccio sinistro, il che indica che avesse tenuto la siringa con la mano destra. Invece nella foto che ho io, in cui è stato ripreso durante una gara di tiro con l'arco, tende la corda con la sinistra, quindi significa che era mancino.»

«E che qualcuno ha orchestrato una messinscena per ucciderlo» concluse Paolo lanciando un'occhiata di sottecchi a Vittorio.

Angela conosceva bene la rivalità sotterranea tra i due fratelli, ma anche la lealtà e la correttezza che li caratterizzavano.

«In effetti questo potrebbe gettare una luce diversa sulla morte del ragazzo» riconobbe infatti Vittorio. «Anche se prima dobbiamo escludere che fosse ambidestro» sottolineò.

«Già fatto, ho parlato ieri sera con la moglie di Moretti, mi ha confermato che era mancino.»

E quello aveva escluso definitivamente Lara Carradori dai sospettati, aveva pensato Angela dopo la telefonata: se fosse stata coinvolta nell'omicidio non avrebbe fatto un errore simile.

In quel momento il telefono del vicequestore squillò. Vittorio rispose e annuì.

«D'accordo, grazie per avermi informato subito.»

Chiusa la conversazione si rivolse di nuovo ad Angela: «I genitori di Franco hanno denunciato la sua scomparsa».

«Era ora» disse lei con un sospiro. Poi lo fissò incuriosita. «E come mai hanno avvisato te?»

Vittorio fece un gesto vago.

«Avevo chiesto di avvertirmi se ci fossero stati sviluppi che lo riguardavano.»

Angela trattenne un sorriso.

«Allora non pensavi che la mia ipotesi fosse del tutto peregrina» commentò.

«Ti ha preso in castagna, fratello.» Paolo gli diede una gomitata scherzosa. «Non negarlo.»

Vittorio alzò gli occhi al cielo.

«Vi diverte allearvi contro di me, vero?» chiese guardandoli storto. «Ma dovreste sapere che un buon poliziotto prende sempre in considerazione tutte le ipotesi, anche quelle» e si rivolse ad Angela «più peregrine. E io sono un buon poliziotto» concluse.

«Non ho nessun dubbio in proposito» disse lei tornando seria. «Per questo lavoriamo alla grande insieme, io e te.»

«E per questo stai per chiedermi qualcosa, o sbaglio?»

Angela scoppiò a ridere.

«Mi conosci troppo bene.»

Vittorio le mise due dita sotto il mento e le sollevò il volto per fissarla dritto negli occhi.

«Più di quanto immagini.»

Spazientito per il protrarsi di quella sosta imprevista, il piccolo meticcio abbaiò ripetutamente.

«Hai ragione Golia, credo proprio che oggi jogging lo faremo da soli.»

Nel tono ironico di Paolo Angela percepì una punta di risentimento. Si scostò da Vittorio e appoggiò la mano sul braccio dell'amico.

«Scusa, ma è importante.»

Lui fece del suo meglio per sorridere.

«Lo so.»

Angela era consapevole di quanto fosse difficile mantenere gli equilibri di quello strano triangolo, sapendo che non sarebbe riuscita a rinunciare a nessuno dei due. A volte si rimproverava per il suo egoismo, il suo voler tenere in piedi quel duplice rapporto in una sorta di bolla dove tutto rimaneva immutato. Ma non poteva farne a meno.

«Andiamo, Golia.» Paolo si sottrasse al contatto con la sua mano e si rivolse al cane che abbaiò soddisfatto. Fece un cenno di saluto al fratello, diede un buffetto ad Angela e si avviò di corsa costeggiando la riva verso la punta dell'Isola, seguito da un esagitato Golia.

Angela e Vittorio rimasero a fissarlo per alcuni istanti in silenzio. Adesso intorno a loro si sentiva solo il rumore dell'acqua che, poco distante, formava delle rapide tumultuose. I suoni della città arrivavano lontani e attutiti, come se facessero parte di un mondo che scorreva parallelo e senza punti di contatto con la realtà dell'Isola.

«Allora, cosa volevi chiedermi?»

Angela lo guardò: anche lui preferiva che tutto restasse come era sempre stato. E forse era giusto così.

«Possiamo consultare il CED per vedere se c'è qualcosa a carico di Massimo Moretti?»

Vittorio la guardò con aria interrogativa e Angela si rese conto che gli doveva una spiegazione.

«Quello che ti dirò è strettamente riservato» cominciò in tono professionale.

Vittorio alzò gli occhi al cielo e la interruppe: «Guarda che so come funziona, dottoressa!»

«Non si sa mai, dottore. Meglio mettere le cose in chiaro.»

Lui sbuffò.

«Allora, mi dici di che si tratta?»

Lei gli riferì quello che le aveva detto Lara Carradori. Vittorio la guardò scettico.

«E cosa pensi di trovare?»

«Non lo so ma non voglio lasciare niente di intentato.»

Lui le sorrise.

«D'accordo, direi che te lo sei meritato.»

32

Quel giorno il jogging era stato messo da parte e Angela, dopo essersi cambiata, per risparmiare tempo aveva accettato il passaggio in macchina da Vittorio. Nessuno si era stupito di vederli arrivare insieme in questura, dato che l'amicizia che li legava era nota a tutti e anche le malelingue, che inizialmente avevano lanciato insinuazioni più o meno velate sui loro rapporti, erano state messe a tacere dalla totale indifferenza di entrambi alle chiacchiere. Perciò, come le altre volte, Angela salì nella sua stanza con il poliziotto senza alcun problema.

L'accesso al CED, la banca dati delle forze di polizia, istituita per raccogliere, classificare, analizzare e valutare le informazioni «in materia di tutela dell'ordine, della sicurezza pubblica e di prevenzione e repressione della criminalità», come recitava l'articolo 1 del relativo decreto legislativo, era consentito solo agli ufficiali di polizia giudiziaria e di pubblica sicurezza, ai funzionari dei servizi per le informazioni e la sicurezza e agli agenti di polizia giudiziaria autorizzati. Questo era quanto prevedeva la giurisprudenza e Angela non mancava di ripeterlo ai suoi studenti, lasciando intendere che nel loro lavoro era decisamente auspicabile un rapporto preferenziale con qualche rappresentante della legge.

Mentre sedevano al computer per effettuare la ricerca, Vittorio la guardò e sembrò leggerle nel pensiero.

«Ci sono momenti in cui mi chiedo se la tua non sia un'amicizia interessata» commentò ironico.

Lei mise su un'espressione di dignità offesa.

«Farò finta di non aver sentito, vicequestore.»

«Non ti sembra un dubbio legittimo?» insisté lui divertito, digitando sulla tastiera il codice di accesso.

«E allora perché lo fai?» lo rimbeccò.

Lui si interruppe e avvicinò il volto a quello di lei, tanto che Angela avvertì il calore del suo fiato e il profumo aspro del suo dopobarba.

«Perché non riesco a resisterti.»

Rimasero qualche istante così a fissarsi negli occhi. Le loro schermaglie avevano sempre il sapore di una provocazione che tutti e due evitavano di spingere oltre certi limiti, ma di cui non potevano fare a meno. A volte Angela si chiedeva cosa sarebbe successo se avessero rinunciato al ferreo controllo delle proprie emozioni e si fossero lasciati andare. Ma preferiva non darsi una risposta perché sapeva che avrebbe significato perdere l'ancoraggio a quelle certezze che l'avevano aiutata a combattere il dolore, a ritrovare la sicurezza in se stessa, a diventare la donna che era.

Gli diede un pugno scherzoso sul braccio.

«Allora vedrò di sfruttare la situazione fino in fondo. Andiamo avanti, okay?»

Vittorio fece un sorrisetto sghembo e riprese a digitare. Poi inserì nella casella di ricerca il nome di Massimo Moretti.

«Il tuo intuito ha fatto centro, c'è qualcosa» le disse poco dopo fissando stupito il monitor. «Anzi, direi più di qualcosa.»

Angela si concentrò sulla schermata.

«Che intendi?»

«Qui c'è una denuncia per aggressione fatta il 20 ottobre da un tale Aldo Giordana nei confronti di Massimo Moretti, Riccardo Lotti e...» fece una pausa «Francesco Silvestri.»

«Francesco Silvestri?» Angela fissò sbalordita prima Vittorio e poi lo schermo. «Franco non mi ha detto che si conoscevano... ma non posso credere che si tratti di omonimia. Stampiamo il verbale» lo pressò in fibrillazione.

Lui scosse il capo.

«Non possiamo, la denuncia è stata ritirata.»

«Com'è possibile?» Angela fece un gesto di frustrazione.

Vittorio allargò le braccia.

«Purtroppo è così. Succede quando ci sono di mezzo figli di papà con genitori pronti a pagare o usare le proprie conoscenze per mettere tutto a tacere e far sì che la loro fedina resti immacolata» aggiunse con aria disgustata.

Angela tornò a concentrarsi sullo schermo.

«Lo conosceva... perché me lo ha nascosto?»

«Forse proprio per evitare che scoprissi questo.»

«Non mi convince, mi sembra tutto molto strano.»

«A me no» replicò Vittorio. «Da quello che mi hai raccontato Franco Silvestri si è presentato da te come un alunno modello, lo avresti preso nel tuo team se avessi saputo una cosa del genere?»

Angela rimase spiazzata.

«No... non lo so. Bisognerebbe scoprire il perché di questa aggressione. E in che rapporti era Franco con Massimo.»

«Comunque ti ha mentito» si sovrappose Vittorio. «Ha fatto finta di non conoscere Moretti e invece...»

Angela sussultò.

«Zitto un momento!» esclamò. Ripeté fra sé: «Francesco e Riccardo... Chicco e Ricky!»

Vittorio la guardò senza capire.

«Che vuoi dire?»

«La moglie di Moretti mi ha detto che i due migliori amici di Massimo si chiamavano Chicco e Ricky.» Fissò Vittorio. «Franco si chiama Francesco e un altro diminutivo è Chicco. E Ricky a questo punto dev'essere Riccardo Lotti.»

Vittorio si alzò in piedi.

«Dobbiamo parlare con lui.»

Angela scosse la testa. Questa volta fu lei a dire: «Non possiamo».

Lui la guardò stranito.

«Perché?»

«Perché Riccardo Lotti è morto qualche mese fa in un incidente in moto.»

33

L'auto imboccò la strada che portava all'Auditorium. Le lastre di piombo che ricoprivano le «tartarughe», le tre sale progettate da Renzo Piano, riflettevano la luce del sole. Poche persone camminavano lungo il viale alberato. Vittorio prese la rotatoria a ridosso della collina, lasciandosi il Parco della Musica alle spalle. Conosceva molto bene la zona ed era rimasto stupito scoprendo che i Lotti abitavano proprio in una delle case simili a palafitte costruite per le Olimpiadi del 1960.

«Considerate le amicizie, me li vedevo più in un quartiere da ricchi tipo Parioli o Fleming» disse accostando per parcheggiare lungo il vialetto che collegava i vari edifici.

«Il liceo dove andavano tutti e tre è qui dietro» ribatté Angela. «Non è così strano.»

Entrambi erano tesi, non sapevano cosa aspettarsi da quella visita, ma erano consci che non potevano esimersi dal farla. La morte di Riccardo Lotti poteva essere il pezzo mancante del puzzle di cui non riuscivano ancora a ricomporre l'immagine.

Arrivati al portone citofonarono.

«Chi è?» chiese una voce di donna dal timbro rassegnato.

«Polizia, signora. L'ho chiamata poco fa, si ricorda?»

«Secondo piano.»

Vittorio e Angela si scambiarono uno sguardo, era bastato il tono per immaginare l'inferno che viveva chi stavano per incontrare.

Fatte le quattro rampe di scale, si trovarono di fronte una porta aperta. Una donna in tuta da ginnastica li aspettava. Doveva avere sui quarantacinque anni, ma il volto era devastato dalle rughe, due solchi scuri cerchiavano gli occhi e sottolineavano lo sguardo di chi finge di vivere, ma in realtà ha già tirato i remi in barca e si lascia trasportare dalla corrente. Le mani erano incrociate sul petto e la maglia stropicciata le pendeva addosso, rivelando un fisico scheletrico.

«Cos'è successo?» chiese sulla difensiva.

Angela si fece avanti per prima tendendole la mano.

«Angela Di Cori, collaboro con il vicequestore Benassi» disse accennando col capo a Vittorio che era rimasto alle sue spalle. «Lei dev'essere la mamma di Riccardo.»

«Sì, Ricky era mio figlio» rispose la donna in un sussurro.

«So che non ci sono parole per il suo dolore, signora.» Angela le sfiorò il braccio con un gesto al tempo stesso empatico e discreto. «Non è naturale sopravvivere al proprio figlio, non dovrebbe mai succedere.»

La madre di Riccardo annuì e si spostò di lato, facendogli cenno di entrare. Con quelle semplici frasi Angela aveva aperto fra loro un canale di comunicazione.

«Non c'è strazio più grande, non è giusto.» La voce

della donna, incrinata dal pianto, parlava di una sofferenza ancora troppo viva.

L'intera casa era in penombra, un odore di chiuso permeava l'ambiente. Vittorio lanciò un'occhiata ad Angela facendole intendere che doveva continuare.

«Ci perdoni per questa intrusione, ma abbiamo bisogno di conoscere la verità.»

La signora Lotti le rivolse uno sguardo interrogativo.

«La verità?» ripeté confusa.

A quel punto Vittorio intervenne.

«Stiamo indagando sulla morte di Massimo Moretti, l'amico di suo figlio.»

«E che c'entra il mio Riccardo?» chiese la donna fermandosi sulla porta del piccolo salotto.

«Non lo sappiamo, signora» rispose Vittorio, «probabilmente niente, ma quando due ragazzi così giovani, così amici, muoiono a distanza di poco tempo uno dall'altro, è difficile non porsi delle domande.»

Lei lo fissò con aria assente.

«Mi dispiace per Massimo, era un ragazzo così sicuro di sé... ma non c'entra niente con la morte di Ricky» mormorò persa nei suoi ricordi, accasciandosi sul divano di velluto verde stinto.

Angela si sedette vicino a lei.

«Ci può raccontare come è successo?»

«Era un bravo ragazzo, uno studioso, un atleta.» Si voltò verso un buffet dove in bella mostra c'erano coppe, targhe e foto di quello che doveva essere stato la luce dei suoi occhi, suo figlio Riccardo. Angela notò subito che era diventato una sorta di altarino. Le foto lo ritraevano nelle varie età della sua breve vita: in una, a cinque o sei anni, era su un'altalena vicino a quello che doveva essere il nonno, in un'altra lo si vedeva in piedi su un podio in tuta da ginnastica vicino ad altri ragazzi, con il sorriso orgoglioso di chi ha vinto e si gode quel momento. Accanto a un primo piano del ragazzo, un ritratto di Padre Pio su cui era stato posato un rosario. Ma ciò che più la colpì fu la polvere che regnava incontrastata su tutti i mobili, come se per un anno nessuno fosse più entrato in quell'appartamento.

«Era un velista?» chiese Vittorio prendendo una foto in cui Riccardo stringeva la mano a un noto campione di vela, che gli porgeva un cofanetto con un orologio appositamente serigrafato.

Un sorriso illuminò per un istante il volto della donna.

«Sì, era molto bravo. Ha vinto tanti premi. Ma non trascurava lo studio. Quando era sotto esame andava nella nostra villetta all'Argentario e si blindava lì gli ultimi dieci giorni per ripetere tutto. Anche quella volta...» Il sorriso si spense e la frase rimase in sospeso.

«Ho letto che la casa è all'Isola Rossa, giusto?» riprese Vittorio.

La donna annuì.

«Riccardo è cresciuto lì. Ci andavamo tutte le estati da quando era piccolo.»

«Certo la strada è molto brutta» commentò il vicequestore.

«Ma lui la conosceva come le sue tasche, dal primo anno di università andava lì con la moto, con qualsiasi tempo.» Fece una pausa, poi continuò: «Ancora non riusciamo a capire come sia potuto accadere». Strinse le labbra per non piangere.

«Non può essere che ci fosse qualcuno con lui? Magari il suo amico Massimo» insinuò Angela.

«No, Max passò da qui proprio il giorno della sua morte. Si fermò a prendere un caffè con me e mi chiese quando sarebbe tornato. Lui e Riccardo facevano coppia fissa, erano culo e camicia fin dalle elementari.»

«E Chicco?» chiese Angela.

«Erano un bel terzetto, tutti belli, simpatici, sportivi... poi però il primo anno di università Chicco si è allontanato. Non ho mai capito perché, ma Ricky e Max ci rimasero molto male. Non lo perdonarono.»

«Dunque Massimo Moretti venne da lei proprio il giorno della morte di Riccardo» riprese Vittorio. «Non le sembrò strano che passasse di qui invece di telefonare a suo figlio?»

«No, era abbastanza normale, io sono divorziata e ho aperto la mia casa agli amici di mio figlio, mi vedevano un po' come un'amica, spesso venivano anche solo per un saluto.»

«E quel giorno non chiamaste Riccardo?»

«Sì, ma aveva il telefonino spento. Non mi preoccupai più di tanto, quando studiava si isolava dal mondo. Dissi a Massimo che l'esame era il lunedì seguente e che avremmo festeggiato tutti insieme, ma allora non sapevo che non lo avrei rivisto mai più, che il mio Riccardo era morto giù in fondo alla scogliera.»

34

Dopo la scoperta della denuncia ritirata e l'ipotesi di un collegamento tra la morte di Massimo e quella di Riccardo Lotti, Angela aveva deciso che era arrivato il momento di parlare con il senatore. Ma Moretti non si trovava a Roma, perciò le aveva dato appuntamento su Skype.

Quando l'uomo comparve sullo schermo, notò che era in una stanza d'albergo. Un cinque stelle, pensò, vedendo alle spalle del senatore due ampie poltrone in pelle e una finestra panoramica con lussuosi tendaggi, che però erano tirati completamente lasciando l'ambiente in penombra, come a voler impedire l'ingresso alla luce del sole. Rispetto al precedente incontro, i tratti del volto di Luigi Moretti erano più marcati e le rughe in evidenza. Anche se, da politico consumato, mascherava bene la sua sofferenza, all'occhio allenato di Angela non sfuggirono questi dettagli che tradivano il suo vero stato d'animo. Tutto quel lusso non serviva a lenire il dolore.

«Ha trovato qualcosa?» le chiese senza preamboli.

«Niente che non sapesse già, senatore, ma che ha scelto di non dirmi» rispose lei cercando di mantenere un tono neutro.

«Non capisco a cosa si riferisce.»

«Perché non mi ha parlato della denuncia per aggressione a carico di Massimo e dei suoi amici?»

Moretti alzò le spalle con noncuranza.

«Una ragazzata, cose che succedono, non vedo come possa essere collegata alla sua morte.»

«Sa dirmi qual è stato il motivo?»

«Si è trattato di una lite tra ragazzi, niente di più.»

Angela decise di affondare.

«Ha convinto lei il denunciante a ritirarla?»

L'uomo si irrigidì.

«Dottoressa, sbaglio o sta lavorando per me?»

Il politico aveva di nuovo la meglio sul padre disperato.

«Mi ha chiesto di scoprire la verità ed è quello che sto facendo.»

Moretti rimase per qualche istante in silenzio. Poi disse: «Se lei avesse un figlio non farebbe tutto quello che ritiene necessario per salvaguardarlo?»

«Sì, ma senza approfittare della mia posizione.» La risposta poco diplomatica le era sfuggita suo malgrado.

Moretti fece un sorriso tirato.

«Senza peli sulla lingua, vero? Me lo diceva Fulvio che era una delle sue qualità.»

«Certo non se avessi deciso di fare politica» ribatté Angela con ironia.

«No, ha ragione. E comunque, le ripeto, non credo che ci possa essere un collegamento tra quella denuncia fatta da un ragazzino e la morte di mio figlio.»

«E non le è sembrato strano che Riccardo Lotti, uno degli altri due ragazzi denunciati e, a quanto mi risulta, uno dei più cari amici di suo figlio, fosse morto anche lui qualche mese fa?»

Il senatore la guardò sbalordito.

«Ma si è trattato di un incidente!» esclamò. «Riccardo è uscito di strada con la moto...»

«Questo è quello che risulta» si sovrappose lei, «ma io non credo alle coincidenze e penso sia il caso di approfondire.»

L'uomo sembrava scosso.

«Non lo so, mi sembra assurdo, ma lei proceda come ritiene giusto. Ha ragione, le ho chiesto di scoprire la verità. Ed è quello che voglio, a qualsiasi costo.»

A Vittorio era bastata una telefonata per farsi dire il nome del magistrato che si era occupato dell'incidente: Vincenzo Dini. Nonostante fosse andato in pensione, non era stato difficile rintracciarlo e si erano dati appuntamento all'Argentario sul luogo dell'incidente.

La macchina sfrecciava veloce sull'autostrada che affiancava l'Aurelia. La striscia argentea del mare che si confondeva con l'orizzonte li accompagnava mentre Angela e Vittorio riesaminavano il quadro generale della situazione alla luce delle ultime scoperte.

«Non può essere un caso» dichiarò lei seguendo il filo del suo ragionamento. «Prima l'incidente su una strada che Riccardo Lotti conosceva a memoria, poi l'overdose di Massimo Moretti, che odiava la droga. Nel giro di un anno due amici fraterni morti e il terzo che sparisce improvvisamente. È tutto molto sospetto, sono ansiosa di sentire cosa ci dirà Dini.»

«A questo punto devo darti ragione.»

«Come sempre» commentò lei con un sorriso.

Il vicequestore fece una smorfia.

«Vietato infierire, dottoressa Di Cori. D'altra parte sai bene che sono pronto a rivedere le mie idee quando c'è qualcosa che lo giustifichi.»

«Te ne do atto. E comunque se il piemme ha archiviato l'indagine non deve aver trovato nessun elemento sospetto.» Angela aprì il finestrino lasciando entrare una folata d'aria fredda.

«Se si è trattato di un incidente simulato come pensiamo, chiunque sia stato deve aver studiato tutto nei minimi dettagli. Conosceva le abitudini di Riccardo Lotti e sapeva quando e dove colpire.»

Lui annuì.

«Hai ragione, ma io mi chiedo: perché ucciderli? Non abbiamo nessun movente. Erano tre ragazzi di buona famiglia...»

Angela lo interruppe: «Due. Per il momento le vittime sono solo due. Mi rifiuto di pensare che Franco sia morto».

Vittorio si voltò verso di lei.

«Sai meglio di me che dopo quarantotto ore...»

Lei non lo lasciò continuare.

«Lo accetterò solo se troveremo il corpo, non prima.» La sola immagine di Franco riverso a terra senza vita le era insopportabile. «Ma ora devo chiamare Mia, devo aggiornarli e non gli piacerà quello che dirò» proseguì tirando fuori il cellulare dallo zaino.

Dopo pochi squilli sentì la voce della ragazza: «Angela, novità?»

«Sì. Abbiamo scoperto che Franco e Massimo Moretti non solo si conoscevano, ma erano anche molto amici.»

Dall'altra parte ci fu un silenzio attonito.

«Non è possibile» mormorò Mia incredula, «lui non ci ha detto niente.»

«Ci ha mentito.» Angela sapeva come si sentiva. Quello di Franco era stato un tradimento a tutti gli effetti e il rimbalzo emotivo su Mia, considerati i sentimenti che nutriva nei confronti del ragazzo, era inevitabile.

«Come avete fatto a scoprirlo?»

Angela le riferì tutto.

«Mi dispiace Mia, devo ammettere che anche per me è stato uno shock. Avrei dovuto interpretare i segnali, ma sinceramente non avrei mai immaginato una cosa del genere.»

«Ecco perché era così strano quando il senatore ti ha affidato l'incarico, perché ha trovato una scusa per non venire al funerale, perché si è defilato dall'indagine.» La mente analitica di Mia aveva ripreso il controllo.

«Non voleva che scoprissimo che si conoscevano e che aveva certi trascorsi. Ma io sono convinta che ci sia dell'altro. Credo che Franco avesse paura di qualcosa, quando mi ha fatto quella telefonata forse voleva dirmelo, ma non ho risposto e poi è sparito.»

Angela percepì il respiro accelerato di Mia.

«Non riesco a restare con le mani in mano, cosa possiamo fare?» le chiese la ragazza.

«Io sto andando col vicequestore Benassi all'Argentario. Il terzo ragazzo denunciato per l'aggressione, Riccardo Lotti, è morto lo scorso febbraio in un incidente con la moto sulla strada che costeggia la scogliera. Ci sono due morti anomale e una sparizione nel giro di pochi mesi, abbastanza per indagare, anche Vittorio è d'accordo. Abbiamo appuntamento con il magistrato che si è occupato del caso.»

Nel silenzio che seguì, Angela comprese che Mia stava elaborando tutte quelle informazioni.

«Dimmi cosa possiamo fare» ripeté alla fine.

«Cercate di sentire di nuovo la ragazza di Moretti, magari sa qualcosa su tutti e tre che può aiutarci a capire cosa è successo. Chiedetele se sa del perché di quel pestaggio. Qualsiasi indizio per noi può essere importante.»

«Va bene, la contatto io.»

«E Mia...»

«Sì?»

«Ricordati che Franco si faceva chiamare Chicco dai suoi amici, credo che Claudia lo conosca con quel nome. Cercate di scoprire perché ha rotto i rapporti con gli altri due, secondo me il nodo di tutto può essere lì.»

Mia tolse il vivavoce e guardò Nic, che aveva ascoltato tutta la telefonata arrotolando nervosamente un pezzetto di carta. Erano soli nella grande cucina del casale dove

Mia viveva con i genitori e rimasero in silenzio per alcuni istanti, cercando di metabolizzare quella notizia.

«Ci ha detto un sacco di bugie.» Era ferita e non riusciva a nasconderlo. Sperava solo che Nic non ci aggiungesse un carico da novanta, visto come la pensava su Franco. Quel Franco «bello e impossibile», dal sorriso malinconico, che lei – sciocca – aveva immaginato nascondere chissà quali tormenti, mentre la verità era molto più banale e meschina.

L'amico non rispose subito, ma scostò la sedia e si alzò dal vecchio tavolo di massello, avvicinandosi alle finestre. Lasciò vagare lo sguardo sugli appezzamenti di terreno coltivati con prodotti a chilometro zero dalle famiglie degli amici dei genitori di Mia che abitavano con loro nel casale, dove avevano dato vita a una comunità che era una sorta di famiglia allargata. Gli piaceva l'atmosfera che si respirava in quel posto e si prestava volentieri ad aiutare Mia nelle incombenze domestiche che, a turno, venivano svolte dagli abitanti del casale. Quel giorno erano «di cambusa», come aveva detto lui scherzosamente mentre era intento a pelare una montagna di patate, ma adesso non aveva più molta voglia di scherzare. Bastava guardarla per capire cosa stesse provando e non voleva ferirla.

«Tecnicamente sono delle omissioni più che delle bugie» disse alla fine. «Non mi piace dire 'te l'avevo detto', ma c'è sempre stato qualcosa che non mi tornava nel figlio di papà che si mette a fare volontariato» non poté fare a meno di aggiungere.

Mia si irrigidì.

«Quando stava allo sportello era convinto di quello che faceva, ci credeva. Anche se ci ha nascosto delle cose...»

«Ad esempio che aveva pestato un ragazzo con i suoi amici bulli?» la interruppe Nic, irritato dal fatto che lei, ancora una volta, prendesse le parti di Franco.

Mia schiacciò rabbiosamente le patate con cui avrebbe dovuto preparare il purè e non rispose.

«E chissà che altro ci ha nascosto» continuò Nic. «Forse proprio per questo è sparito, magari aveva paura di fare la fine di Massimo e Riccardo o c'entra qualcosa con la loro morte.»

A quelle parole Mia reagì con foga: «Non puoi dire una cosa del genere! Non hai visto come si impegnava, come era sempre disponibile, come parlava con le donne che venivano a chiedere aiuto? Non può essere, non ci credo».

Nic sospirò.

«C'è la denuncia, Mia, lui ha partecipato al pestaggio. Era uno di loro.»

Uno di loro.

Mia buttò la forchetta nel piatto e scappò via in lacrime.

Nic riprese a schiacciare le patate al posto suo. In quei casi era meglio lasciarla sola, ormai l'aveva imparato. Forse c'era andato giù troppo duro, si disse. Ma non aveva mai sopportato che lei trovasse sempre un motivo per difendere Franco. Era geloso.

Anche se era vero – inutile mentire a se stesso –, questo non cancellava un dato di fatto incontrovertibile: Franco Silvestri, viziato figlio di papà, era un bullo e un bugiardo.

35

Due ore dopo avevano lasciato l'Aurelia e, attraversato Orbetello, l'auto procedeva a velocità sostenuta sul sottile istmo che portava a Santo Stefano quando all'orizzonte, sulla laguna di ponente, Angela notò degli isolotti rosa.

«Guarda laggiù» disse indicandoli con la mano. «Fenicotteri. Siamo fortunati, novembre è il momento migliore per vederli.» Proprio in quel momento gli uccelli si alzarono in volo. «Che spettacolo, è la prima volta che ne trovo tanti tutti insieme.»

«Non sapevo che fossi un'habitué di queste parti.»

«Ogni tanto mi allungo fin qui, il parco dell'Uccellina d'inverno è meraviglioso. Le giornate sono più brevi, ma quello che si scopre lungo i sentieri è incredibile e, soprattutto, non c'è la folla estiva. Passi dalle dune alle pinete, da piccoli specchi d'acqua a fiumi come l'Ombrone, per non parlare degli animali, l'anno scorso mi sono trovata faccia a faccia con un daino e il suo cucciolo, non sai che emozione.»

Vittorio si accigliò.

«Non fatico a crederlo, nessuno ti ferma con la tua bike, ma non mi piace saperti sull'Aurelia col buio, è una delle strade più pericolose d'Italia.»

Avevano superato il bivio per Santo Stefano e si stavano arrampicando verso il paese.

«Dove abbiamo l'appuntamento con Dini?» chiese lei per sviare un annoso argomento sul quale finivano sempre per litigare.

«Sulla panoramica. Mi ha detto che era meglio vederci dove era successo l'incidente» le rispose superando il paese e imboccando la traversa che saliva verso il promontorio.

«Conosci il posto?»

«Tu vai per sentieri, io per ville» scherzò lui, «una mia collega aveva una casa da queste parti e mi ha invitato un paio di volte.»

«Collega o qualcosa di più?» insinuò Angela.

Lui si voltò e sfoggiò il suo sorriso da canaglia.

«Gelosa?»

«Ti piacerebbe, e invece ti sbagli. La mia è solo mera curiosità. Non ti facevo da tipe così *up*» rispose schermendosi, «o forse sì, vicequestore.» Calcò sulla qualifica dell'amico, ma lui non abboccò e si fece una bella risata, prendendo un bivio. Davanti a loro si stagliava la scogliera a picco sul mare e, in lontananza, il profilo dell'Isola del Giglio.

«Siamo quasi arrivati. Da quello che mi ha detto il magistrato dovrebbe essere dopo quelle curve» riprese lui cambiando a sua volta discorso.

«A che ora abbiamo appuntamento?»

«Alla mezza, dovremmo esserci» rispose Vittorio uscendo da una curva oltre la quale videro un uomo sui settant'anni con un giaccone scuro, fermo vicino a un'Alfa grigia. Il vento gli scompigliava i capelli bianchi, conferendogli l'aspetto di un vecchio lupo di mare.

«Dev'essere lui» disse Vittorio accostando la macchina al ciglio della strada.

«Senza dubbio» disse Angela, «prima l'ho googlato e mi ha colpito proprio per la chioma argentata.»

Scesero e gli andarono incontro.

«Buongiorno dottor Benassi» lo salutò il magistrato, e Vittorio si affrettò a raggiungerlo per stringergli la mano.

«È un piacere conoscerla, e grazie per essere venuto senza alcun preavviso.»

«Lasci perdere, mi presenti piuttosto la sua collega.»

«La dottoressa Angela Di Cori è una nostra consulente, una profiler a cui dobbiamo la risoluzione di vari casi ostici.»

Dini le strinse la mano studiandola con i grandi occhi scuri incorniciati da folte sopracciglia bianche.

«Così avete ingaggiato anche una profiler.»

Angela sentì lo sguardo dell'ex magistrato soppesarla. Stava valutando se fidarsi o meno di lei.

«Per l'esattezza sono io che ho chiesto aiuto a loro» mise in chiaro, «sto lavorando per il senatore Moretti, avrà letto sui giornali della morte del figlio.»

L'ex magistrato annuì.

«Overdose. Ma perché lo avete collegato a Lotti?»

«Erano inseparabili. Lui, Massimo Moretti e Franco Silvestri, il figlio del regista. Lotti è morto qui, Moretti per overdose e Silvestri è sparito da qualche giorno. Se aggiungiamo che Moretti era uno sportivo che odiava qualsiasi tipo di droga perché la madre è morta di overdose ed era mancino, mentre la dose fatale è stata iniettata nel braccio sinistro, direi che abbiamo motivazioni sufficienti per ritenerle delle morti sospette.»

Angela pensò di aver passato l'esame perché il volto di Dini si distese in un sorriso.

«Mi piace questa ragazza, va dritta al punto» disse rivolto a Vittorio. «Non vi nascondo che quando ho ricevuto la vostra telefonata sono rimasto sorpreso, pensavo di essere l'unico a nutrire dei dubbi.»

Il vicequestore abbassò gli occhiali da sole e lo fissò.

«Si spieghi meglio, per favore.»

Angela rimase immobile, in attesa del seguito.

Dini indicò la scogliera a picco sul mare.

«Vi ho detto di venire qui perché solo in questo modo avreste potuto farvi un'idea reale dell'accaduto.» Aveva catturato tutta la loro attenzione. «Il problema è che il cadavere del ragazzo venne ritrovato solo quindici giorni dopo la constatazione dell'incidente. Le correnti lo avevano portato più a sud. Secondo la ricostruzione dei tecnici, la moto uscì di strada proprio in questo punto, furono quegli alberi là sotto a bloccarne la caduta, rimase incastrata.»

Angela si intromise: «Ma come fece il corpo a finire in acqua? Non è così vicino».

«È quello che ho pensato anche io, mi sembrò strano che fosse stato sbalzato fino al mare. Per un momento considerai di sentire la Scientifica per chiedere una perizia con la simulazione della caduta, ma poi dall'autopsia risultarono delle ecchimosi sul volto e sul corpo compatibili con l'urto sugli scogli, ero l'unico che aveva dei dubbi, si trattava di un ragazzo di vent'anni senza precedenti, il corpo era stato quindici giorni in mare e vi lascio immaginare in che condizioni era. Non trovai appigli per ipotizzare un omicidio.»

«In effetti la dinamica dell'incidente lascia molto perplessi» disse Vittorio. «È vero che in questo tratto non ci sono guardrail, ma la madre dice che il figlio conosceva la strada a memoria. Segni di frenata?»

L'ex piemme scosse la testa.

«Mi aspettavo che dall'autopsia risultassero tracce di sostanze stupefacenti o quantomeno di alcolici, e invece niente. Ma come vi ho detto, non c'erano gli estremi per approfondire. Quello è stato il mio ultimo caso e mi è rimasto sempre il dubbio di non aver fatto bene il mio lavoro.»

Una folata di vento gelido li investì, mentre all'orizzonte cominciavano a profilarsi delle nuvole dense di pioggia.

«Pensa che si possano visionare i referti dell'autopsia?» s'informò Angela stringendosi nella giacca a vento.

«Siete fortunati, fotocopiai tutto l'incartamento nella speranza che riguardandolo mi venisse un'illuminazione. Purtroppo non è successo» aggiunse Dini con una punta di rammarico.

«Ce lo può far avere?» chiese Vittorio.

«Certo, mi lasci la sua mail. Rientro a casa, scannerizzo il materiale e glielo invio. Vi sono grato di voler far luce su quella storia, non posso dimenticare il corpo martoriato di Riccardo Lotti, ce l'ho davanti agli occhi come se fosse ieri. Non si dovrebbe morire a quell'età e in quel modo.»

36

Lupi. Lupi affamati. Guardinghi.

Un ringhio sommesso.

Indietreggia. Gli occhi dilatati. Poi cade.

Un unico balzo e le sono tutti addosso.

E infine soccombe.

«Noooo!»

Questa volta l'urlo è suo.

Occhi sbarrati. Il cuore che batte all'impazzata.

Tum.Tum.Tum.

Un'eco nelle orecchie.

Colpi di tosse. Secchi. Continui. Dolorosi.

Da quanto tempo sono qui?

Occhi febbrili che percorrono i muri della stanza. Gocce di sudore freddo che bagnano la fronte.

Franco cerca di tirarsi su. Sente i muscoli urlare.

Altri colpi di tosse.

Freddo. Dolore. Paura.

Un suono lontano. Ovattato.

Ripensa ai lupi.

Dove mi trovo? Perché mi ha portato in questo posto?

Ombre minacciose sulle pareti sporche. Sembrano fissarlo.

Il vento si insinua nelle fessure dell'unica finestra. Sbarrata.

Ancora un ululato.

È reale?

O esiste solo nella sua immaginazione?

Non sa più cosa sia vero e cosa falso. Tutto si mischia nella sua testa.

Ansia.

Confusione.

Ricordi.

Paura. Tanta paura.

Quell'attesa angosciante, quel tempo dilatato lo terrorizzano.

Conta i secondi, i minuti, le ore che lo separano dal momento che sa che lo attende, che sa di meritare.

Aiuto! AIUTO!

Vorrebbe gridare, ma la voce resta chiusa nella gola, incapace di uscire.

Di nuovo i lupi. Le zanne esposte.

Si ritrae spaventato.

Sono lì o è una sua proiezione?

È lui quel lupo?

O lui è la vittima?

Si stringe le gambe al petto incapace di reagire.

Non ce la fa più ad aspettare.

Desidera solo che tutto finisca.

Presto.

37

Vittorio girò la chiave e aprì la porta del suo appartamento. Aveva guidato da Porto Santo Stefano molto al di sopra del limite di velocità consentito perché, dopo aver parlato con l'ex magistrato, sia lui che Angela erano impazienti di leggere i documenti relativi all'inchiesta.

«Controlliamo subito la posta, dovrebbe averli mandati.»

Angela lo seguì nel corridoio che portava allo studio, costretta a una gimcana tra oggetti di tutti i tipi abbandonati sul pavimento: dai pesi con i quali si allenava ai caschi per la moto, alle pile di Segretissimo e Urania disseminate lungo il percorso. Più volte Angela e Paolo si erano offerti di regalargli una libreria, ma Vittorio era stato categorico: la sua collezione era un pezzo di arredo, imprigionare i libri in un mobile gli sembrava inutile e banale. Così si erano arresi a quella non logica che lo caratterizzava nella sua vita privata. La casa di Vittorio, infatti, sembrava un enorme suk dove si poteva trovare di tutto e, come in ogni bazar che si rispetti, la parola d'ordine era caos.

Un caos organizzato, diceva lui. Ma sempre un caos, ribattevano loro.

Mentre lo seguiva, Angela raccoglieva gli abiti sparsi cercando di ripiegarli.

«Se li lasci a terra, poi non te la puoi prendere se Golia li fa a pezzi» commentò, posando la pila di indumenti su una cassapanca e chinandosi a recuperare un calzino nella cuccia del piccolo meticcio.

«È per questo che preferisco che stia col precisino» rispose lui indicando con un cenno del capo l'appartamento del fratello. Sedette alla scrivania e accese il computer. «Qui, se non sono in casa, per lui è off limits.»

Angela sorrise fra sé: l'amico voleva fare il duro, ma le palline e i nodi di stoffa seminati un po' ovunque denunciavano l'affetto che provava per il trovatello.

Vittorio aprì la posta e la sua attenzione si concentrò subito sulla mail del magistrato, a cui erano stati allegati i documenti di cui aveva parlato.

«Accendi la stampante, così li vediamo sulla carta.»

Dopo aver liberato la scrivania accatastando le carte da un lato, Vittorio cominciò a leggere i fogli, passandoli poi all'amica.

«Guarda caso è uscito di strada proprio nel punto in cui la scogliera è a picco sul mare e sull'asfalto non c'era il minimo segno di frenata» notò Angela mostrandogli il rapporto della Stradale. «Ce l'aveva detto anche Dini, ma la prima cosa che fai se stai perdendo il controllo del mezzo è frenare, e invece Lotti non solo non lo ha fatto, ma deve aver accelerato altrimenti la moto non sarebbe finita su quell'albero.»

«L'allarme è stato dato dai genitori il 15 gennaio e il corpo è stato ritrovato in mare due settimane dopo alla

Cacciarella» disse Vittorio alzando gli occhi dal foglio che stava leggendo.

Angela annuì.

«Sono risaliti alla data esatta dell'incidente grazie all'esame autoptico. Quello che non mi convince è che nel referto del medico c'è scritto che le ecchimosi sul viso e sul corpo potevano essere compatibili con l'urto violento contro gli scogli causato dalle onde e dalla risacca.»

Vittorio la guardò perplesso.

«Cosa non ti torna?»

«Anche se diamo per assodato che il corpo sia stato sbalzato direttamente in acqua nella caduta, e certo Dini avrebbe dovuto chiedere quella famosa perizia, ed è plausibile che le correnti lo abbiano trasportato fino alla Cacciarella, ossia dall'altro capo del promontorio, quello che mi risulta molto strano sono le ecchimosi causate dall'urto contro le rocce.» Angela voltò lo schermo del suo portatile verso di lui e gli mostrò la pagina del meteo relativa alla settimana dell'incidente. «Guarda, il mare è stato calmo per quindici giorni e non c'era praticamente vento, quindi condizioni ottimali. Una lieve risacca non credo possa provocare quel tipo di contusioni.»

«Complimenti Sherlock, come ti è venuto in mente di controllare?»

Lei sorrise.

«Non lo so, mi è venuto e basta.»

Il suono del campanello annunciò l'arrivo di Paolo. Angela andò ad aprire e Golia irruppe abbaiando nella stanza, seguito dal padrone con un sacchetto della spesa.

«Scusate il disturbo, ma ho sentito la voce di Angela e

volevo invitarla a restare. Stasera si festeggia, ho vinto una causa difficilissima e mi offro di prepararvi una cena con i fiocchi.»

Vittorio si rivolse ad Angela puntandole un dito contro con aria fintamente minacciosa.

«Non puoi rifiutare.» Poi si girò verso il fratello: «Chi hai tirato fuori questa volta?»

«La Colasanti.»

«Come ci sei riuscito?» chiese Angela, che aveva seguito sui media il caso della donna che aveva ucciso il compagno.

«Legittima difesa» rispose Paolo soddisfatto. «Ho dimostrato che era terrorizzata e che, quando lui le ha puntato il coltello alla gola, il suo è stato un gesto istintivo, ha reagito solo per difendersi.»

«Sei un mito.» Angela alzò la mano per battere il cinque con l'amico. «Altrimenti avremmo avuto un altro femminicidio.»

Paolo annuì.

«Ne sono convinto. E poi» aggiunse lanciando un'occhiata provocatoria al fratello «ogni tanto ci vuole qualcuno che riequilibri la bilancia.»

«A patto di non vanificare il mio lavoro» ribatté il vicequestore.

Angela ancora una volta percepì la rivalità che scorreva sotterranea tra i due fratelli come un fiume carsico, per manifestarsi solo di tanto in tanto con scambi di battute come quello.

«In questo caso non credo ci sia niente da eccepire» continuò Paolo, «sappiamo tutti cosa sarebbe successo se non avesse reagito. Ho studiato il caso, lui era un uomo violento e lei era finita al pronto soccorso più di una volta, ma aveva sempre avuto paura di denunciarlo.»

Vittorio alzò le mani in segno di resa.

«Sempre coalizzati contro di me» commentò ironico, «ma stavolta ammetto di essere d'accordo con voi. E comunque» riprese rivolgendosi ad Angela «mi piacerebbe molto di più averti sempre dalla mia parte della barricata.»

Lei lo guardò, l'espressione determinata.

«Sai come la penso. Mi piace il lavoro sul campo ma anche insegnare, credo che sia importante impegnarsi per educare i ragazzi a costruire una società più giusta e meno violenta. E poi voglio fare tutto il possibile per tenere in vita l'Accademia, lo devo a Fulvio, gliel'ho promesso.» Per un attimo la voce le tremò e Angela tacque.

Vittorio le prese una mano fra le sue e la strinse.

«E io ti stimo per questo» disse serio. Poi, come sempre quando si toccavano corde troppo emotive, stemperò quel momento con un sorriso malandrino e una battuta: «Ma questo non toglie che la divisa della polizia ti donerebbe molto, fidati di me che ho una certa esperienza».

Angela scoppiò a ridere.

«Su questo non ho alcun dubbio, Casanova.»

Fu Paolo a riportare il focus sull'indagine.

«A che punto siete?» chiese indicando i fogli sparsi sul tavolo.

Angela e Vittorio gli fecero un breve resoconto delle

novità, con tanto di dubbi sull'incidente di Riccardo Lotti.

«Sembrerebbe proprio che dietro queste morti ci sia una regia occulta» rifletté Paolo dopo averli ascoltati con attenzione. «E se qualcuno ha davvero pianificato questi omicidi nei minimi dettagli, sarei molto preoccupato per la vita del tuo pupillo» concluse guardando Angela.

«Purtroppo hai ragione. Voglio provare a sentire Fioravanti, è l'anatomopatologo di cui mi fido di più, ci serve il suo parere.» Vittorio si alzò per prendere il cellulare che aveva lasciato all'ingresso.

«Mi sa tanto che festeggeremo la mia vittoria un altro giorno» commentò sospirando Paolo.

Angela gli scoccò un bacio sulla guancia. Non era da lei quell'esternazione, ma Paolo era nel suo cerchio magico e con lui sentiva di poterlo fare.

«Ormai è tardi, credo che dovremo aspettare domani. E anche se sono molto in ansia per Franco, sono felice di festeggiare con te.» Gli sorrise. «Allora, che ci prepari di buono?»

Lui ricambiò il sorriso.

«Non lo so ancora, ma confido nella mia immaginazione. Farò degli spaghetti a modo mio. Vedrai che ti stupiranno.»

«Non ne dubito, sei un uomo dalle mille risorse, riesci sempre a sorprendermi.» Lo guardò con affetto. «Con te non ci si annoia mai.»

Su quelle ultime parole Vittorio rientrò nella stanza. Angela notò nella sua voce una punta di freddezza che prima non c'era: «Fioravanti ci aspetta domani mattina».

38

Lo stadio Flaminio sembrava fluttuare in mezzo a una nebbia evanescente sospesa sui giardini in stato d'abbandono che lo circondavano, dove nessuno tagliava più l'erba da chissà quanto tempo. Mentre li attraversava rabbrividendo nel piumino, Claudia ripensava a quando da bambina andava lì a giocare con i suoi amichetti, a quando incuria e desolazione non avevano ancora invaso ogni angolo e lo stadio era il più bello dei parchi giochi, il palcoscenico ideale per le loro avventure. Ora cercava di evitarlo, anche se dalla «Piccola Londra» al Villaggio Olimpico, dove si trovava il liceo, era la strada più breve. Ma le metteva una grande tristezza vederlo ridotto in quelle condizioni e aveva la sensazione che anche i suoi ricordi avrebbero potuto essere inquinati. Quel giorno però aveva fatto tardi e non aveva alternative se voleva arrivare in tempo e non rischiare di perdere la prima ora.

La nebbia, così anomala per Roma, rendeva tutto più cupo e vagamente sinistro. Claudia rabbrividì ancora. Ma non per il freddo. Gli avvenimenti degli ultimi giorni l'avevano scossa. La morte assurda di Massimo, le domande insistenti di quei ragazzi, Aldo che aveva cominciato a comportarsi in modo strano... Era davvero possibile che Massimo fosse stato ucciso? Non riusciva a liberarsi di quella domanda, che continuava a girarle nella testa come un loop maligno. Era difficile crederci. Non uno come lui. A quel pensiero avvertì di nuovo il sapore della paura misto a quello metallico del sangue quando la mano di Massimo si era abbattuta sul suo viso. Una, due volte. «Non ti sognare di lasciarmi ancora. Tu sei mia, capito? MIA.» Le parole le erano rimaste incise nella mente, soprattutto quelle successive: «Se solo ci riprovi, sai cosa ti aspetta».

Non avrebbe mai avuto il coraggio di rifarlo. Aveva troppa paura. Non erano minacce a vuoto, sapeva di cosa fosse capace. Per questo la sua morte improvvisa, si vergognava ad ammetterlo persino con se stessa, era stata una liberazione. Certo, l'overdose le era sembrata qualcosa che non c'entrasse niente con lui, che aveva alzato le mani anche quando l'aveva sorpresa a farsi una canna. Ma non aveva voluto approfondire. E poi erano arrivati quei due con le loro domande, costringendola a rivangare tutto. Claudia accelerò, girando intorno allo stadio in direzione del Villaggio Olimpico. Avvertiva un senso di disagio, la nebbia alterava il paesaggio familiare rendendolo ostile e minaccioso, come se si trovasse improvvisamente catapultata in una città fantasma. Anche il rombo del traffico sul viadotto sopra di lei era ridotto a un ronzio indistinto. Si guardò più volte alle spalle, ma non vide nessuno.

Chi poteva odiare Massimo al punto da ucciderlo? La domanda tornò ad affacciarsi alla sua mente, ineludibile. Qualcuno che sapeva e che voleva vendicarsi. Si sentì invadere da un panico irrazionale e cominciò a correre. Rallentò solo quando vide l'edificio del liceo emergere dalla nebbia dall'altro lato della strada.

Attraversò e fu allora che si accorse di loro. Erano fermi sull'angolo, a pochi passi dal cancello d'ingresso della scuola. Era evidente che aspettavano qualcuno. Lei. Questa volta non riuscì a evitarli: l'avevano vista, il suo piumino rosa faceva lo stesso effetto di un giubbotto catarifrangente. Avanzò riluttante.

«Claudia» la chiamò il ragazzo e insieme le andarono incontro.

Dopo la lite con Nic, Mia era corsa in camera e aveva cercato di smaltire le tossine messe in circolo dalle sue parole. Sapeva che doveva elaborare quello che aveva detto Angela per essere d'aiuto nelle indagini. Doveva blindare i suoi sentimenti e fare in modo che non interferissero. Ci sarebbe stato tempo per capire e per chiarire. Adesso quello che contava era ritrovare Franco prima che fosse troppo tardi. L'istinto le diceva che in quella brutta storia anche lui era una vittima e che era scomparso contro la sua volontà. E che adesso era in pericolo. Claudia era l'unico tenue legame che avevano tra la morte di Massimo e di Riccardo e la sparizione di Franco. La sola che potesse indirizzarli sulla strada giusta, che potesse aiutarli a salvarlo. Perciò aveva cercato in tutti i modi di comunicare con lei: col telefono, con WhatsApp, con Messenger. Ma era stato inutile. La ragazza non rispondeva al cellulare e non aveva aperto nessuno dei messaggi che Mia le aveva inviato. Era abbastanza evidente che non intendeva parlare ancora con loro. Nic allora aveva avuto l'idea di aspettarla davanti alla scuola la mattina seguente, prima che cominciassero le lezioni. Erano lì dalle sette e mezza per paura di farsela sfuggire, e Mia, che era un tipo freddoloso, sentiva che il gelo le era penetrato nelle ossa malgrado il giaccone pesante e sperava che quell'appostamento non le costasse un'influenza. Nic, al contrario, era caloroso e appariva del tutto indifferente alla bassa temperatura e all'umidità che quella insolita nebbia aveva portato con sé. Non si erano detti molto, tra loro aleggiavano ancora le parole pronunciate dal ragazzo il giorno prima, che creavano un diaframma invisibile ma reale, come se fossero separati da una parete trasparente.

Quando Claudia comparve, inconfondibile nel suo piumino rosa, Mia tirò un sospiro di sollievo.

«Piumino rosa a ore dodici» disse Nic che non rinunciava mai a una battuta. «Pronti a intercettarla.»

Scattarono veloci in direzione della ragazza, tagliandole praticamente la strada.

Claudia fu costretta a fermarsi e li apostrofò con un'espressione poco amichevole: «Che volete ancora? Devo entrare o arriverò in ritardo» e fece il gesto di proseguire verso l'ingresso della scuola.

Nic le sbarrò il passo.

«Solo una domanda.»

Lei li fissò insofferente.

«Non ho altro da dirvi» ribadì nervosa, incrociando le braccia sul petto in atteggiamento difensivo.

«Ascolta Claudia» disse Mia con gentilezza, mantenendo le distanze in modo da non invadere il suo spazio e non farla sentire minacciata. «Sappiamo che Massimo era amico di Riccardo Lotti e di Francesco Silvestri. Ricky e Massimo sono morti e Chicco è scomparso. Potrebbe essere in pericolo di vita.» A quelle parole Claudia sussultò e Mia vide comparire delle crepe nella sua corazza.

«Ma io non so niente...» mormorò distogliendo lo sguardo.

«Non hai idea di cosa possa aver causato la loro morte e la scomparsa di Chicco? C'entra quel pestaggio per cui erano stati denunciati? Oppure il fatto che Chicco aveva rotto i rapporti con loro? Tu sai se avevano litigato e perché? Stavi con Massimo, li conoscevi, possibile che non te ne abbia parlato?»

Mia sapeva che Nic, mitragliandola con tutte quelle domande, cercava di metterla con le spalle al muro. Vide Claudia impallidire, mentre le sue pupille si dilatavano e le mani si aprivano e si chiudevano in una contrazione involontaria.

«Io... io...» balbettò.

«Se sai qualcosa devi dircelo» la incalzò Nic. «È importante, non lo capisci? Potrebbe essere una questione di vita o di morte!»

La ragazza li guardò combattuta, aveva cominciato a sudare e tutti i segnali lanciati dal suo corpo indicavano che era sottoposta a una forte tensione. Mia stava per recitare di nuovo il ruolo del «poliziotto buono» quando una voce risuonò alle sue spalle.

«Tutto okay, Claudia? Problemi?»

Mia e Nic si voltarono e si trovarono di fronte il ragazzo che avevano visto con Claudia la volta precedente, quello che aveva detto a Nic che nessuno avrebbe rimpianto Massimo Moretti.

«Ciao Aldo» disse Nic, ma l'altro non gli rispose, lo sguardo fisso su Claudia.

«Ti stanno infastidendo?» le chiese ancora.

Lei scosse la testa e riabbassò lo sguardo.

«No, Aldo, è tutto a posto» rispose, ma Mia percepì che si era di nuovo chiusa a riccio.

«Non so proprio come aiutarvi» disse infatti la ragazza. «Adesso devo andare, è tardi.»

E fece per avviarsi insieme all'amico, che prima di muoversi lanciò un'occhiataccia a Nic e Mia.

Mentre camminavano verso il cancello, un altro ragazzo li raggiunse e battendo la mano sulla spalla di Aldo disse: «Ehi, Giordana, spero che non ti dimenticherai di passare il compito di matematica!»

Nic e Mia li osservarono allontanarsi verso il cortile della scuola e un attimo dopo sparire all'interno.

«Com'è il contrario di missione compiuta?» chiese Nic con una smorfia.

Mia fece un gesto di frustrazione.

«Se non fosse arrivato l'amico sono sicura che avrebbe parlato.»

Nic annuì.

«Era chiaramente sotto stress, i segnali c'erano tutti. Sono convinto anch'io che sappia qualcosa, ma che abbia paura di dircela.»

39

Uscito con Angela dall'Istituto di Medicina Legale, il vicequestore Benassi aveva telefonato subito al piemme che si era occupato del caso e lo aveva raggiunto in procura per aggiornarlo su quello che era emerso dalle loro ricerche sulla morte di Massimo Moretti e di Riccardo Lotti, sulla sparizione di Franco Silvestri e sul collegamento che, dagli indizi raccolti, sembrava esistere. Ovviamente senza tralasciare il parere dell'anatomopatologo, che aveva appoggiato la loro tesi.

«Secondo la ricostruzione che abbiamo fatto con la dottoressa Di Cori, Riccardo Lotti sarebbe prima stato ucciso per poi simulare l'incidente stradale e coprire l'omicidio» spiegò Vittorio.

«Probabilmente l'assassino contava sul fatto che il corpo non venisse ritrovato» continuò mentre il pubblico ministero lo ascoltava con attenzione. «Ma per confermare la nostra ipotesi c'è bisogno di far riesumare il corpo.»

Il magistrato rifletté giocherellando con la penna che aveva in mano.

«In sintesi lei mi sta chiedendo di riaprire il caso e di contattare i colleghi di Grosseto perché facciano altrettanto con quello di Lotti» disse infine. «Non una cosa da poco, vicequestore.»

«Me ne rendo conto, dottore. Ma sono convinto che i nuovi elementi raccolti ci autorizzino a procedere in questa direzione.»

Il piemme non rispose e riprese a giocherellare con la penna. Era evidente, pensò Vittorio, che l'ipotesi di una riesumazione lo preoccupava: se la teoria si fosse rivelata erronea e la notizia fosse arrivata alla stampa, ne sarebbe derivata una pubblicità negativa. Ma probabilmente stava anche valutando che se, invece, la teoria avesse trovato conferma, il senatore Moretti gliene sarebbe stato grato e l'attenzione dei media si sarebbe focalizzata su di lui. Vittorio, che lo conosceva bene e sapeva quanto amasse le luci della ribalta, giocò su quel fattore.

«Dottore, lei capisce che, se le cose stanno come temiamo, c'è in ballo la vita di Francesco Silvestri, il figlio del regista. Il ragazzo è sparito da quasi una settimana, se dovesse succedergli qualcosa la stampa ci andrebbe a nozze, può immaginare i titoli...» Lasciò volutamente la frase in sospeso.

Il magistrato annuì con aria grave e prese la sua decisione.

«D'accordo, Benassi, mi ha convinto. Chiederò il nulla osta al collega di Grosseto. Riapriamo l'indagine.»

Dopo aver saputo da Vittorio della decisione del magistrato, Angela, una volta arrivata in Accademia, prima di andare in aula si era chiusa nella sua stanza e aveva cercato il senatore Moretti sul suo numero privato per aggiornarlo su quella svolta.

«La polizia sta prendendo sul serio l'ipotesi dell'omicidio» concluse.

«Glielo avevo detto, non ho mai avuto dubbi. Massimo odiava ogni tipo di droga.»

«Adesso si tratta di capire chi potesse avercela con lui e con i suoi amici al punto di desiderare la loro morte.»

Dal tono e dalle parole del senatore, Angela capì che era passato alla modalità politico.

«In giro ci sono fin troppi squilibrati, haters, leoni che a volte si allontanano dalla tastiera per compiere atti esecrabili» dichiarò.

«Lei quindi non pensa che possa essere una ritorsione per qualcosa, che qualcuno ce l'avesse con loro per un motivo specifico?» Angela non nominò esplicitamente il pestaggio del ragazzo, visto che Moretti lo aveva liquidato come una questione di poco conto.

«Lo escludo» replicò Moretti categorico. «Mio figlio non era quel genere di persona.»

Angela pensò alla confessione che le aveva fatto Lara e a quanto l'amore per un figlio possa rendere ciechi, incapaci di vedere chi si ha davvero di fronte. Ma non era ancora arrivato il momento di costringere il senatore a confrontarsi con quella dolorosa verità. Lo avrebbe fatto solo se la sua teoria fosse stata confermata da prove concrete. Prove che al momento lei non aveva.

*

L'ispettore Borghi guardava esterrefatto il suo capo. «Ma che è questa cazzata? Ti rendi conto che ti stai facendo influenzare dalle teorie strampalate della tua amica?» Sottolineò la sua contrarietà battendo le mani sulla scrivania di Vittorio.

«Ci sono troppe coincidenze, troppi dettagli che non tornano» insistette il vicequestore, cercando nella rubrica del cellulare il numero dell'anatomopatologo per dirgli che avevano incassato il placet del piemme e che poteva procedere.

«Nei libri non esistono le coincidenze, ma nella realtà sì, e tu dovresti saperlo» ribadì l'ispettore. «Non troverai niente, ne sono sicuro.»

«Tu non sei stato all'Argentario, se avessi visto il posto dove Lotti è finito fuori strada anche tu avresti dei dubbi. Queste morti sono legate: prima lui, poi il figlio del senatore e ora quello del regista che sparisce. Tre amici per la pelle. Non ti sembra un po' troppo per parlare di coincidenza?»

Borghi scosse il capo.

«Ragazzi che hanno tutto, che sono abituati ad avere il mondo ai loro piedi, figli di papà che si credono dio: soldi a palate, moto di grossa cilindrata, coca a fiumi per essere sempre al top delle prestazioni. Vuoi sapere come sono andate le cose?» proseguì. «L'incidente di Riccardo è una conseguenza di questo atteggiamento mentale. Quell'altro, Massimo, si faceva per sentirsi più potente, per essere sempre il primo, per avere un fisico da paura, e Franco è un depresso, che ogni tanto sparisce e si va a rintanare chissà dove senza dare notizie perché se ne frega di tutti. Ma di che stiamo parlando?» domandò andando a chiudere la porta per accendersi un'altra sigaretta.

«Di due ragazzi che sono morti» rispose pacato Vittorio. Sapeva che l'amico stava attraversando un momento difficile e che spesso non riusciva a trattenersi, quindi si sforzò di cancellare dalla voce qualsiasi traccia di aggressività.

«Appunto» sottolineò Bruno tornando a guardarlo. «Cosa ti aspetti dalla riesumazione del corpo di Riccardo Lotti? Hai pensato ai genitori? A come si sentiranno? L'hai vista la madre, no? Loro sono vivi e questa cosa sarà straziante, altro che teorie della Di Cori e di un padre disperato come lo ero io» aggiunse quasi parlando a se stesso. «Io capisco bene la situazione, avrei fatto qualsiasi cosa pur di dare un senso alla morte di Giulia, ma bisogna farsene una ragione.» La voce si affievolì sulle ultime parole. «Bisogna farsene una ragione per sopravvivere» concluse in un sussurro, abbassando la testa.

Vittorio non replicò. Si alzò e girò intorno alla scrivania. A giorni sarebbe stato un anno dalla morte della figlia di Bruno e sapeva che per l'amico questo significava attraversare ancora una volta l'inferno.

«Ormai la decisione è presa, il piemme ha riaperto il caso» si limitò a dire. «Speriamo almeno che serva a qualcosa» concluse mettendogli una mano sulla spalla.

L'ispettore Borghi scosse la testa.

«Me lo auguro, anche se non ci credo.»

40

La lezione stava per iniziare, ma quando vide entrare nell'aula Mia e Nic, Angela si rivolse agli studenti: «Scusate ragazzi, cominciamo fra cinque minuti». Poi fece cenno ai suoi assistenti di seguirla in corridoio.

Angela notò l'espressione tirata di Mia e percepì la tensione tra lei e Nic. Non era difficile immaginarne il motivo, ma aveva bisogno che in quel momento mettessero da parte l'emotività e si concentrassero sull'indagine e su qualsiasi cosa potesse aiutarli a ritrovare Franco. Era passato un altro giorno e sapeva che il tempo a loro disposizione stava per scadere.

Se non era già scaduto.

Allontanò quel pensiero. Non era il momento neppure per lei di cedere all'emotività.

«So come vi sentite» disse guardando Mia, «ma adesso, se vogliamo aiutare Franco, dobbiamo essere lucidi e razionali. A tutto il resto penseremo dopo. Siamo d'accordo?»

I due si scambiarono un'occhiata e poi annuirono.

«Bene. Allora, le avete parlato?»

«Sì, ma non è servito a niente» rispose Nic contrito.

«Spiegati.»

«È chiaro che sa qualcosa, era tesa, come ci ha visto si è messa sulla difensiva» intervenne Mia. «Abbiamo cercato di farle capire che Franco è in pericolo, sono sicura che stesse per parlare quando è arrivato un suo amico e lei si è chiusa di nuovo.»

«Chi era? L'avevate già visto?»

Nic annuì.

«È il tizio con cui ho parlato l'altra volta. Quello che ce l'aveva con Moretti e con i suoi amici.»

«Credo siano compagni di classe, c'erano delle sue foto nella cornice digitale che Claudia ha sul comodino» disse Mia, dimostrando come sempre di essere molto attenta ai dettagli.

«Possiamo informarci, anche se questo Giordana è uno che non si sbottona facilmente e...»

Angela bloccò Nic: «Come hai detto che si chiama?» Quel nome le diceva qualcosa e cercava di ricordare dove l'avesse sentito.

«Aldo Giordana, perché?»

«Aspettate un attimo.» Angela rientrò nell'aula e prese il cellulare dallo zaino. Digitò un sms e lo inviò a Vittorio: «Mi dici il nome del ragazzo che aveva sporto denuncia contro Moretti e i suoi amici?»

Poi tornò da Mia e Nic.

«Sto aspettando la conferma, ma credo sia lui quello che ha denunciato per aggressione Massimo, Franco e Riccardo Lotti» spiegò.

«Quello che poi ha ritirato tutto?»

«Esatto, Nic. Avete detto che Claudia è ammutolita quando è arrivato?»

«Sì, stava per dirci qualcosa, ne sono sicura» ripeté Mia.

«Vi è sembrato che avesse paura di lui?» chiese ancora Angela.

«No, anche se forse uno scambio di occhiate fra loro c'è stato.» Mia guardò Nic. «Non hai avuto anche tu la stessa sensazione?»

«Di sicuro c'era qualcosa di cui non volevano parlare» concordò lui. «Quei due fanno fronte comune.»

Angela pensò che aveva un'unica alternativa. Se con i ragazzi Claudia e Aldo Giordana potevano permettersi di non dire niente, diverso era se fossero stati convocati in questura. Articolo 377 del Codice penale: intralcio alla giustizia.

«Devo chiamare Vittorio.»

Il vicequestore Benassi chiuse la comunicazione e scaraventò il cellulare sulla scrivania.

«Rossi, Mancini!» chiamò con voce alterata uscendo dalla stanza.

Subito i due ispettori comparvero in corridoio.

«Che state combinando?» Non ci voleva molto per intuire di che umore fosse. «È sparito un ragazzo e noi stiamo qui a girarci i pollici. Chi ha controllato le telecamere intorno a casa sua?»

«Me ne sto occupando io.»

Borghi li aveva raggiunti e lo guardava interrogativo. «Devo finire di visionare le registrazioni, ho avuto da fare. Che problemi ci sono?»

Vittorio trattenne un sospiro. Sapeva quello che l'amico pensava della nuova ipotesi investigativa e del collegamento tra la morte di Massimo Moretti e la scomparsa di Francesco Silvestri, ed evidentemente controllare quei video non era in cima alla sua lista di priorità. Ma restava comunque il fatto che il responsabile della squadra era lui e che i sottoposti dovevano attenersi alle sue indicazioni.

«Ho bisogno di avere quel rapporto al più presto, Bruno, perciò ti chiedo di dargli la precedenza. Il ragazzo non può essere svanito nel nulla. E poi» proseguì, «perché nessuno ha interrogato la ragazza di Moretti? L'ho dovuto sapere da Angela Di Cori che Aldo Giordana, quello che sporse denuncia contro il figlio del senatore, Riccardo Lotti e Franco Silvestri e poi la ritirò, è un suo amico!»

Mancini fece un tentativo di ribattere, ma di fronte all'espressione di Vittorio rinunciò e tacque.

«E, dato che io non credo alle coincidenze» dichiarò Vittorio guardando Bruno in modo significativo, «ora me li convocate qui in questura. Lui e la ragazza di Moretti» concluse in un tono che non ammetteva repliche. E infatti nessuno, incluso Bruno, replicò.

Claudia lesse la preoccupazione nello sguardo della madre. La ragazza aveva appena ricevuto la convocazione da parte della questura e stava lottando per non farsi prendere dal panico. Era bastato sentire che volevano che si presentasse in via di San Vitale per entrare in fibrillazione. Come se non bastasse, sua madre, dopo averle passato il cordless, era rimasta lì, sulla porta della stanza ad ascoltare.

«Cosa vuole la polizia da te? Mi devo preoccupare?» insistette.

«Ma che ne so?» sbottò Claudia. «Hanno solo detto che vogliono delle informazioni su Massimo, non capisco cosa si aspettano, avevamo anche litigato e non stavamo nemmeno più insieme...»

La madre si sedette sul letto vicino a lei.

«Tesoro, se c'è qualcosa che vuoi dirmi, io sono qui, sarò sempre dalla tua parte, lo sai.»

Claudia fece un gesto di fastidio.

«Che vai a pensare ma'?»

«Devo sapere se chiamare o no l'avvocato» ribatté la madre.

Claudia deglutì. Questo non l'aveva preso in considerazione.

«Non ho fatto niente, mamma. Io non c'entro con la morte di Massimo. Non sapevo nemmeno che fosse andato fuori Roma. Te l'ho detto, ci eravamo lasciati.»

Eva allungò la mano sulla sua.

«Magari di' solo che avevate litigato. Dovessero pensare male, sai come sono fatti quelli della polizia» disse in tono complice. «Io comunque una telefonata a Manrico Finazzi gliela faccio lo stesso, meglio sentire cosa ci dice. Una chiamata non costa niente e poi è un amico» aggiunse alzandosi e uscendo dalla camera.

Claudia aspettò che si allontanasse, poi prese il cellulare e selezionò il numero di Aldo. Dopo pochi squilli il ragazzo rispose.

«Ciao Cla', stavo per chiamarti io.»

«Mi ha cercato la polizia» disse lei senza preamboli. «Devo andare in questura, vogliono sapere di Massimo.»

Ci fu un attimo di silenzio. Poi: «Hanno convocato anche me».

«Che facciamo adesso?» Aveva paura e non riusciva a mascherarla. Non con lui.

«Ascoltami bene, non diremo niente. Tieniti sulle generali. Meno sanno, meglio è.»

41

Il vicequestore Benassi studiò il ragazzo seduto di fronte a lui dall'altro lato della scrivania. Magro, allampanato, capelli ricci e occhialetti tondi, infagottato in un giaccone fuori moda, un paio di jeans sformati sulle gambe da fenicottero. Pensò che era stato una facile preda per Massimo Moretti e i suoi amici, tutti e tre sportivi e palestrati. Dietro le lenti gli occhi nocciola di Aldo Giordana ricambiarono il suo sguardo. Occhi intelligenti e attenti, valutò il vicequestore.

«Allora Aldo, sappiamo che sei stato vittima di un pestaggio da parte di Massimo Moretti e dei suoi amici. Mi vuoi dire per quale motivo?»

Il ragazzo non abbassò lo sguardo.

«Ho pubblicato dei podcast contro i bulli e quelli si sono sentiti chiamati in causa. È gente che non ha argomenti se non quello della forza bruta» aggiunse con disprezzo.

«Pubblicato dove?»

«Sul sito della scuola.»

«Dopo che ti hanno picchiato li hai denunciati, però poi hai ritirato la denuncia. Perché?»

Il ragazzo si prese un po' di tempo. Sulle labbra gli spuntò un sorriso amaro.

«Mi hanno minacciato, mi hanno bucato le gomme del motorino. Era la mia parola contro la loro. Lei a chi avrebbe dato retta? Al figlio di un portiere o ai figli del senatore Moretti e di Cosimo Silvestri?»

Vittorio si risparmiò una risposta ipocrita.

«Non c'erano testimoni?» chiese invece.

Il ragazzo alzò le spalle.

«Anche se ci fossero stati, nessuno si sarebbe messo contro di loro.»

«E adesso Massimo Moretti e Riccardo Lotti sono morti.»

Aldo Giordana gli lanciò un'occhiata carica di sfida.

«Vuole sentirmi dire che mi dispiace?»

«No, voglio sapere chi ce l'aveva con loro oltre a te.»

«Un sacco di gente. Erano degli stronzi patentati, ve lo può dire chiunque a scuola.»

«Intendo chi ce l'aveva con loro al punto da volerli morti.»

Stavolta il ragazzo distolse lo sguardo.

«Questo non lo so.»

«Davvero?» lo incalzò il vicequestore, posando tutte e due le mani sul tavolo e sporgendosi verso di lui.

Giordana sollevò di scatto la testa.

«Mi sta accusando di qualcosa? Mi serve un avvocato?»

Vittorio scosse il capo. Di solito i ragazzi si intimidivano se portati in questura, lui no. Dal primo momento in cui era entrato nella sala interrogatori gli aveva tenuto testa.

«Ti sto solo sentendo come persona informata sui fatti.»

«Comunque io non c'entro niente con la morte di Lotti e di Moretti. E poi pensavo che uno avesse avuto un incidente e l'altro si fosse fatto una dose di troppo. Non è così?»

Vittorio lo osservò con attenzione. Per un attimo credette di cogliere un lampo ironico nello sguardo del ragazzo.

«Ti risulta che Massimo Moretti si drogasse?» Domanda diretta.

«Non lo so e non me ne frega niente.» Risposta altrettanto diretta.

Tutto in lui denotava un atteggiamento di chiusura. Non abbassava gli occhi. Seduto dritto sulla sedia, teneva le mani incrociate sul petto.

Vittorio provò a spiazzarlo.

«E non ti risulta nemmeno che picchiasse la tua amica Claudia?»

Aldo indurì la mascella. Ma fu un attimo.

«Non sono fatti miei.»

Di fronte a quell'ostinazione il vicequestore cambiò tattica. Si alzò, spostò la sedia dall'altro lato della scrivania e si sedette davanti a lui.

«Ascolta Aldo, nessuno ti sta accusando di niente, stiamo solo cercando di capire cosa è successo veramente e tu forse potresti aiutarci. Conoscevi Massimo Moretti, sei amico di Claudia, potresti avere delle informazioni che al momento a noi mancano.»

Il ragazzo scrollò le spalle.

«Io non so niente oltre a quello che vi ho detto.»

Vittorio sapeva quando era inutile insistere. Non aveva in mano nulla per trattenerlo e davanti al suo rifiuto di collaborare era impotente.

«Posso andare adesso?» chiese il ragazzo.

«Un'ultima cosa, dov'eri la sera che è morto Massimo Moretti?»

Stavolta l'ironia non era nemmeno mascherata.

«A casa mia, dottore. Come tutte le sere.»

42

Il poliziotto che si era presentato come ispettore Borghi l'aveva fatta accomodare in una piccola stanza con una scrivania ingombra di carte e si era seduto davanti a lei, probabilmente per non intimorirla con la sua mole. C'era anche un altro agente che era rimasto in piedi alle sue spalle. Ai genitori, che l'aspettavano in corridoio, l'ispettore aveva detto che era stata convocata in qualità di «persona informata sui fatti», niente di più, ma per quanto quell'uomo avesse una faccia simpatica lei continuava a pensare ad Aldo e a quello che le aveva detto. Fino a quel momento, comunque, le aveva fatto solo domande generiche su Massimo e sul suo carattere.

«Lei aveva mai visto Moretti far uso di sostanze stupefacenti?» intervenne a quel punto l'altro poliziotto.

«No, anzi mi aveva sempre detto che era contrario alle droghe perché davano dipendenza e quindi erano una forma di debolezza.»

«E non l'ha sorpresa sapere che era morto per overdose?»

Claudia rifletté prima di rispondere.

«Sì e no. Sì per quello che vi ho appena detto. Massimo era uno tutto d'un pezzo, come vi ho spiegato. Il

Massimo di cui mi sono innamorata io di sicuro non si sarebbe fatto di cocaina. Ma la verità è che non conosciamo mai abbastanza le persone, anche quelle che ti stanno vicino. Per questo no, non mi sono stupita, perché se si faceva non l'avrebbe detto a nessuno. Non mostrava i suoi lati deboli agli altri.»

Borghi la scrutò attento.

«Neanche a te?» chiese.

Al contrario del collega, fin da quando era entrata le aveva dato del tu e aveva fatto in modo che si sentisse, per quanto possibile, a suo agio.

«Soprattutto a me» ammise Claudia. «Mi dispiace dirlo, ma Massimo non mi considerava la sua ragazza, io per lui ero qualcosa da sfoggiare, la fighetta da portarsi dietro per far schiantare di invidia gli amici, era per questo che avevamo litigato e ci eravamo lasciati. Perché io volevo essere considerata una persona, non un oggetto.»

Aveva deciso di ignorare il suggerimento di sua madre e di dire che si erano lasciati, anche se non era vero. Ma voleva mettere tra sé e lui la maggior distanza possibile, soprattutto davanti alla polizia. L'unico che avrebbe potuto smentirla, oltre ad Aldo, era Massimo. E lui non poteva più farlo.

L'ispettore incrociò le dita, picchiettando tra loro gli indici come se stesse riflettendo se chiederle altro, e Claudia notò le dita giallastre del fumatore incallito. Stava per dirle qualcosa, ma ci ripensò, guardò il collega e gli fece un cenno come a dire «per me è sufficiente». L'altro annuì.

«Credo che per il momento possa bastare» disse

Borghi. Poi si alzò e Claudia si affrettò a seguirlo, sollevata che il colloquio fosse terminato. «Sai se Riccardo Lotti assumesse cocaina?» chiese a sorpresa l'ispettore.

Quella domanda la colse impreparata.

«Che c'entra Ricky? È morto in un incidente stradale.»

Borghi la incalzò: «Siamo noi a fare le domande. Rispondi».

«Anche lui era uno sportivo, quindi non credo proprio. Avevano tanti difetti, ma non erano dei drogati, credo di poterlo affermare con certezza.»

Questa volta fu l'altro poliziotto a intervenire: «Secondo lei qualcuno poteva aver interesse a uccidere Massimo Moretti?»

Claudia sentiva gli occhi dei due uomini su di sé. Non poteva mostrarsi troppo sorpresa, probabilmente sapevano che i due ragazzi che indagavano per conto del senatore le avevano già rivolto quella domanda. Scelse con cura le parole e si augurò di riuscire a mascherare il suo turbamento.

«Mi sembra una cosa assurda. Massimo aveva tanti amici e tante persone che lo detestavano. Però da qui a desiderare la sua morte o addirittura a ucciderlo...» Lasciò volutamente la frase in sospeso. Sentì che sulla fronte le si stavano formando piccole gocce di sudore. L'ispettore Borghi non aveva detto che poteva andare a casa? Che volevano ancora da lei?

L'altro poliziotto le si mise di fronte e la guardò dritto negli occhi.

«Un'ultima cosa, signorina Sala. Anche se vi eravate

lasciati, lei e Massimo Moretti siete stati insieme per molto tempo... come mai non sembra particolarmente addolorata dalla sua morte?»

«Io...» Claudia si morse le labbra. Non sapeva cosa dire. Per paura di esagerare nel manifestare un dolore fasullo probabilmente aveva esagerato in senso opposto.

Fu proprio Borghi a venire in suo soccorso.

«Mancini, ognuno vive il dolore a modo suo. In certi casi si sceglie di non esternare la sofferenza, ma non è detto che dentro non ci si senta all'inferno.»

Possibile che quell'uomo alto e grosso non parlasse di lei, ma di sé? E solo in quel momento fece il collegamento. Borghi. Si chiamava Borghi come... non poteva essere un caso. Lo guardò e le sembrò che lui non la vedesse più perché si trovava in un luogo da cui tutti gli altri erano esclusi. Allora desiderò soltanto essere il più possibile lontano da lì.

«È come dice lei» mormorò, tenendo gli occhi bassi.

Borghi parve riscuotersi e finalmente i due poliziotti la lasciarono libera di andare a raggiungere i genitori.

Bruno stava rientrando nella sua stanza, quando alle sue spalle sentì la voce di Vittorio: «Era la ragazza di Moretti?»

Si voltò e guardò il suo ex pupillo diventato il suo capo.

«Sì, Claudia Sala.» Davanti allo sguardo interrogativo dell'amico riprese: «Un buco nell'acqua, chiedi a Mancini, che si è pure messo a fare lo psicologo» commentò ironico. «Ma non è servito, non sapeva nulla. Mi è sembrata una sveglia, secondo lei Moretti non si drogava...»

«Lo vedi?»

«Ma ha anche ammesso che non conosciamo mai fino in fondo chi abbiamo vicino e che Moretti era uno stronzo, uno che non voleva che si sapessero i cazzi suoi. Se si fosse fatto, non lo avrebbe detto a nessuno, tantomeno a lei.»

Vittorio sospirò.

«Tu non ci credi proprio che si tratti di omicidio, vero?»

Bruno scosse la testa.

«No, non c'è una sola prova concreta e penso che questa pista non ci porti da nessuna parte. Ma il capo sei tu» concluse. Poi tirò fuori dalla tasca un pacchetto di sigarette stropicciato ed entrò nella sua stanza.

43

Mia aveva aperto la portafinestra dell'ufficio di piazza Costaguti lasciando entrare la luce, ed era rimasta per qualche istante in piedi al centro del locale, respirando l'atmosfera che aveva il sapore delle tante storie di cui quelle mura erano state testimoni. Storie di angoscia, di paura, ma anche di salvezza. E oggi, proprio grazie al servizio offerto dallo sportello antiviolenza, quelle stesse mura erano un approdo sicuro. Prima di mettersi al lavoro, aveva riordinato le sedie intorno al tavolo e gettato nel cestino i bicchierini di carta nei quali avevano preso il caffè. Infine aveva sistemato il portatile sul fratino, si era seduta su una vecchia thonet con i braccioli, la sua preferita, e aveva cominciato la ricerca, gli occhi fissi sullo schermo.

Angela aveva deciso che, mentre lei e Nic erano all'Accademia per la lezione, Mia avrebbe cercato in rete tutto quello che riusciva a trovare su Aldo Giordana. Dalla pagina Facebook del ragazzo e dai suoi contatti aveva scoperto che si trattava del tipico nerd genialoide con la passione per l'informatica e il pallino della tecnologia. Non solo. Era risalita al blog del liceo, dove aveva trovato una sezione dedicata ai podcast ideati da Aldo e da una ragazza di nome Giulia, dal titolo *Toilet*, sottotitolo «Il confessionale secondo Aldo e Giulia». Mia aveva cominciato ad ascoltarli. Indubbiamente Aldo era bravo: non solo il montaggio era impeccabile, con inserti musicali a tagliare le «confessioni» degli intervistati nei momenti clou, ma anche l'idea della «toilet», ovvero i bagni della scuola, come luogo dove mettersi a nudo anche in senso metaforico era originale e molto efficace.

L'ascolto fu interrotto dall'ingresso di Angela e Nic.

«Trovato qualcosa?» chiese subito lui sbirciando lo schermo del pc.

Mia mise in pausa il computer e li aggiornò sulle novità.

«Aldo e una ragazza hanno realizzato un podcast in cui, insieme ai compagni di scuola, affrontano varie tematiche» spiegò. «L'hanno chiamato *Toilet*, ci sono tutte le registrazioni, le sto ascoltando per capire se può esserci qualcosa di utile, che ci dia un indizio. Ma per adesso niente.»

«Che argomenti trattano?» domandò Angela.

«È una bella idea. All'inizio ci sono sempre i versi di una canzone rap che dice 'non siete soli', è il filo conduttore. Poi ogni volta partono da una parola diversa, come anoressia, depressione, body shaming, ma anche condivisione o empatia, e ci sono i ragazzi che raccontano la loro esperienza in forma anonima, in modo da non essere condizionati.»

«È Aldo che li presenta?» chiese Nic.

Mia scosse la testa.

«No, una ragazza, una certa Giulia. È brava, molto

partecipe, si sente che ci crede, ci mette passione, non fa solo la speaker.»

«Dovremmo capire chi è e cercare di parlarle» disse Angela.

«Sì, non penso sia un problema. Prima però vorrei finire di ascoltare i podcast, ce ne sono molti. Dai commenti che ho trovato sul sito sembra che andassero fortissimo, non so perché a un certo punto hanno smesso di pubblicarli.»

«Probabilmente dopo quello che è successo Aldo non se l'è sentita di continuare» disse Angela. «Nic, aiuta Mia, divideteveli, mentre io ricontrollo i messaggi di Massimo Moretti su WhatsApp per vedere se ci è sfuggito qualcosa a proposito del pestaggio di Aldo e dei motivi che lo hanno scatenato.»

Nic spostò una sedia di plastica trasparente e si sedette al computer fisso dal lato opposto del tavolo occupato da Mia, mentre Angela si sistemò sulla poltroncina che usavano per i colloqui dello sportello e cercò sul portatile i file delle conversazioni di Massimo Moretti su WhatsApp, che avevano scaricato prima di restituire il cellulare alla famiglia. I due ragazzi si misero gli auricolari per non disturbarsi a vicenda e non distrarre Angela dalla sua ricerca. A un certo punto Mia sobbalzò. Fermò la registrazione e tornò indietro. Serrò le labbra, completamente assorbita dall'ascolto. Fece scorrere ancora la freccia all'indietro e riascoltò tutto. Poi bloccò di nuovo il file audio.

«Ho trovato qualcosa» gridò togliendosi gli auricolari.

Angela e Nic interruppero quello che stavano facendo e la fissarono.

«Non ci tenere appesi, cos'è?» la sollecitò lui con la solita irruenza.

Mia non si scompose.

«Ascoltate anche voi» e fece ripartire il file.

Una nota canzone rap sul disagio giovanile, il cui refrain ricordava ai ragazzi che non sono soli anche se credono di esserlo, si diffuse nel piccolo ufficio.

Seguì una voce femminile calda e suadente.

«Ciao a tutti, benvenuti a *Toilet*, il nostro piccolo confessionale. Oggi abbiamo una testimonianza importante, su un tema che purtroppo riguarda molte di noi e per questo spero che siate in tanti ad ascoltarci. Sembra una banalità, ma è vero che a volte è più facile confidarsi con qualcuno che non conosci e che magari non hai mai visto e non rivedrai mai più. È quello che è successo alla nostra ospite. Ma sarà lei a parlarvene. Ah, dimenticavo, la parola di oggi è abuso.»

Sull'ultima frase partì una musica tesa, capace di creare aspettativa negli ascoltatori, che andò pian piano sfumando.

«Ciao» la voce era così bassa che Mia dovette alzare il volume al massimo, «per prima cosa voglio ringraziare Aldo ma soprattutto Giulia, perché se sono qui lo devo a te.»

Mia vide la consapevolezza farsi strada nell'espressione di Angela e Nic.

«Ma questa è...» cominciò il ragazzo.

Angela con un gesto lo fece tacere.

«Quando mi hai trovato a piangere in bagno e mi hai chiesto se avevo bisogno d'aiuto, mi sono resa conto che non ce la facevo più» proseguì la voce. «Forse perché ti ho sentita vicina e ho capito che le tue erano parole sincere, non dette tanto per dire. Parlando con te sono riuscita a mettere in pratica quello che dentro di me già sapevo, solo che mi mancava il coraggio. Me lo hai dato tu perché mi hai fatto capire che, come dice la canzone, non sono sola.»

Ci fu una pausa in cui la musica, rimasta di sottofondo, riprese vigore.

«È Claudia» disse allora Nic.

Angela e Mia annuirono. La musica sfumò di nuovo e la ragazza riprese a parlare.

«Sono riuscita a spezzare quel legame malato, l'ho lasciato. E quello che vorrei dire alle ragazze che si trovano nella mia stessa situazione è che, anche se lui è bello, ha carisma, tutte te lo invidiano e tu sei al settimo cielo perché invece ha scelto te, non gli devi permettere di schiacciarti, di trattarti come una specie di schiava, di sfotterti davanti agli amici, di dirti che non vali niente, di alzare le mani...» Claudia si fermò e prese fiato. «Perché uno così non ti rispetta, anche se dice di amarti. Per lui è una parola che non ha significato, perché l'unica persona che gli interessa e che ama è se stesso. Perciò sono venuta qui a ringraziarvi e a dare la mia testimonianza, sperando che possa essere di esempio e di aiuto alle altre ragazze che soffrono e hanno la stessa paura che avevo io. Vi prego, ricordatevi che meritate amore e rispetto e che non siete sole. Grazie.» La voce, sull'ultima frase, tremò e si spezzò.

L'altra ragazza intervenne subito: «Siamo noi che ringraziamo te per queste parole, per il coraggio di essere venuta a dirle qui, a tutti. Mi auguro che siano di insegnamento per ognuno di noi. Ti vogliamo bene».

Mia interruppe la registrazione.

«È chiaro che parlava di Massimo, ma facciamo un controllo incrociato per essere sicuri» disse Angela. «Quando è stato pubblicato il podcast?» chiese.

«A ottobre dell'anno scorso.»

Angela tornò a consultare i file sul portatile.

«È come pensavo. Tra ottobre e novembre non ci sono messaggi tra Massimo e Claudia.»

«Quindi è vero che lo aveva lasciato» disse Mia. «Ma perché poi si è rimessa con lui? Dal discorso che ha fatto sembrava molto motivata... cosa può essere successo?»

«Quando è stata fatta la denuncia del pestaggio?» chiese Nic.

Angela aprì un altro file.

«Il 20 ottobre. Sembra che sia tutto collegato. Claudia lascia Massimo, registra il podcast in cui ringrazia Aldo e questa Giulia, Massimo decide di fargliela pagare e organizza il pestaggio di Aldo.»

«Mi chiedo perché Aldo non te ne abbia parlato» disse Nic.

«E perché Claudia poi si è rimessa con Massimo? L'ha minacciata? È la sindrome vittima-carnefice o c'è altro che non sappiamo? Oppure aveva paura che potesse succedere qualcosa di peggio ad Aldo?»

Angela scrollò le spalle manifestando la sua frustrazione.

«In questa storia ci sono troppe domande senza risposta. Bugie, omissioni... tutti sono reticenti oppure mentono. Ma perché?» Si voltò verso Mia. «Immagino che l'ultimo podcast risalga più o meno alla data del pestaggio di Aldo, vero?»

Mia controllò sul blog.

«In realtà no, è strano. Le date non coincidono. Dopo ce ne sono stati altri, anche se per un periodo non molto lungo. Poi più niente.»

Angela la guardò perplessa.

«Hai ragione, è strano. Se non li hanno interrotti dopo il pestaggio e hanno deciso di continuare, cosa può essere successo poi per fargli cambiare idea?»

«Non lo so.»

«Dobbiamo rintracciare questa Giulia» disse Angela. «Forse lei può aiutarci a capire. Abbiamo il cognome?»

«No, ma c'è la sua foto nella pagina dei podcast.» Mia digitò rapida sulla tastiera e girò il computer verso Angela.

Sulla pagina comparvero due immagini. Una ritraeva Aldo, l'altra una ragazza bruna dal sorriso aperto e comunicativo. Al collo aveva una catenina con una margherita smaltata di bianco. Angela rimase a fissarla per alcuni istanti, incredula. Ricordava la prima volta che aveva visto quella foto. E le parole di Vittorio che le diceva che Margherita era il nome della madre che non c'era più.

«Io la conosco» mormorò. «È Giulia Borghi, la figlia di Bruno.»

44

La porta era accostata quando Vittorio sentì bussare.

«Mi cercavi?» chiese Bruno affacciandosi nella stanza.

Il vicequestore gli fece cenno di entrare con la mano.

«Novità sul figlio del regista?»

L'ispettore Borghi scosse il capo.

«Ho guardato e riguardato i filmati delle telecamere lungo la strada che il ragazzo ha fatto quel giorno dopo che è uscito di casa. Per un pezzo lo abbiamo, poi prende un vicolo e se ne perdono le tracce.»

«Avete verificato che non ci fossero altre telecamere?»

Bruno lo guardò con una punta di sufficienza.

«Vicequestore Benassi, ti ho insegnato tutto io, te lo sei dimenticato? Eri un pupetto quando sei entrato qui dentro.»

Vittorio sospirò.

«Scusa, domanda stupida.»

Bruno si appoggiò all'anta della porta che cigolò sotto la sua mole e si accese una sigaretta.

«Forse troveremo qualcosa sui tabulati telefonici. Se ha fatto delle chiamate, un controllo sulle celle a cui si è agganciato magari può fornirci un indizio.»

«Cerchiamo di accorciare i tempi.»

Bruno tossì a più riprese.

«Dovresti smettere di fumare.»

«Senti chi parla!» replicò ironico l'ispettore. Tossì di nuovo e aggiunse: «Da quando Giulia non c'è più sono arrivato a due pacchetti. Tra poco sarà un anno».

Quel giorno di dodici mesi prima era impresso a fuoco nella memoria di Vittorio fin nei minimi dettagli. Una telefonata anonima arrivata alla centrale operativa aveva avvisato che c'era una ragazza in piedi sul parapetto del quarto piano di un palazzo. Quando aveva visto l'indirizzo, Vittorio era sbiancato: era quello di Bruno. Con un terribile presentimento, si era precipitato di persona con una volante, augurandosi di precederlo. Ma una volta arrivato, aveva visto che Bruno era già lì. Aveva assistito a una tragedia che non aveva potuto impedire. L'aveva vista volare giù, davanti ai suoi occhi. Vittorio non avrebbe mai dimenticato la sua espressione. Sembrava pietrificato. Dalla sua gola uscivano dei suoni inarticolati da bestia ferita. A terra un telo ricopriva pietosamente i resti di quella che era stata Giulia Borghi. Una ragazza che lui ricordava allegra e piena di vita. La figlia che Bruno aveva cresciuto da solo quando la moglie era morta per un tumore fulminante e inoperabile. Vittorio era stato pervaso da una sensazione di impotenza assoluta. Non sapeva cosa dire, cosa fare. Alla fine i paramedici arrivati con l'ambulanza avevano convinto Bruno a sedersi e gli avevano somministrato dei sedativi. Era stato Vittorio a riportarlo a casa, a rimanere con lui quando era sprofondato in un sonno indotto.

I giorni successivi erano stati un incubo. Bruno sembrava uno zombi e nessuno, neppure Vittorio, riusciva a penetrare attraverso la cortina di disperazione che lo avvolgeva come un sudario. Vittorio ricordava il funerale, con tanti ragazzi, palloncini e fiori bianchi, chitarre, lacrime e un grande calore. Ricordava di essersi chiesto se Bruno ce l'avrebbe fatta a superare il dolore, aveva addirittura temuto che facesse un gesto inconsulto. Poi invece, a poco a poco, l'ispettore aveva ripreso la sua vita normale, era tornato al lavoro, in certi momenti anche a sorridere. Ma Vittorio sapeva che una parte di lui se n'era andata con Giulia e non sarebbe più tornata. Si era interrogato a lungo sui motivi di quel gesto, sul significato di quelle poche righe scritte al computer: «Perdonami papà, ma non ce la faccio più a sopportare la vita». Bruno aveva preferito non parlarne, non si era confidato con nessuno. A Vittorio aveva solo detto che Giulia stava attraversando un periodo di depressione e che lui non si era reso conto di quanto fosse profonda, perché era troppo preso dal lavoro. Non aveva capito quanto l'adolescenza fosse una fase problematica, soprattutto per una ragazza cresciuta senza madre, e la mancanza di entusiasmo, l'inappetenza, gli improvvisi silenzi alternati a scoppi di aggressività ingiustificati dovevano essere delle spie d'allarme che lui invece aveva sottovalutato. Per questo si sarebbe per sempre sentito responsabile e non avrebbe mai potuto perdonarsi. Per questo Giulia era un argomento tabù.

Paradossalmente, pensò Vittorio, era stato proprio il lavoro la sua ancora di salvezza.

Ancora colpi di tosse.

«Ti sei fatto vedere da un medico?» chiese Vittorio preoccupato.

«Ho solo un po' di febbre, niente di che» disse Bruno con noncuranza, evitando di rispondere alla domanda.

«Se lo ammetti, significa che avrai come minimo trentotto. Vai a casa, mettiti sotto le coperte e restaci per tutto il weekend. Non devi fare l'eroe a tutti i costi.» Il tono era di rimprovero, ma sapevano entrambi che era dettato dall'affetto che provava per lui.

«Ma avete bisogno di me» provò a obiettare Bruno.

Vittorio gli si accostò e lo spinse fuori dalla stanza.

«Tu stai male e puoi fare ben poco. Non abbiamo bisogno di qualcuno che ci appesti con l'influenza, siamo già abbastanza decimati» scherzò. «Ci vediamo lunedì, se stai meglio.»

«E i tabulati chi li controllerà? Mauro da solo...»

Ancora una volta Vittorio lo interruppe: «Gli darò una mano io, tranquillo. Tu pensa a guarire. Qui ce ne occupiamo noi».

Bruno si arrese, sollevò la mano unendo il pollice e l'indice e si avviò verso la sua stanza per prendere il giubbotto ed eseguire gli ordini. Vittorio lo guardò mentre si allontanava con le spalle ricurve: doveva sentirsi davvero male per obbedire senza fare troppa resistenza.

45

La sua priorità era parlare con Vittorio, non poteva tenere per sé quello che avevano scoperto.

Inforcata l'Atherton, Angela aveva pedalato veloce fino alla questura di via di San Vitale, col suo portatile a tracolla. Lasciato il documento all'entrata aveva fatto le scale a due a due per raggiungerlo.

Lui, avvisato dalla portineria, l'aspettava nel corridoio.

«Che succede? Scusa, ho visto solo ora le tue chiamate.»

Angela si guardò intorno, c'era il solito viavai di persone, due agenti in borghese prendevano un caffè alla macchinetta, mentre un altro, in divisa, si faceva largo con una pila di cartelle da esaminare.

«Possiamo parlare nella tua stanza?»

Lui annuì e le fece strada. Una volta dentro, chiuse la porta e la osservò perplesso: era evidente che non riusciva a capire cosa le passasse per la testa.

«Allora?» la incalzò.

«Bruno dov'è?» chiese Angela, prima di posare il computer sulla scrivania.

Il vicequestore la fissò stupito.

«È andato a casa, stava poco bene, perché me lo chiedi?»

«Ho scoperto che sua figlia Giulia è coinvolta in questa storia. È per questo che volevo parlarti da sola.»

Dall'espressione di Vittorio, Angela capì subito che non sarebbe stato semplice fargli accettare ciò che aveva da dirgli. Aveva incrociato le braccia sul petto e la fissava col mento leggermente alzato.

«Sentiamo» disse solo.

«Giulia era la coautrice con Aldo Giordana dei podcast per il blog della scuola.» Si voltò verso il pc e lo accese. «Ha convinto lei Claudia a lasciare Massimo Moretti.»

Vittorio la afferrò per un braccio e la fece girare verso di sé.

«Come fai a saperlo? Sei sicura che fosse lei?»

«Sì.»

Angela si liberò della sua mano e cliccò su un link. Sullo schermo si aprì la pagina dei podcast sul blog del liceo.

«Guarda» disse indicando l'immagine della ragazza, «è lei. È la stessa foto che ha Bruno sulla scrivania. Lo abbiamo scoperto perché in una delle registrazioni Claudia ringrazia Giulia e Aldo per averle dato la forza di spezzare un legame malato.»

Vittorio si fece attento.

«Hai controllato le date?»

Angela annuì, continuando a digitare sulla tastiera.

«Il podcast è di poco precedente alla denuncia che Aldo Giordana ha fatto contro Moretti e i suoi amici.»

Vittorio fissava lo schermo sconcertato.

«Vuoi dire che quello è il motivo per cui lo hanno picchiato?»

«Penso proprio di sì, anche se Aldo è stato molto vago quando glielo hai chiesto.»

Vittorio aggrottò la fronte.

«Forse non voleva coinvolgere Claudia.»

«O forse nasconde qualcosa, perché anche Claudia non ci ha detto che Massimo, Riccardo e Franco» quest'ultimo nome lo pronunciò con difficoltà, le faceva ancora troppo male, «hanno pestato Aldo perché in uno dei podcast lo ringraziava per averla aiutata a compiere un passo così difficile per lei.»

«Probabilmente si sente in colpa, non mi sembra strano.»

«E non ti sembra strano nemmeno che Bruno non ci abbia detto che la figlia frequentava la stessa scuola? Nessuno di noi poteva saperlo, ma a lui dev'essere saltato subito all'occhio.»

«Non gli sarà parso un elemento rilevante. E sinceramente neanche a me. Bruno mi ha ripetuto più volte che sua figlia nell'ultimo periodo stava male, era caduta in depressione...»

Angela lo interruppe di nuovo: «Non la ragazza che registrava quei podcast. Li ho sentiti tutti e quella che intervistava i suoi compagni di scuola non era una persona depressa, credimi. Falli ascoltare a qualsiasi psicologo e te lo confermerà».

«Non capisco dove vuoi arrivare.»

«Non ho una teoria, purtroppo, ma so che quando Giulia Borghi si è suicidata Claudia aveva lasciato Moretti, però poco dopo sono tornati insieme, nonostante quello che lei aveva detto nel podcast.»

«Sei sulla strada sbagliata. Giulia non è stata uccisa, si è buttata da sola da quella finestra, davanti al padre.»

«Eppure sono convinta che ci sia un collegamento. Come dici tu, non credo alle coincidenze.»

Vittorio la guardò scettico.

«C'è sempre l'eccezione che conferma la regola.»

Angela era decisa a non mollare.

«Proviamo a insistere con Claudia, è l'unica che può aiutarci a capire cos'è successo.»

«L'ha già interrogata Bruno e non è emerso niente.»

Angela spense il computer e lo ripose nella custodia.

«Magari non ha fatto le domande giuste, forse era intimorita dall'idea di parlare con un poliziotto... lascia che provi io, a volte basta solo usare la leva giusta.»

«Sai perfettamente che anche se dicesse qualcosa a te non avrebbe nessun valore legale» obiettò lui.

«Ma potrebbe metterci sulla buona strada. Lei con la polizia non parla, vorrei fare almeno un tentativo.»

Lui le sorrise.

«Non è da te chiedermi il permesso.»

Angela sorrise di rimando, avviandosi verso la porta.

«Infatti. Ti sto solo informando.»

Vittorio sospirò rassegnato.

«Ma se scopri qualcosa...»

«Sarai il primo a saperlo.»

46

Era un azzardo, ne era consapevole, ma uno scossone emotivo forse avrebbe potuto scardinare le difese di Claudia. D'altra parte Angela non voleva che la sua sembrasse un'imboscata. Aveva mandato Nic e Mia a casa e a scuola della ragazza e Vittorio l'aveva fatta convocare in questura. Non era difficile immaginare che Claudia stesse sulla difensiva. Aveva bisogno di un approccio emotivo ma non invasivo. Prese il cellulare e aprì WhatsApp dove aveva memorizzato il suo numero. Rifletté alcuni secondi poi cominciò a scrivere.

Qualche ora più tardi lasciava la jeep in uno dei parcheggi adiacenti al cimitero Flaminio. Aveva scoperto per caso l'esistenza di Aldilapp, un'applicazione che permetteva di ottenere le informazioni sul luogo di sepoltura del defunto che si voleva rintracciare, e aveva la mappa che le avrebbe permesso di raggiungere la tomba che le interessava. Mentre attraversava gli innumerevoli dedali di viali alberati del cimitero più grande d'Italia, Angela si chiedeva se la sua non fosse stata una mossa non solo azzardata ma anche inutile. Lo avrebbe scoperto tra poco, si disse, mentre costeggiava un prato dall'erba piuttosto incolta punteggiato di lapidi a tratti seminascoste dalla vegetazione. La trovò all'estremità dell'appezzamento di terreno. Una pietra tombale semplice e sobria, circondata da piantine di fiori freschi, una piccola oasi in mezzo alle erbacce circostanti. In un vaso spiccava una gerbera bianca, il gesto semplice di qualcuno per dire che nonostante la morte l'amore per lei continuava a essere vivo. La foto era quella che Angela aveva visto sulla scrivania dell'ispettore Bruno Borghi e sul sito della scuola: la stessa ragazza mora dal sorriso solare.

Quanto di più lontano da una persona depressa.

La scritta diceva: Giulia Borghi. 20 dicembre 2005 – 16 novembre 2021. E poco più sotto: Figlia adorata.

Angela si concentrò sull'immagine, come a cercare una risposta in quegli occhi che sembravano esprimere solo amore per la vita.

Cosa ti è successo per arrivare a volertela togliere?

«Era una persona splendida.»

Angela sussultò e si voltò di scatto. Di fronte a lei c'era una ragazza dai lunghi capelli biondi legati in una coda e gli occhi di un azzurro intenso. Tra le mani aveva una gerbera bianca. Tutto in lei, dal pallore del volto a una magrezza eccessiva, dava l'impressione di una grande fragilità.

«Claudia.»

La giovane indicò la fotografia.

«Giulia era generosa, forte, coraggiosa. Mi sarebbe piaciuto essere come lei.»

Angela avrebbe voluto chiederle tante cose, ma sapeva che doveva darle tempo, se si fosse sentita messa all'angolo era certa che si sarebbe richiusa in se stessa.

«Anche tu sei stata coraggiosa» disse invece. «Ho sentito la registrazione del tuo podcast.»

Claudia scosse il capo.

«No, io sono stata una vigliacca.» Prese il vaso con la gerbera. «Per questo le porto le margherite, erano i suoi fiori preferiti. È un modo per chiederle perdono. Anche se so di non meritarmelo.»

La ragazza si diresse verso la fontanella per cambiare l'acqua. Angela ebbe la conferma che la sua intuizione era stata giusta. Non era la prima volta che veniva. Prendersi cura di quella tomba era il suo modo per ricordare l'amica, per dirle che le voleva bene, che non l'avrebbe mai dimenticata. Claudia sostituì il fiore e depose il vaso al suo posto, vicino alla lapide.

Angela le si accostò, ma facendo attenzione a non invadere il suo spazio.

«Credimi, so che non è facile lasciare un uomo violento, lo so per esperienza, mia madre non c'è mai riuscita.»

Colse il lampo negli occhi della ragazza. Era doloroso, le costava esporsi con le sue ferite. Ma era necessario.

«Perché me lo sta dicendo?»

«Perché voglio che tu sappia che le mie non sono solo parole. Io so quello che hai passato.» Angela era consapevole che solo la condivisione poteva far breccia nell'anima lacerata di chi era la prima a giudicarsi. «Non c'è giorno della mia vita in cui io non senta il dolore delle ferite per quello che lui ha fatto a mia madre, a me e a mio fratello. A volte la minacciava con un coltello, si divertiva a vederla sanguinare, poi faceva lo stesso con noi finché lei non lo scongiurava di smettere e gli prometteva che avrebbe fatto tutto quello che voleva.»

Claudia la ascoltava senza guardarla e senza dire nulla, ma Angela sapeva di avere aperto un varco nelle sue difese. Decise di continuare, anche se ogni volta che scoperchiava quel pozzo scuro di sofferenza il prezzo da pagare era alto.

«Per anni io sono stata solo quello, la mia paura, la mia rabbia, il mio dolore. Erano loro a definirmi. E ancora adesso so che quella rabbia e quella paura sono sempre lì, sotto la superficie del controllo. Ma ho imparato a gestirle. Per questo ho scelto di fare quello che faccio, voglio aiutare le donne che hanno subito quello che ho subito io a uscirne, a combattere, a reagire. Proprio quello che Giulia ha fatto con te.»

Finalmente la ragazza sollevò lo sguardo su di lei. E nella sua voce, nel tono di autoaccusa, Angela riconobbe quella di tante altre donne che davano a se stesse la colpa.

«Lei mi giudicherà una persona priva di spina dorsale, una che si è fatta manipolare, schiacciare, incapace di reagire, una cretina invaghita del fico della scuola...»

Angela la interruppe.

«No, ti sbagli, solo chi giudica con superficialità può pensarlo. Ma chi ci è passato sa che le cose sono molto più complicate di così, che anche donne in gamba, capaci, toste sul lavoro possono finire vittime di un legame violento e malato. L'emotività non c'entra niente con l'intelligenza. Io non mi sogno di giudicarti come non giudico le donne che vengono a chiedermi aiuto.»

Le lacrime negli occhi di Claudia furono come una

diga che cedeva di schianto, lasciando che le emozioni rotolassero fuori incontrollate.

«Ma tu alla fine il coraggio l'hai trovato» ripeté Angela. «Giulia lo sapeva e ti apprezzava per questo.»

«Non è vero, io l'ho abbandonata, ho avuto paura che succedesse anche a me quello che è successo a lei. E per questo non potrò mai perdonarmi.»

Angela era combattuta. Sapeva che insistere significava acuire la sofferenza della ragazza, ma doveva sapere.

«Cosa le è successo? Perché si è uccisa? So che è tutto collegato... la morte di Riccardo, quella di Massimo, la scomparsa di Franco... di Chicco, sono legate al suicidio di Giulia. Ma non so come. Aiutami, ti prego.»

Claudia chiuse gli occhi. Ma era un gesto infantile. Non sarebbe servito a cancellare i ricordi che la perseguitavano. Non le avrebbe impedito di continuare a rivedere uno dopo l'altro i fotogrammi che scorrevano nella memoria, indelebili.

Claudia è tormentata da un dubbio che non ha il coraggio di ammettere neppure con se stessa. Ma che si annida dentro di lei e, come un tarlo, continua a scavare. Apparentemente a scuola, da quando Giulia si è uccisa, la vita è ripresa come prima, tutti cercano di dimenticare, fingono che non sia successo nulla. A parte Aldo, che è assente da giorni. Da *quel* giorno. Invece, ogni volta che lei esce alla fine delle lezioni, seduto con la solita aria strafottente sulla sua moto parcheggiata in mezzo al marciapiede, c'è Massimo. Claudia sa che è lì per lei. Glielo legge negli occhi che la fissano beffardi. Cerca di sfuggire a quello sguardo, ma se lo sente addosso anche quando si è allontanata. Ha paura. Ma non sa cosa fare, con chi parlarne. Lui non le dice nulla e nessuno può impedirgli di stare lì. Finché un giorno esce da scuola e Massimo non c'è. Si sente sollevata, spera che si sia stancato di tormentarla e ricaccia nel più profondo di sé quel dubbio a cui deve gli incubi che popolano le sue notti agitate. Si sente più leggera mentre si avvia a piedi verso casa. Ma una volta arrivata si blocca, in preda al panico. Di traverso davanti al cancello della «Piccola Londra» c'è la moto. La *sua* moto, la riconosce da alcuni dettagli. Claudia si guarda intorno come un animale braccato, ma lui non c'è. Forse se corre a chiudersi dentro riuscirà a evitarlo, e allora poi studierà una strategia, magari chiederà ai suoi di cambiare scuola, meglio ancora cambiare città, scomparire... quei pensieri assurdi le si affastellano nella testa mentre supera il cancello correndo verso casa. Lui se ne sta appoggiato al muretto vicino alle scale che portano all'ingresso. Le rivolge un sorriso cattivo. «Dove corri?» chiede sarcastico. Claudia si blocca. Per entrare deve passargli accanto e non vuole. «Vai via Massimo, lasciami in pace» riesce a dire.

«Scordatelo.» In una frazione di secondo la raggiunge e l'afferra per un braccio, stringendo per farle male. Claudia lancia un'occhiata disperata verso la finestra. «Quella fricchettona drogata di tua madre è uscita e tuo padre non c'è» le dice sprezzante. Poi la strattona verso le scale. «Saremo solo io e te come ai vecchi tempi.» La costringe a salire le scale. Claudia si muove come un automa, terrorizzata e incapace di reagire. Lui le prende le chiavi dallo zaino e apre la porta, poi la spinge dentro. È allora che l'incubo diventa realtà. Massimo l'afferra per i capelli e la manda a sbattere contro il muro. Poi avvicina il viso al suo. «Io e te dobbiamo mettere in chiaro alcune cose.» È molto più forte di lei, Claudia sa che ribellarsi servirebbe solo a eccitarlo di più. Rimane immobile. Tirandole i capelli la costringe a inginocchiarsi. «Tu stai con me finché lo dico io, hai capito?» Poi comincia a slacciarsi i pantaloni. «Se no finisci come Giulia.»

Le lacrime le offuscano la vista adesso che il dubbio è diventato certezza.

C'era tanta rabbia nello sguardo della ragazza. Rabbia che era anche di Angela, ora che sapeva, che aveva capito. Sentì lo stomaco contrarsi e fu invasa dalla nausea. Le accadeva ogni volta che si trovava di fronte a una vittima di violenza. Ma questa volta era peggio, molto peggio.

«Massimo era un bastardo. Se l'è meritato.»

Frenò l'impulso di rispondere che era d'accordo con lei, ben sapendo che non poteva e non doveva dirlo. Esercitò tutto il suo autocontrollo per replicare: «So quello che provi, ma esiste la legge, non ci si può fare giustizia da soli».

Claudia la fissò incredula.

«Proprio lei lo dice? Quante donne uccise o stuprate ottengono giustizia? Finché esisteranno persone come Massimo non cambierà niente.»

«Non è vero, c'è chi sconta in carcere la giusta condanna per quello che ha fatto.»

«E quanti sono?» Il tono era sferzante. «Le percentuali le sa meglio di me, dottoressa Di Cori.»

Angela non poteva e non voleva arrendersi.

«Io continuerò comunque a combattere perché chi abusa venga punito. Ma dalla legge. E sono qui per chiederti di aiutarmi. Ti prego, se Franco muore lo avrai anche tu sulla coscienza, tacere non è la scelta migliore.»

«Io non so niente.»

Angela percepì la perdita dell'empatia nel tono piatto e distaccato e nella postura difensiva e di chiusura assunta dalla ragazza, che le diede le spalle e fece per andarsene. Allora tentò il tutto per tutto.

«Credi che Giulia avrebbe voluto questo? Se non parli che senso avrà avuto la sua morte?»

Claudia si bloccò.

«Vuoi continuare a vivere con questo peso che ti schiaccia? Solo se mi dirai la verità potrai perdonarti.»

Claudia si girò lentamente verso di lei, il volto una maschera di sofferenza.

«Vuole la verità? Quello che le hanno fatto l'ha distrutta. E tutti noi l'abbiamo lasciata sola. Sola con quel video di merda.» La guardò con una disperazione rabbiosa. «Era già morta prima di buttarsi da quel maledetto balcone.»

47

Giulia rideva, ma c'era qualcosa di agghiacciante in quella risata forzata, qualcosa di obbrobrioso.

«Che fate? Perché mi avete portato qui?»

«Perché ti vuoi divertire come noi, no?»

Altra risata.

Nelle mani del ragazzo sembrava una bambola di pezza.

«Forza, mettiti a quattro zampe, facci vedere che sei una bella cagnetta in calore.»

Il volto non si vedeva, ma le mani che la frugavano senza ritegno, quelle sì. E lei lo lasciava fare, mentre qualcuno la riprendeva da vicino. Filmava il suo sesso, la sua bocca schiacciata contro il bacino di lui.

«Dai Giulia, succhiamelo...»

La mano le spingeva il volto verso l'inguine. Lo sguardo della ragazza era fisso. Non si ribellava, lasciava che usassero il suo corpo senza rispetto.

«Ora tocca a me.» Un'altra voce. Una nuova promessa di violenza. Ma Giulia non si opponeva. Subiva e basta. Lo sguardo appannato, i movimenti rallentati. I dettagli del suo corpo esposti in quel modo osceno.

«Metti in pausa, per favore. Possiamo tornare indietro?»

L'agente della Postale bloccò il frame. Conoscendo il giorno in cui il filmato era stato girato e il nome di Massimo Moretti e Giulia Borghi, erano stati incrociati una serie di metadati e non era stato difficile per i loro esperti informatici rintracciarlo in rete. Era una specie di *mission impossible* riuscire a cancellare un video da tutti i siti una volta che era stato diffuso, avevano spiegato a Vittorio e Angela, le procedure burocratiche erano complesse e prima o poi finiva per saltar fuori di nuovo, soprattutto se, come in quel caso, era circolato sui gruppi di WhatsApp o Telegram.

Il poliziotto e la psicologa lo stavano visionando insieme, in piedi alle spalle dell'agente che sedeva alla propria postazione. Il giovane cliccò sul mouse e le immagini iniziarono a scorrere indietro.

«Dove vuole che lo fermi?» chiese.

Angela si prese un po' di tempo. Per quanto conoscesse fin troppo bene la materia, ogni volta ritrovarsi davanti a una simile scena di violenza le faceva male. Troppo male. Ma sapeva che non poteva lasciarsi sopraffare dalle emozioni, aveva bisogno di tutta la sua freddezza, delle sue capacità analitiche e del suo spirito di osservazione. Quel giorno però era ancora più difficile.

Franco, il ragazzo che aveva scelto e di cui si era fidata, era uno stupratore.

Non riusciva a mettere da parte quel pensiero, per quanto si sforzasse. Non si era fatto scrupolo di drogare una ragazza e di violentarla. Perché questo era successo. Lo si capiva dallo sguardo di Giulia, dall'euforia incontrollata, da come non reagiva agli insulti dei maschi che stavano abusando di lei.

«Quando le forza la testa con la mano» rispose in tono piatto.

Il vicequestore Benassi era ammutolito. Il suo cervello non riusciva ad accettare ciò che gli occhi gli trasmettevano in maniera inequivocabile. Quella nel video era la figlia di Bruno, la ragazzina che aveva visto crescere da quando era entrato alla Mobile.

Angela sapeva cosa provava. Il groppo soffocante in gola. La sensazione di impotenza. E l'incapacità di proferire qualsiasi parola.

L'agente tornò indietro e bloccò l'immagine sul dettaglio che lei aveva chiesto.

«Si può ingrandire? Voglio vedere cos'ha al polso.»

Sullo schermo si precisò l'immagine di un orologio di lusso con la silhouette di una vela. Angela si girò verso Vittorio. «Ti ricordi la foto nel salotto di Lotti? Era la premiazione di una gara e gli stavano consegnando questo orologio.»

Come risvegliato da un malefico torpore, Vittorio annuì.

«Hai ragione, quello che la sta violentando dev'essere lui. L'altro è Moretti, su ammissione di Claudia, e dev'esserci anche Franco Silvestri. Altrimenti perché sarebbe scomparso? Ma dov'è? Queste bestie sono state bene attente a non riprendersi mai in viso.»

Angela deglutì.

«Probabilmente è quello che ha fatto le riprese.» La sofferenza nella sua voce era tangibile.

Continuava a chiedersi come avesse potuto sbagliarsi così su di lui. Aveva mentito a lei, a Mia, a Nic. Strinse i pugni con rabbia, sentendo le unghie ferire i palmi. Era stata manipolata. E si detestava per questo. Di nuovo lottò per non cedere alle emozioni negative che rischiavano di sommergerla e di annebbiare le sue capacità razionali.

«Adesso abbiamo la conferma della vera ragione del suicidio di Giulia» riprese con la voce controllata della psicologa investigativa, «è un brutto caso di revenge porn. Hanno messo in rete il filmato per vendetta e lei non ha retto alla vergogna.»

«Se solo ne avesse parlato con Bruno» sussurrò Vittorio. «Sono sicuro che lui non ne fosse a conoscenza, altrimenti...»

«Era suo padre, il suo eroe. Me lo hai sempre detto tu. Bruno le ha fatto da padre e da madre. Probabilmente non ha avuto il coraggio di dirglielo, oltre a vergognarsi si sentiva in colpa. Purtroppo è un meccanismo perverso che in questi casi scatta sempre. La vittima si sente in qualche modo responsabile di quello che le è successo.»

«Ma era chiaramente drogata» obiettò Vittorio.

«Questo è evidente per noi, ma pensa a quante persone hanno visto questo video e a quello che avranno creduto, ai commenti sui social. Immagina come si deve essere sentita Giulia. Per non soccombere a una cosa del genere devi essere molto strutturato.»

Vittorio fece un cenno di assenso.

«Per Bruno sarà l'ennesimo colpo, e purtroppo dovrò

essere io a dirglielo. Ma non voglio farlo adesso che sta male e certo non lo farò per telefono. Ora sappiamo cosa è successo e abbiamo un probabile colpevole.»

Angela lo guardò interrogativa.

«A chi stai pensando?»

«All'unico che aveva un motivo per volersi vendicare: Aldo Giordana.»

Angela rifletté sulle parole dell'amico.

Aldo faceva i podcast con Giulia.

Aldo era stato pestato e costretto a ritirare la denuncia.

Aldo si sentiva responsabile per ciò che era successo a Giulia e per la sua morte.

Aldo aveva perso tutto a causa di Moretti, Lotti e Silvestri.

«Vuoi chiedere un provvedimento di fermo?» domandò Angela.

«Sì, voglio evitare che possa scappare prima che abbiamo verificato i suoi alibi per i giorni della morte di Lotti e di Moretti. L'amore e l'odio sono i moventi più antichi del mondo.»

Angela annuì.

«E Claudia non ha parlato perché pensava che Aldo avesse ucciso Massimo per vendicarsi del pestaggio e per quello che aveva fatto a Giulia. E dopo la morte di Massimo temeva di poter essere accusata di complicità.»

«Esatto e, per dirla tutta, forse era anche riconoscente a Giordana perché per la seconda volta l'aveva liberata da quella schiavitù» aggiunse Vittorio prima di allontanarsi per contattare il magistrato e ottenere il provvedimento di fermo.

48

Giulia.

Giulia è diventata la sua ossessione.

Le immagini si riproducono a ciclo continuo nella sua testa. Sempre le stesse, come un maledetto Giorno della marmotta in versione horror.

Massimo e Ricky che lo passano a prendere a casa. Lui che cerca in tutti i modi una scusa per sfilarsi, ma senza riuscirci. Loro che non sentono ragioni.

«Che cazzo ti prende? Non c'hai più le palle che ti tiri indietro?»

Massimo lo spintona, è molto incazzato, gli dà del traditore, del vigliacco.

Alla fine è costretto a seguirli a quella maledetta festa.

«Si fida di te, gliela versi nel bicchiere e nemmeno se ne accorge.» Massimo gli porge una fialetta con un liquido denso e incolore. GHB. La droga dello stupro.

«No!»

Stavolta si ribella. Non lo vuole fare, non lo farà.

«Questa me la lego» gli dice Massimo minaccioso. «Gli amici veri non si tirano indietro.»

Ricky lo guarda con disprezzo.

«Sei il solito guastafeste, coglione.»

Lui cerca di giustificarsi. Sono i suoi migliori amici. Hanno condiviso tutto fino a quel momento, anche il pestaggio di Aldo Giordana.

«Un conto è dare una ripassata a un nerd, un altro è violentare una ragazza» prova a obiettare, anche se si sente uno stronzo perché sa perfettamente che sono solo gradi diversi della stessa violenza. Perché loro possono fare tutto quello che vogliono.

«Siamo dèi, te lo sei dimenticato?»

«Macché, lui è solo un cacasotto.»

Ricky ha ragione, perché dovrebbe fermarli e non lo fa.

«Non ha fatto niente» prova solo a dire.

«Poteva pensarci prima di convincere Claudia a mollarmi» è la risposta. Massimo gli tende la fialetta sfidandolo con lo sguardo. «Allora, sei con me o contro di me?»

Resta in silenzio, le braccia lungo il corpo, gli occhi bassi.

Quello segna la fine della loro amicizia. E l'inizio della sua personale discesa agli inferi.

Come in un incubo, dove sei inchiodato a terra e non riesci a muoverti, a gridare e neppure a svegliarti, li guarda voltargli le spalle e allontanarsi, avvicinarsi a Giulia, versarle la droga nel bicchiere. Portarla via stordita, come ubriaca, con la scusa di farle prendere un po' d'aria. Nessuno nota nulla. Solo lui sa cosa sta per succedere. Ma non fa niente per impedirlo. Scappa. Scappa per essere il più lontano possibile da quello che le faranno. Come se bastasse per dimenticare, per non pensarci più. Invece la sua ignavia diventa la sua condanna.

Dopo è ancora peggio. Il suo inutile tentativo di convincere Massimo a non far circolare il video nelle chat, a non metterlo in rete, cercando di spaventarli: è la figlia di un poliziotto, ci saranno conseguenze. E le loro risate, sprezzanti. «Siamo dèi, ricordi? Siamo intoccabili.» Non riesce a evitarle nemmeno quello. Poi il suicidio e la consapevolezza che lo spettro della sua vigliaccheria lo tormenterà per sempre.

Ha tagliato tutti i ponti col passato. Fatto tabula rasa di una vita in cui aveva dimostrato di non essere un uomo. Ha anche pensato di suicidarsi, ma sarebbe stato un ulteriore atto di vigliaccheria.

Poi l'incontro con Angela. Il centro antiviolenza di piazza Costaguti. La sua possibilità di riscatto.

Fino a quando lui lo ha preso. Solo allora ha capito che aspettava da sempre quel momento. L'unico vero riscatto è la morte.

Chiude gli occhi, battendo i denti per il freddo. Fuori imperversa la tempesta e quell'unica coperta non basta a riscaldarlo.

Si sta prendendo la sua rivincita. Vuole che soffra, pensa. Così come ha sofferto Giulia. La giusta punizione per non aver fatto niente.

Per aver avuto paura.

Per non averli fermati.

49

Nel tragitto tra viale di Trastevere, sede della polizia Postale, e il ghetto, Angela pedalava senza fretta, riflettendo. Vittorio si era convinto che il responsabile della morte di Massimo e Riccardo e della scomparsa di Franco fosse Aldo Giordana. E Claudia, anche se non glielo aveva detto apertamente, pensava la stessa cosa. Ma più ci ragionava e meno credeva che fosse lui il colpevole. La sua mente analitica cercava di rimettere in ordine gli indizi e gli elementi in loro possesso per arrivare a una conclusione diversa. Prima di tutto Aldo non corrispondeva al profilo dell'omicida che aveva elaborato. È vero, aveva un valido movente: per colpa di Massimo e dei suoi amici era stato umiliato, aveva dovuto abbandonare i podcast, ma soprattutto aveva perso la ragazza di cui forse era segretamente innamorato. Inoltre possedeva una vasta competenza informatica e non gli sarebbe stato difficile «bucare» la protezione del computer di Massimo e accedere al dark web utilizzando il suo indirizzo IP per gli acquisti di cocaina. Però, dagli elementi che aveva messo insieme, a lei non sembrava un assassino a sangue freddo, solo un giovane macerato dai sensi di colpa.

E poi c'erano dei dati oggettivi che andavano contro quella teoria: come poteva uno di costituzione così gracile trascinare un ragazzo grande e grosso come Massimo Moretti? E come era riuscito a eludere le telecamere della villa? E ancora, come aveva potuto inscenare l'incidente di Riccardo Lotti? Più ci pensava, meno quell'ipotesi le sembrava convincente.

Non restava che un'alternativa. Quella che lei, ma soprattutto Vittorio, non avrebbe mai voluto prendere in considerazione. Quella che lo avrebbe costretto a rivedere le sue convinzioni sull'amicizia, sulla lealtà, sul rispetto per la legge. Lei però sapeva che doveva andare avanti e non fermarsi alla soluzione più comoda e in un certo senso più indolore. Anche se questo significava mettere a rischio la loro amicizia. Ma due ragazzi erano stati uccisi e il terzo avrebbe fatto la stessa fine se non fossero intervenuti in tempo. Per questo era necessario sgombrare la mente da qualsiasi preconcetto ed esaminare i dati in maniera imparziale, senza lasciarsi sviare dall'emotività.

Angela percorse l'ultimo tratto di strada, raggiunse il ghetto e poco dopo si fermò davanti al portoncino di piazza Costaguti. Entrò e si sedette al tavolo. Invece di aprire il computer, prese carta e penna e si concentrò sul foglio che aveva davanti. Chi aveva ucciso Riccardo Lotti non solo doveva conoscerne tutti i movimenti ed essere sicuro che fosse solo in casa, doveva avere anche la capacità e la possibilità di far sembrare l'omicidio un incidente in modo che venisse archiviato rapidamente. Quindi doveva avere le *competenze* e le *conoscenze* per poterlo fare. Segnò sul foglio quelle due parole chiave al punto uno.

Doveva anche essere qualcuno esperto di informatica e che sapeva come muoversi nel dark web perché ne aveva una conoscenza diretta. Al punto due scrisse quindi le parole *informatica* e *dark web.*

E ancora, doveva essere una persona dotata di una notevole forza fisica per avere ragione di uno come Massimo, allenato e muscoloso, e poterlo trascinare dal luogo dove era stato tenuto prigioniero fino alla sua stanza nella villa. Perciò al punto tre segnò: *forza fisica.*

Doveva avere anche a disposizione un posto dove tenere le sue vittime: sia Massimo che Franco erano spariti per diversi giorni e, se Massimo poteva averne trascorsi una parte in montagna facendo le sue prove di sopravvivenza, Franco doveva essere stato portato subito lì. Quindi al numero quattro appuntò: *luogo sicuro e probabilmente isolato.*

Il movente lo aveva lasciato per ultimo, ma era la chiave per entrare nella mente dell'assassino e comprendere cosa aveva scatenato la sua gelida furia omicida. È vero, Aldo aveva perso molto per colpa di Massimo Moretti e dei suoi amici, ma c'era chi aveva perso ancora di più.

Al punto cinque Angela scrisse e sottolineò: *perdita di ciò che aveva di più caro.*

Poi rimase a fissare il foglio come se volesse che le parole riportate sulla carta si imprimessero bene nella sua mente indicandole la via da seguire. Sapeva che aspettare avrebbe segnato la condanna definitiva di Franco.

Sempre che sia ancora vivo, si trovò a pensare.

E sapeva altrettanto bene che cercare di convincere Vittorio avrebbe richiesto del tempo che non aveva. Doveva muoversi da sola, sperando che non fosse troppo tardi.

Prese il telefono e digitò il numero della questura.

50

Si guardò intorno nel piccolo salotto dove ogni cosa gli parlava di lei. Non solo le foto ma gli oggetti, che erano rimasti tutti come lei li aveva disposti. Non aveva voluto togliere o cambiare nulla. Ne aveva bisogno per credere che fosse ancora lì con lui. Dentro di sé sapeva che non avrebbe approvato quello che aveva scelto di fare. Era una persona generosa, capace di perdonare. Ma lui no. Se aveva continuato a vivere era solo perché un unico pensiero lo sosteneva: l'avrebbe vendicata. Avrebbe fatto attraversare a quei bastardi un inferno simile a quello a cui loro l'avevano condannata. Solo così avrebbe avuto un po' di pace. Guardò le foto da cui lei sembrava fissarlo con un'espressione che gli parve di dolce rimprovero.

«Lo so, niente ti riporterà da me. Ma dovevano pagarla, tutti e tre.»

Il suono improvviso del campanello d'ingresso lo restituì di colpo al presente. Si avvicinò alla porta e guardò dallo spioncino.

Angela Di Cori.

Se era lì, aveva capito tutto. Fin da quando si era interessata all'indagine, sapeva che i guai sarebbero arrivati da lei. Avrebbe potuto non aprire, fingere di non essere in casa, ma sarebbe stato inutile. Poteva aprirle e recitare la messinscena del malato, continuare a mentire, negare ogni accusa. Era sola, quindi non aveva detto niente a Vittorio e questo gli lasciava ancora un po' di margine per portare a termine quello che aveva cominciato. Lei però avrebbe potuto decidere comunque di avvisare Vittorio e intralciare il suo piano.

Mise la mano sulla maniglia. Esitò un istante, poi aprì.

«Ciao, Angela.»

«Ciao, Vittorio mi ha detto che non stavi bene.»

«Sì, è vero, ma non per colpa dell'influenza. Entra pure.»

Lei superò la soglia e mosse alcuni passi all'interno dell'appartamento, mentre l'ispettore Borghi chiudeva la porta. Il poliziotto notò che si guardava intorno, soffermandosi sulle foto della ragazza allegra e solare che erano sparse ovunque: sulla libreria che traboccava dei libri che Giulia aveva amato, sulle mensole un po' sghembe a fianco della tv, sui due tavolini indiani laccati, posti ai lati del divano dalla fodera sciupata, che lei aveva recuperato da un robivecchi e ridipinto.

«Ti manca molto, vero?» chiese.

«Sì. È come un buco nero, inghiotte tutto e lascia solo il vuoto.»

Angela cercò i suoi occhi e, in quello scambio di sguardi, Bruno seppe con certezza che quella donna percepiva il buio che aveva dentro e lo riconosceva perché, anche se lui ne ignorava il motivo, le apparteneva.

«Tu sapevi.»

Non era una domanda ma un'affermazione. Lui si limitò a fare un cenno d'assenso. Sembrava un paradosso, ma il fatto che qualcuno conoscesse la verità era un sollievo. Non doveva più mentire. Non doveva più nascondersi dietro la maschera dell'Orso Bruno. Poteva finalmente essere se stesso, un concentrato di sofferenza, rabbia, oscurità.

«Sapevo cosa le avevano fatto, ma lei non ricordava nulla a causa della droga, non aveva idea di chi fosse stato. Avrei voluto cominciare subito a indagare, a interrogare tutti quelli che erano andati a quella maledetta festa, ma Giulia non voleva, non se la sentiva di sporgere denuncia e io aspettavo che fosse pronta ad affrontare quel passo.» Fece una pausa cercando di controllare le emozioni scatenate da quei ricordi. «Non sapevo niente di quel video schifoso, l'ho scoperto solo dopo che...» Non riuscì a completare la frase. «L'ho trovato sul suo cellulare. Lei non ce l'aveva fatta a dirmelo.» Strinse le mani e abbassò la testa, non voleva che Angela gli leggesse in faccia il suo tormento. Apparteneva solo a lui, non intendeva condividerlo con nessuno. Quando sollevò di nuovo lo sguardo, la sua espressione era tornata neutra.

«Stavo prendendo un caffè, mi fai compagnia?»

«Sì, grazie.»

«Accomodati, arrivo subito» disse indicandole il divano.

Andò in cucina, versò il caffè in una seconda tazza e aprì lo sportello di uno dei pensili all'interno del quale, là dove le mani di Giulia bambina li avevano attaccati, anche se scoloriti dal tempo erano ancora visibili gli stickers di buffi pupazzetti intenti a ingurgitare cibo.

Bruno li fissò con un sorriso triste, poi prese una boccetta dal ripiano. Quante volte, nei mesi trascorsi, aveva mandato giù quelle gocce per cercare di dormire qualche ora. Ne versò una dose massiccia nella tazzina di Angela e si augurò che facesse effetto in fretta. Non aveva voglia di parlare, di spiegare. Ci sarebbe stato tempo anche per quello. Ora doveva solo chiudere i conti col passato.

Prese le tazzine e tornò in salotto porgendole quella che aveva preparato per lei.

«Se non ricordo male, lo prendi amaro.»

Angela annuì e Bruno si sedette sulla vecchia poltrona accanto al divano, dove Giulia trascorreva ore a leggere avvolta in un logoro plaid di pile scozzese che lui aveva cercato invano di sostituire. Percepiva ancora la sua impronta sul cuscino sformato.

«È passato quasi un anno, ma è come se fosse appena successo. Mi sembra che il tempo si sia fermato» disse con lo sguardo fisso davanti a sé.

Angela rimase in silenzio, aspettando che continuasse.

«Mi sono odiato perché avrei dovuto proteggerla, perché ho dato per scontato che sapesse difendersi da sola...» Si interruppe e la guardò. «Ma tu come lo hai capito?»

Lei gli raccontò dei suoi dubbi, degli indizi, del profilo psicologico che aveva stilato. Bruno sapeva che doveva lasciarla parlare, doveva far passare il tempo perché il farmaco facesse effetto. Quando le frasi divennero confuse, le parole strascicate, nello sguardo offuscato di Angela brillò un lampo di consapevolezza.

«Cosa... cosa mi hai dato?»

Cercò di tirarsi su, ma ricadde all'indietro e scivolò di lato. La tazzina rotolò a terra.

Bruno si alzò in piedi.

«Mi dispiace, non potevo fare altrimenti, non saresti dovuta venire.»

51

Da un locale adiacente, il vicequestore Benassi osservava Aldo Giordana nelle immagini trasmesse dalla telecamera della stanza dove lo tenevano in custodia, in attesa di verificare i suoi alibi per i giorni dei due delitti. Il ragazzo era evidentemente nervoso, continuava a tormentarsi le unghie mentre un tic gli contraeva la palpebra dell'occhio destro. Questo non era di per sé un segnale di colpevolezza, Vittorio lo sapeva bene. Nessuno stava tranquillo in una stanza per gli interrogatori della questura. Anzi, forse un delinquente incallito sarebbe apparso meno agitato di un cittadino innocente. Ma l'innocenza di Giordana era tutta da verificare. Eppure, più lo guardava più Vittorio sentiva crescere dentro di sé una sensazione di disagio a cui non riusciva a dare una spiegazione. Distolse lo sguardo e pensò a Bruno, a come dirgli quello che avevano scoperto. Alla sola idea gli si accapponava la pelle. Come poteva sentirsi un padre davanti a una notizia del genere? Come avrebbe reagito lui che per Giulia era stato al tempo stesso padre e madre? Avrebbe fatto qualsiasi cosa per risparmiargli quell'ulteriore strazio, ma sapeva che non era possibile. Non poteva nascondergli l'esistenza di un video che sarebbe anche stato acquisito come prova. Mentre continuava a rimuginare senza venirne a capo, qualcuno bussò alla porta e un attimo dopo si affacciò Mancini. Vittorio si alzò e gli andò incontro: «Allora, che mi dici?»

«Giordana è pulito. La sera della morte di Massimo Moretti era sulla chat di un gioco online e ha giocato fino a tarda notte con un'altra decina di tizi sparsi in tutto il mondo. I dati del suo computer corrispondono e i genitori confermano che non si è mosso dalla sua stanza.»

«E per quanto riguarda Lotti?»

Mancini si strinse nelle spalle.

«Nei giorni che ci interessano era ricoverato in ospedale per una frattura al perone. Ho la cartella clinica e la testimonianza del medico che lo ha operato e degli infermieri.»

Vittorio fece un gesto di sconforto.

«Non può essere stato lui. Rimandalo a casa, non abbiamo motivi per trattenerlo.»

L'altro annuì e uscì senza fare commenti.

Vittorio lo vide entrare nella stanza dove si trovava Aldo Giordana e comunicargli che era libero di andarsene. Il ragazzo non se lo fece dire due volte, scattò in piedi e corse verso la porta. Il vicequestore rimase a fissare la stanza vuota mentre la sua mente, in totale autonomia, continuava a tornare su quella frase: come poteva sentirsi un padre davanti a una notizia del genere? Di colpo capì il perché del disagio che aveva provato mentre osservava Aldo Giordana e di cui non aveva voluto approfondire l'origine. Dentro di sé sapeva che non era lui il colpevole. Doveva fare una verifica, si disse pregando di sbagliare.

L'incubo era tornato. Stavolta però non c'era la nebbia, ma un senso di soffocamento che le stringeva la gola e le impediva di respirare. Cercava di muoversi però non ci riusciva. Intorno a lei solo buio, malgrado avesse gli occhi spalancati. È un incubo, si disse, tra poco mi sveglierò e sarà tutto finito. Anche se bloccata e immobile, aveva la sensazione di essere in movimento. Era stesa su una superficie dura e gibbosa, che di tanto in tanto sobbalzava.

Era confusa. Aveva un terribile mal di testa e i pensieri le sfuggivano.

Uno scossone improvviso la mandò a sbattere contro qualcosa di metallico. Il dolore era reale, come la percezione di qualcosa di caldo che le colava sulla guancia. Sangue. Per non farsi prendere dal panico, si sforzò di pensare, di ricordare cosa fosse successo.

Giulia, il video, i sospetti su Aldo. Brandelli di memoria riaffiorarono e andarono a ricomporre il quadro. Vittorio che aveva chiesto il fermo del ragazzo perché lo riteneva colpevole. E lei che invece non ci credeva, perché aveva in mente qualcun altro, qualcuno che aveva perso quello che aveva di più caro.

Bruno.

Era andata da lui, avevano parlato, le aveva offerto un caffè. Poi tutto si confondeva.

L'ultima cosa che ricordava erano le sue parole: «Mi dispiace, non potevo fare altrimenti, non saresti dovuta venire».

L'aveva drogata.

La consapevolezza del movimento, il buio intorno a sé, la superficie dura, la testa che sbatteva contro il metallo: adesso sapeva di essere in un portabagagli, legata e imbavagliata. Bruno aveva preso anche lei perché era un intralcio per il suo piano.

Proprio in quel momento la macchina si fermò. Il motore si spense. Angela udì uno sportello sbattere e un rumore di passi.

Nella stanza dell'ispettore Borghi, seduto davanti al suo computer, il vicequestore Benassi era concentrato sulle immagini delle telecamere di sorveglianza che avevano ripreso il tragitto che Franco Silvestri avrebbe dovuto fare per andare all'Accademia.

Non poteva più tirarsi indietro, ma si sentiva spaccato in due. Il suo io razionale sciorinava tutte le prove a favore della colpevolezza di Bruno, che la sua parte emotiva rifiutava di accettare. Com'era quella famosa frase di Pascal? *Il cuore ha le sue ragioni che la ragione non conosce.* Nel suo caso era il contrario: era il cuore che rifiutava di conoscere le ragioni della ragione. Ma doveva sapere la verità, a costo di pagare a caro prezzo quella consapevolezza.

Ripercorse fotogramma per fotogramma i movimenti del ragazzo, ripresi dalle telecamere di un bancomat, di un albergo, di una gioielleria, di un bar e di un ristorante: ormai quasi nessuno sembrava voler rinunciare al controllo in nome della sicurezza e un'attività commerciale su due aveva installato delle videocamere, semplificando il lavoro delle forze dell'ordine.

Era arrivato a quella che secondo Bruno aveva ripreso gli ultimi movimenti del ragazzo prima che scomparisse dai radar e tutto sembrava normale. Vittorio controllò i frame uno a uno ed effettivamente Franco Silvestri a un certo punto sembrava scomparire. Mentre rifletteva, lo sguardo gli cadde sulla data e sull'ora indicate in basso a destra. Si immobilizzò. I suoi peggiori sospetti si stavano materializzando. Si costrinse ad andare avanti e a tornare indietro più volte: la data era la stessa del giorno in cui il ragazzo era scomparso, ma tra il momento in cui veniva ripreso per l'ultima volta e quello successivo, in cui era sparito, c'era uno scarto temporale di quindici minuti. Questo poteva significare una sola cosa: qualcuno aveva manomesso il file e tagliato i fotogrammi di quel quarto d'ora.

Una tempesta emotiva si abbatté su Vittorio che per alcuni secondi fu incapace persino di pensare. Ma poi si impose di farlo. Ne andava della vita di un ragazzo, anche se quello che avrebbe scoperto poteva distruggere un lungo rapporto di amicizia, stima e affetto.

Chiamò il numero dell'interno di Mancini.

«Chi ha visto i file delle registrazioni delle telecamere sul percorso che ha fatto Franco Silvestri?» chiese cercando di avere un tono neutro.

«Borghi, perché?» domandò l'altro stupito.

«Solo lui?»

«Sì, certo, ci siamo divisi le cose da fare come al solito. Ma perché me lo chiede, capo?» Allo stupore si era aggiunta la preoccupazione.

«Niente, tranquillo, tutto a posto» riuscì a rispondere prima di riattaccare.

C'era un ultimo tenue filo di speranza a cui Vittorio cercò di aggrapparsi prima che il mondo gli franasse addosso. Se – e solo se – Bruno fosse stato davvero l'autore degli omicidi, certo non sarebbe stato così sciocco da farsi riprendere da una telecamera, dato che non poteva avere la certezza di essere lui a visionare i filmati. Doveva fare un'ulteriore verifica. Cercò il numero del ristorante che aveva installato la videocamera.

Dopo un breve scambio di battute, Vittorio interruppe la comunicazione e rimase a fissare immobile il fotogramma in cui Franco Silvestri sembrava essere svanito.

La telecamera era stata montata proprio il giorno della scomparsa del ragazzo, perché il locale aveva cambiato gestione e i nuovi proprietari erano accaniti fautori della sicurezza.

Un banale imprevisto. Quello che può far saltare un piano perfetto.

Il piano di Bruno.

Bruno. Il suo mentore. Il suo amico. Il padre distrutto.

Bruno, un assassino a sangue freddo.

Vittorio si alzò. Gli parve che le gambe si fossero trasformate in due blocchi di piombo.

Aveva avuto sotto gli occhi la verità per tutto quel tempo, ma non era stato capace di vederla perché il suo cuore si rifiutava di accettarla. Aveva sempre creduto di poter gestire e tenere a bada l'emotività, e proprio per questo di essere un buon investigatore. Evidentemente si sbagliava. Ma quello non era il momento delle recriminazioni. Doveva avvertire subito Angela.

Il cellulare dell'amica risultava staccato. Una stranezza che lo fece innervosire. Chiamò di nuovo Mancini e chiese se avesse notizie della dottoressa Di Cori.

La risposta lo gelò: «Ha telefonato per chiedere l'indirizzo dell'ispettore Borghi, mi ha detto che doveva portargli una cosa e che era urgente».

52

Le corde che le legavano i polsi erano troppo strette, non aveva speranza di liberarsi cercando di allentarle. L'unica chance era la rete di ferro su cui era sdraiata. Doveva essere il divisorio che Bruno usava per il suo vecchio cane, Argo. Facendo leva su se stessa, Angela rotolò per avvicinare la rete metallica alle mani. Con uno sforzo enorme, cercò di ripiegare una maglia per ottenere una superficie tagliente su cui strofinare le corde nella speranza che si sfilacciassero. Nonostante il freddo, sentiva scorrere sulla fronte rivoli di sudore. Sapeva di non avere tempo, Bruno era sceso dalla macchina già da qualche minuto e non c'erano dubbi su quali fossero le sue intenzioni. La vita di Franco era appesa a un filo. Ma anche se si era macchiato di un crimine ripugnante, non stava a loro giudicarlo. E tantomeno eseguire la sentenza. I polsi escoriati le facevano male, ma Angela continuava a sfregare la corda contro il ferro sperando di liberarsi e di non arrivare troppo tardi.

Ormai non mancava che lui. Poi si sarebbe andato a consegnare. A Vittorio. Al suo amico.

Se solo la Di Cori non si fosse messa in mezzo, se solo non avesse capito che c'era lui dietro quelle morti, avrebbe ucciso Silvestri il giorno del suicidio di Giulia.

Un anno dopo esatto.

Ma ora non c'era più tempo. Non poteva aspettare.

Prese la pistola e controllò i proiettili. Un sorriso amaro si impresse sul suo volto stanco. In fondo Silvestri sarebbe stato fortunato. Un colpo solo e poi il nulla. Gli altri avevano sofferto di più. Avevano avuto paura. Come la sua piccola Giulia, che non aveva avuto il coraggio di dirgli cosa le stava succedendo.

Premette l'interruttore per accendere la luce nella stanza. Aprì la porta ed entrò.

Il ragazzo era raggomitolato sul materasso, istintivamente aveva alzato il braccio per ripararsi dalla luce che lo abbacinava dopo giorni di buio. Vide le sue palpebre contrarsi per il dolore, poi lo sguardo impaurito cercare i suoi occhi.

«Mi spari. Lo faccia subito. Me lo merito. Non le ho fatto niente ma ho avuto paura. Una fottuta paura che si è mangiata il mio cervello.» Aveva parlato con un filo di voce. Rauca. Eppure quelle parole colpirono Bruno.

«Che cazzo stai dicendo?»

Quando aveva sentito le corde cominciare a sfilacciarsi, Angela aveva aumentato la pressione a costo di farsi male e aveva incastrato quel che restava del legaccio nel ferro, facendo forza e rotolando ancora su se stessa. Per un attimo temette di spezzarsi il polso, poi la corda cedette e finalmente poté liberare le mani. Veloce, per quanto lo spazio glielo concedeva, si allungò fino alle caviglie e sciolse il nodo che le immobilizzava. Poi, puntando i piedi contro i sedili, fece scattare le molle. La mano raggiunse la maniglia e Angela scese barcollando.

La luce del giorno si era affievolita, il sole era ormai dietro la montagna e tutto intorno la notte cominciava ad allungare le sue ombre. Davanti a lei la vecchia casa di roccia e legno era buia, a eccezione di un lieve bagliore proveniente dalla fessura tra le assi che oscuravano una finestra. Attenta a non far rumore, cercò di correre verso la porta, ma le membra intorpidite e indolenzite la rallentarono. Le parve di impiegarci una vita, ma alla fine la raggiunse.

Un cigolio sinistro risuonò nel silenzio. Un suono che le parve assordante.

L'ispettore Borghi si voltò di colpo. Cos'era stato quel rumore? Possibile che la Di Cori si fosse liberata?

Con la pistola puntata contro Franco si portò l'indice alle labbra, intimandogli di stare zitto. Sempre tenendolo sotto tiro, si avvicinò alla porta e la socchiuse. Con gli occhi frugò lo spazio.

Buio.

Solo un'anta che sbatteva mossa dal vento.

Nascosta in un piccolo vano a lato dell'entrata, Angela aveva gli occhi puntati su Bruno. E sulla pistola.

Fa' che non mi veda. Fa' che non mi veda...

Lo stesso pensiero di tanti anni prima, quando ancora

bambina si nascondeva da suo padre, dalle mani ruvide che lasciavano il segno sulla sua pelle chiara.

Oggi come allora. Un mantra per farsi coraggio, per impedire al panico di avere il sopravvento. Solo quando il poliziotto tornò nella stanza, Angela riprese a respirare. Tanta era stata la paura di essere scoperta, che aveva trattenuto il fiato. Non temeva per sé, ma per Franco. Sapeva che doveva giocare sull'effetto sorpresa per avere qualche chance di farlo capitolare. Bruno voleva vendicarsi, aveva già ucciso due ragazzi, non aveva più nulla da perdere. Ma non era un criminale. Per quanto sembrasse assurdo, ne era convinta. Aveva imparato a conoscerlo dai racconti di Vittorio, da quei pochi incontri in cui si erano fermati a parlare e a prendere un caffè. Sapeva che aveva uno spiccato senso della giustizia e se aveva perso la testa era stato per Giulia, per quella figlia violata che si era tolta la vita davanti a lui.

In quel momento sentì la voce di Franco.

«Le chiedo perdono per Giulia...»

Bruno lo interruppe con rabbia.

«Zitto, non devi nemmeno nominarla!»

«Ha ragione. Merito anch'io di morire. Non per quello che pensa lei, ma perché avrei potuto impedirglielo, denunciarli, e non l'ho fatto.»

Angela si disse che non avrebbe dovuto provocarlo, era un errore che rischiava di pagare molto caro.

«Non ti credo. E anche se fosse vero, sei responsabile come loro. E pagherai come loro.» La voce di Bruno raschiava, simile a carta vetrata. Franco tacque e l'altro riprese: «È colpa vostra, di quello che le avete fatto, di quel lurido video». La voce gli si spezzò. «La mia bambina» mormorò «me l'avete uccisa voi.»

Angela aveva colto la nota disperata nella voce del poliziotto. Sapeva cosa significava, non poteva più aspettare. Percorse i pochi metri che la separavano dalla porta della stanza e la spalancò.

«Fermati Bruno!» gridò.

L'uomo si voltò, sul viso un'espressione d'incredulità.

«Vattene Angela» le intimò togliendo la sicura alla pistola.

Lei agì d'istinto e si lanciò in avanti frapponendosi tra lui e Franco. Il ragazzo, pallido e smagrito, vedendola cercò di tirarsi su dal materasso sudicio.

«Angela no! Fai come ti dice, vai via.»

Lei ignorò quel grido angosciato e non staccò gli occhi da Bruno.

«Hai scelto di stare dalla parte della legge, di proteggere gli altri, non puoi farlo.»

Lui continuò a tenere il ragazzo sotto tiro.

«Non me ne importa più niente, non lo capisci? Per me è finito tutto nel momento in cui lei si è buttata giù.»

Angela cercò di mantenere il contatto visivo perché non si perdesse nel suo delirio di vendetta.

«Conosco la tua rabbia, credimi, quella che ti cresce dentro quando vivi l'ingiustizia sulla tua pelle.»

«No» la interruppe lui, «tu non puoi sapere cosa significa vedere tua figlia, la tua bambina, drogata, violata, abusata...» Un singhiozzo gli strozzò la voce. Guardò

Angela negli occhi. «Era forte come te, ma quello che le hanno fatto è stato troppo. L'hanno spezzata. Se solo mi avesse detto di quel video...»

«Non poteva, Bruno. Tu eri suo padre, il suo eroe, e lei si vergognava troppo.»

«Io l'avrei aiutata, le sarei stato vicino. Avrei fatto qualsiasi cosa per vederla sorridere di nuovo.»

Angela sapeva quanto fosse rischioso un coinvolgimento emotivo, ma il dolore di quel padre, il suo amore per la figlia la toccarono profondamente. Anche se per quello aveva ucciso.

«Lo so, ti credo e, se esiste un aldilà, anche Giulia lo sa.» Era consapevole che sarebbe bastato poco per far esplodere di nuovo la sua rabbia. «Ma farti giustizia da solo non cambierà le cose. E poi dovrai convivere anche con questo rimorso.»

Le sue parole avevano aperto una breccia: Bruno abbassò la pistola.

«Io non sarei voluto arrivare a questo, ma so come vanno le cose. Con un buon avvocato nemmeno in galera sarebbero finiti. Un po' di domiciliari, qualche migliaio di euro e la cosa si sarebbe chiusa lì. Tutto dimenticato, mentre la mia bambina nessuno me la ridarà più.» La sua voce era dolore puro. Profondo, inconsolabile, assoluto. «Non potevo permetterlo.»

Angela fece un passo verso di lui, ma Bruno rialzò di scatto la pistola.

«Non ti muovere» le intimò.

Rimasero così, immobili uno di fronte all'altra.

«Che vuoi fare? Uccidere anche me?» Stava scommettendo la vita sulla sua convinzione che Bruno fosse un uomo disperato, ma non un criminale.

«Tu non mi conosci, ormai ho perso tutto. Quando sarà finita mi costituirò e andrò dentro come è giusto che sia, ma almeno questi delinquenti non potranno distruggere altre vite.»

«Non sei quel tipo di persona, altrimenti lo avresti già ucciso» ribatté Angela. «Hai sbagliato, ma avevi perso tua figlia, avevi visto quel video, chiunque al posto tuo sarebbe impazzito.»

Man mano che la notte scendeva il traffico si era diradato e le auto correvano a sirene spiegate lungo l'autostrada. Mancavano pochi chilometri all'uscita del casello, ma il vicequestore Benassi si chiedeva angosciato se quella corsa sarebbe servita a qualcosa. Le mani strette sul volante, il piede destro a tavoletta sull'acceleratore, mai come in quel momento aveva temuto di arrivare troppo tardi.

Questa volta non era solo lavoro.

Questa volta era in gioco la vita di Angela.

53

Era un lungo monologo quello di Bruno, evidentemente aveva bisogno di sfogarsi, di giustificarsi. Angela lo lasciava parlare sperando di guadagnare tempo, anche se sapeva di non avere molte carte da giocare contro un uomo disperato, assetato di vendetta e disposto a tutto. Con un'occhiata aveva abbracciato il piccolo ambiente: a parte il materasso e un secchio in un angolo, la stanza era priva di suppellettili, nulla che potesse essere utilizzato per difendersi. E le assi inchiodate all'esterno della finestra non lasciavano altra via d'uscita che la porta. Tutte le probabilità erano contro di lei e Franco.

«Ho studiato quel video frame dopo frame per riuscire a individuarli» stava dicendo il poliziotto. «Ogni volta che rivedevo quello che avevano fatto alla mia bambina mi sembrava che mi conficcassero mille pugnali dentro il cuore, ma sapevo che dovevo trovarli e non è stato difficile» concluse.

«Hai riconosciuto l'orologio.»

Bruno annuì.

«Lotti è stato il primo, un orologio così è facilmente identificabile. L'ho pedinato per giorni, poi quando è andato da solo alla villa sull'Argentario l'ho preso. È stato facile. È bastato coglierlo alle spalle di sorpresa.»

Si è risvegliato legato a una sedia nel salotto della sua villa al mare, deve aver pensato ai ladri e per questo lo guarda spaesato quando gli arriva il primo ceffone.

«Che vi aveva fatto? Perché proprio lei?»

«Ma di che parli? Io non so niente, ti stai sbagliando.»

Bruno sa come colpire senza lasciare segni. Con un asciugamano bagnato lo sferza sulle gambe, sullo stomaco, indifferente alle sue proteste e ai suoi lamenti.

«Sto parlando di Giulia. Della mia bambina. Perché lei?»

Adesso il ragazzo ha capito. Impallidisce.

«Io non volevo...»

Un altro colpo. Più forte.

Un urlo. Tanto nessuno può sentirlo.

«Voglio la verità.» E la otterrà a qualsiasi costo. «Parla. Tu eri lì. Eri uno di quegli animali.»

Lacrime di dolore e paura rigano il viso di Riccardo.

«È stata un'idea di Massimo. Giulia aveva convinto Claudia a lasciarlo e lui voleva fargliela pagare...»

Un nuovo colpo. Un altro urlo.

Nonostante le corde il corpo del ragazzo si piega in avanti, come quello di un fantoccio.

L'asciugamano bagnato si alza di nuovo.

«Ti prego, ti prego, no. Io non volevo, te lo giuro, mi hanno costretto, sono stati loro...»

«Chi ti ha costretto?»

«Max e Chicco.»

«Chicco chi?»

«Silvestri, il figlio del regista. Ti giuro che io ho cercato di fermarli, non volevo scoparmi Giulia...»

La mano di Bruno si solleva come mossa da una forza autonoma e lo colpisce con violenza sulla bocca. Per fare male.

«Non ti azzardare più, brutto schifoso.» Lo dice fra i denti. Ma il messaggio arriva forte e chiaro perché il ragazzo tace all'istante, un rivolo di sangue che gli cola dal labbro spaccato.

Bruno si terge il sudore della fronte ed esce dalla stanza.

Entra in bagno, si avvicina al lavabo e si sciacqua il viso. Guarda lo specchio e vede la faccia di un uomo che non riconosce. Gli occhi allucinati. L'espressione stravolta. Non sa bene cosa fare, malgrado abbia studiato il piano nei minimi dettagli. Però è sempre un poliziotto, non sa se riuscirà a uccidere il ragazzo a sangue freddo. Ma sa che ormai ha superato il confine e che non può più tornare indietro. In quel momento un tonfo richiama la sua attenzione. Viene dal salotto dove ha lasciato il ragazzo. Corre nella stanza. La sedia su cui era legato è rovesciata a terra e sotto la sua testa si allarga una chiazza di sangue. Istintivamente si china su di lui e gli tocca la vena sul collo. Un gesto dettato dalla consuetudine. Non pulsa più. Guarda gli occhi dello stupratore di sua figlia. Vitrei. Vuoti.

«È caduto cercando di liberarsi e ha battuto la testa. È morto sul colpo, ha fatto tutto da solo» disse Bruno.

«Ho inscenato l'incidente per non far insospettire gli altri. Ho ripulito la casa e ho cancellato ogni traccia, conosco bene il mio lavoro» proseguì in tono amaro. «Poi mi sono occupato del figlio di Moretti. L'ho preso mentre faceva quella stronzata di gioco di sopravvivenza nel bosco, da solo. Anche quello non è stato difficile. Quando l'ho riportato alla villa l'ho stordito col cloroformio e ho guidato la sua auto oltre il varco inquadrato dalle telecamere. Ho usato le sue chiavi per entrare e mi sono fatto dare il codice di accesso. L'ho portato su passando dal garage. Poi è bastata una dose. E adesso» lanciò un'occhiata gelida a Franco «è il suo turno.»

«Ma si è tirato indietro, non l'ha toccata!»

«Questo lo dice lui» replicò Bruno.

«Lascialo decidere ai giudici» tentò ancora Angela.

Il poliziotto la strattonò, puntandole di nuovo l'arma contro e spingendola verso la porta, senza perdere d'occhio Franco, che si era alzato vacillando e aveva mosso un passo nella loro direzione.

«Basta parlare, vattene. Non voglio farti del male. E tu» intimò al ragazzo, «resta dove sei.»

Franco obbedì, ma rivolse uno sguardo supplichevole ad Angela.

«Ascoltalo, va' via, tu non c'entri.» Anche se terrorizzato, si preoccupava per lei.

Angela si sforzò di resistere alla spinta di Bruno cercando di ancorarsi alle asperità del pavimento. Sapeva che lui era più forte e che aveva una pistola, ma sapeva anche di essere l'unica fragile barriera tra Franco e la fine che lo attendeva.

*

Il suono della sirena squarciava il silenzio della notte, mentre le macchine, a tutta velocità, tagliavano le curve che portavano al casale dell'ispettore Borghi. Vittorio conosceva quella strada come le sue tasche, quante volte erano stati lì per festeggiare insieme il compleanno di Giulia. L'ultima, invece, era stata lei a organizzare una festa a sorpresa per il padre, invitando tutta la squadra. E Bruno aveva annunciato che si sarebbe trasferito lì, nel suo *buen retiro*, appena fosse andato in pensione. Ma quella che doveva essere la sua oasi di pace si era trasformata nel suo inferno. Bruno. L'Orso Bruno. L'uomo più gentile che avesse mai incontrato. Il suo amico e mentore che aveva perso il senno per la morte della figlia. Come aveva potuto non accorgersene?, si chiese per l'ennesima volta. Si era rifiutato di vedere ciò che era davanti ai suoi occhi. Per affetto. Per paura. Perché era qualcosa di inaccettabile, che avrebbe messo in crisi tutto quello in cui credeva. Accelerò. Se fosse successo qualcosa ad Angela non avrebbe mai potuto perdonarselo.

Contro la determinazione di Bruno, Angela poteva fare ben poco. E Franco, annichilito dai sensi di colpa e dall'isolamento forzato, non era in grado di aiutarla. Sembrava attendere solo quella che riteneva una giusta punizione. Eppure lui non aveva partecipato allo stupro. Angela gli credeva. E ora sapeva perché aveva fatto tabula rasa del passato, perché aveva chiesto di rendersi utile allo sportello. Era alla ricerca di un riscatto. Lo guardò e provò una pena infinita, per lui ma anche per Bruno. Per quell'uomo che avrebbe trascorso il resto della vita macerato dai rimorsi e dai rimpianti. Aveva un'unica arma da usare. La parola.

«Ti sei chiesto cosa ti direbbe Giulia? Lei combatteva perché le persone rimanessero fedeli a se stesse e tu stai tradendo tutto quello in cui hai sempre creduto.»

«Va' via, non farmelo ripetere.»

Angela percepì un'incrinatura nella sua voce e vide che la pistola non era più puntata contro Franco.

Provò ancora, aggrappandosi a quell'esile speranza.

«Sei tu che l'hai cresciuta così, Bruno. Sei tu che le hai insegnato che bisogna credere nella giustizia, che non si deve mai mollare.»

Per la seconda volta Bruno abbassò l'arma.

«Ma poi lei l'ha fatto. Ha mollato» disse con voce strozzata.

Ha preso la chiamata ed è corso all'indirizzo di casa. Le parole della segnalazione continuano a rimbombargli nella testa. «Una ragazza sul parapetto... quarto piano.» Non può essere lei. Tutto dentro di lui si ribella a quell'idea. Inchioda a pochi passi da un capannello di gente che guarda in alto, lascia la macchina in mezzo alla strada. Corre verso il palazzo. Tutti fissano un balcone, il suo. Gli basta un'occhiata: i lunghi capelli neri, la tuta rossa. È lei. Giulia. La *sua* Giulia.

«Abbiamo chiamato i pompieri» dice qualcuno.

«Lasciatelo passare, è il padre» dice un altro.

Raggiunge l'ingresso del palazzo, ma ha paura che lei possa lanciarsi mentre cerca di salire nell'appartamento.

«Giulia!» urla. «Ti prego, sistemeremo tutto, te lo prometto. Ci sono io con te.»

Non è la prima volta che si trova in una situazione del genere. Negli altri casi ha sempre risolto brillantemente, grazie al suo autocontrollo, alla sua empatia. Ma adesso è diverso. Quella è la sua bambina e lui è terrorizzato, sente il panico paralizzargli i muscoli, anche la laringe, e la voce gli si strozza.

«Piccola, ti scongiuro, non lo fare. Vengo su, aspettami!»

Lei scuote la testa. Sono solo pochi secondi, ma a Bruno sembrano un'eternità di disperazione.

«Ti voglio bene papà.» Lo intuisce dal labiale più che sentirlo.

Poi Giulia si getta nel vuoto.

«Mi hanno portato via ciò che avevo di più prezioso.» Alzò la pistola e la puntò contro Franco.

«Bruno, no!» urlò Angela lanciandosi contro di lui.

Il colpo partì proprio nel momento in cui Vittorio e i suoi uomini irrompevano nella stanza con le armi spianate.

Franco lanciò un grido e Angela corse verso di lui.

«Metti giù la pistola e alza le mani» disse il vicequestore fissando Bruno mentre gli agenti lo circondavano. «Non mi costringere a fare una cosa che non voglio fare.»

54

L'ispettore Benassi non aveva opposto resistenza e aveva fatto quello che Vittorio gli chiedeva. Prima aveva abbassato la Beretta, poi l'aveva lasciata cadere a terra, restando immobile con le mani lungo i fianchi.

Angela aveva letto il sollievo negli occhi dell'amico nel momento in cui si era reso conto che era illesa. Per fortuna il proiettile sembrava aver colpito Franco solo di striscio, ma il ragazzo era provato e giaceva a terra pallidissimo. Angela gli prese la mano.

«Adesso ti portano in ospedale, starai bene, vedrai» gli disse cercando di controllare la commozione.

Lui scosse a fatica la testa.

«Non saresti dovuta intervenire, sarebbe stato meglio se fossi morto. Me lo meritavo.» La voce era flebile ma le parole chiarissime.

«Non dire sciocchezze.»

Franco cercò di replicare ma in quel momento entrarono di corsa i paramedici dell'ambulanza che il vicequestore aveva fatto chiamare d'urgenza mentre stavano arrivando, non sapendo cosa avrebbero trovato. Verificate le condizioni del ragazzo, lo immobilizzarono sulla barella per il trasporto in ospedale.

Angela li seguì mentre uscivano. Malgrado quello che aveva fatto, davanti a sé vedeva solo il Franco che conosceva, il ragazzo ombroso ma sempre disponibile all'ascolto delle donne che chiedevano il loro aiuto, pronto a condividere, generoso.

Mentre la barella veniva caricata sull'ambulanza, Angela strinse forte la mano che Franco aveva abbandonato nella sua: non gli avrebbe mai voltato le spalle, non lo avrebbe lasciato solo.

«È finita» disse Bruno.

Nella stanzetta squallida e soffocante, appena illuminata dalla luce della vecchia lampadina a incandescenza, in piedi uno di fronte all'altro, erano rimasti lui e Vittorio: a un cenno del vicequestore gli altri agenti erano usciti senza fare commenti.

Vittorio fissò il poliziotto che per lui era stato un esempio, l'amico di cui si fidava, il collega che tante volte gli aveva coperto le spalle. Adesso vedeva quello che fino a quel momento aveva voluto ignorare: un uomo schiacciato dal senso di colpa per la morte della figlia, consumato dalla sofferenza e dal desiderio di vendetta.

«Non ho capito niente» disse dopo un lungo silenzio. «Ho avuto paura di affrontare la verità e mi sono girato dall'altra parte.»

Bruno scosse la testa.

«Non prenderti colpe che non hai. La responsabilità è soltanto mia.»

Vittorio si passò una mano sul viso come a voler cancellare una realtà che ancora non riusciva ad accettare.

«Proprio tu, che mi hai insegnato cosa significa essere un poliziotto.»

L'ispettore gli restituì uno sguardo pieno di amarezza.

«Ognuno di noi ha un punto di rottura. Il mio è stato la morte di Giulia. Quando arrivi lì, l'unica cosa che conta è la vendetta, non la giustizia.»

Vittorio tacque, annichilito da quella lucida consapevolezza. Gli sembrava di essere sul ponte di una nave in mezzo a una tempesta, senza nessun riferimento. Tutto ciò che aveva creduto stabile, certo, inconfutabile, d'improvviso non lo era più.

«Tu non hai figli, non puoi capire.» La voce di Bruno adesso era atona, incolore. Come se si trovasse in un non luogo dove era impossibile raggiungerlo. «L'immagine di lei che si butta giù ce l'ho impressa sulla retina, non si cancellerà mai.»

Cosa avrebbe potuto dirgli?, si chiese Vittorio. Ogni frase gli sembrava falsa, superflua, addirittura ipocrita. Poteva mettere la mano sul fuoco che in una situazione simile non si sarebbe comportato nello stesso modo? Rimase in silenzio.

«Non provo rimorso» proseguì Bruno, «non provo più niente. E rifarei tutto. Ogni singola cosa.» Gli porse le mani. «Finiamola qui, è giusto che sia tu ad arrestarmi. Così il cerchio si chiude.»

Come uscendo da una trance, in preda a sentimenti contrastanti, rabbia, pena, sconcerto, Vittorio prese le manette e gliele fece scattare ai polsi.

55

Non c'era nessuna musica ad accoglierla, questa volta. La villa era avvolta in un silenzio che accentuò il disagio di Angela. Il vicequestore Benassi aveva comunicato al senatore l'arresto dell'assassino di suo figlio, ma aveva preferito lasciare a lei le spiegazioni.

«Sei la persona più adatta» le aveva detto, «troverai le parole giuste. E poi lui aveva dato a te l'incarico, mi sembra corretto che sia tu a mettere la parola fine a questa storia.»

Ma quali erano le parole giuste per dire a un padre che il figlio adorato in realtà era uno stupratore, responsabile del suicidio di una ragazza, e che per questo era stato ucciso?

Non fu ricevuta nella sala della musica, ma in un grande e severo salone arredato con ampi divani in pelle e scuri mobili antichi, come a voler sottolineare l'ufficialità del momento.

Luigi Moretti e Lara Carradori l'aspettavano. In piedi uno accanto all'altra, le fecero di nuovo pensare a una coppia unita, pronta ad affrontare qualsiasi avversità.

«Benassi mi ha detto che lei mi avrebbe spiegato» esordì Moretti dopo che si furono seduti.

Angela evitò i preamboli.

«Lei mi ha chiesto la verità ma purtroppo certe verità, ormai lo so per esperienza, quando si conoscono si sarebbe preferito ignorarle.»

«Dottoressa, qualsiasi cosa sarà meglio che continuare a domandarmi perché mio figlio è stato ucciso. Io voglio e devo sapere.»

Angela sospirò.

«Dietro alla morte di Massimo c'è una brutta storia, senatore. Suo figlio, mi dispiace moltissimo doverglielo dire, non era la persona che credeva.»

Colse lo sguardo allarmato di Lara mentre Moretti si irrigidiva.

«Che cosa intende?»

Il tono era pacato, ma Angela percepì l'ostilità celata dietro la domanda. Pensò che era la parte più difficile, quella che si sarebbe risparmiata volentieri. Al padre che aveva perso il figlio in modo tragico non restava che l'immagine coltivata nella memoria e adesso lei gliel'avrebbe distrutta. Lanciò un'occhiata a Lara, che sembrò comprendere e strinse la mano del marito. Poi, come sua abitudine, Angela andò dritta al punto. Era inutile temporeggiare, non esisteva un modo indolore per dirlo.

«Massimo e Riccardo Lotti hanno drogato Giulia Borghi, la figlia dell'ispettore che lo ha ucciso, per usarle violenza e filmare la scena.»

«No!» L'esclamazione strozzata di Moretti le impedì di proseguire. «No, non è vero, non Massimo!»

«Mi dispiace, senatore.» La voce di Angela era gentile ma decisa. «Ci sono le prove. Il video della violenza, la testimonianza della ragazza di Massimo, di Francesco Silvestri, che all'ultimo si è tirato indietro, di un compagno di scuola e dello stesso ispettore Borghi.»

Moretti perse la postura eretta ostentata fino a un attimo prima e sembrò accartocciarsi su se stesso. Lara gli prese le mani tra le sue e Angela notò che era disgustata ma non stupita. Poi l'uomo tornò a guardare Angela, cercando di recuperare la solita compostezza.

«È una cosa orribile, ma ucciderlo...»

«Purtroppo non è finita qui. Suo figlio ha fatto circolare il video non solo sulle chat di WhatsApp e di Telegram, ma anche su alcuni siti porno» proseguì Angela.

Lui scosse ripetutamente il capo, attonito.

«Non posso crederci.»

«La ragazza non ha retto alla vergogna e si è uccisa lanciandosi dal balcone di casa, davanti agli occhi del padre.»

Moretti si portò le mani al volto e rimase così, impietrito. Sul viso della moglie, Angela lesse orrore e senso di colpa. Sapeva cosa pensava in quel momento Lara Carradori: se avesse parlato al marito delle aggressioni subite da Massimo, della propensione del ragazzo alla violenza, forse avrebbe potuto evitare tutto questo. Forse.

Negli istanti che seguirono regnò un silenzio assoluto, pesante come il piombo.

Alla fine Moretti sollevò il capo e incrociò il suo sguardo. Sul volto portava tutti i segni dello tsunami emotivo che lo aveva travolto e che a quel punto non si curava di mascherare. Davanti a lei non c'era più il politico carismatico, ma solo un padre devastato dalla sofferenza.

«È sicura di quello che ha detto?» chiese con voce soffocata.

«Sì, mi dispiace.»

Lui prese alcuni respiri. Lara, che fino a quel momento non aveva parlato, si rivolse ad Angela: «Le dispiace se le chiedo di lasciarci, dottoressa Di Cori?»

Angela annuì e fece per alzarsi, ma Moretti la bloccò con un gesto della mano.

«No, rimanga. Voglio sapere tutto.»

Ascoltò il racconto di Angela senza fare commenti, solo il respiro leggermente affannoso tradiva l'impatto che quelle parole avevano su di lui. Lara continuava a stringergli la mano, in un gesto che esprimeva sostegno e vicinanza senza essere invasivo. Quando Angela tacque, lui parlò con voce bassa e sofferta: «Aveva ragione, avrei preferito non saperlo». Guardò la moglie. «Ho sbagliato tutto con lui. Mi sono illuso di aver cresciuto un figlio perfetto e invece...» Non riuscì a continuare.

Questa volta Lara lo abbracciò forte.

Lui non si sottrasse, ma rimase immobile. Ancora una volta l'allenamento al controllo del politico prevalse. Trascorsero altri lunghi istanti. Poi Luigi Moretti si staccò con gentilezza dall'abbraccio della moglie e disse ad Angela: «Ho bisogno di guardare in faccia quest'uomo».

56

L'ispettore Bruno Borghi era stato trasferito al carcere di Rebibbia. Luigi Moretti si era chiesto mille volte perché sentisse il bisogno di guardare negli occhi l'assassino di suo figlio. Le risposte erano molteplici e nessuna convincente, eppure non era riuscito a trovare un solo motivo per non andare. Aveva ottenuto un permesso speciale e, in una grigia mattinata invernale, si era fatto accompagnare in carcere da Lara. Con un piccolo escamotage erano riusciti a eludere i paparazzi che ormai da giorni stazionavano di fronte alla villa. Lara era passata in Senato e aveva parcheggiato in un vicolo, dove lui l'aveva raggiunta lasciando l'aula senza farsi notare.

Avevano percorso la via Tiburtina sull'auto dai vetri oscurati ognuno immerso nei propri pensieri.

Quando sulla sinistra cominciò a delinearsi l'istituto di pena, Lara, approfittando di un semaforo rosso, si voltò verso il marito e allungò una mano su quella di lui.

«Sei proprio sicuro?» Erano le prime parole che pronunciava da quando lui era salito in auto. Ne avevano discusso a lungo la sera prima e, sebbene lei non fosse d'accordo, come sempre non gli aveva fatto mancare il suo sostegno e aveva accettato di accompagnarlo.

«Ho rimandato anche troppo.»

«Non voglio criticare una scelta che è solo tua, ma...»

Lui non la lasciò continuare.

«È verde. Andiamo.»

Pochi minuti dopo erano davanti all'ingresso principale del carcere. Questa volta fu lui a stringere la mano della moglie.

«Tranquilla, posso farcela» le disse sforzandosi di essere rassicurante. Poi scese dall'auto e si incamminò verso il portone.

Dopo che ebbe lasciato tutti gli effetti personali all'ingresso gli fu chiesto di attendere in parlatorio, uno stanzone di un bianco abbacinante delimitato da una parete a vetri, diviso in senso longitudinale da una lunga fila di banchi dello stesso colore. Si sedette su una panca imbullonata al pavimento. Era solo. Una gentilezza del magistrato che seguiva il caso, suo vecchio compagno di scuola.

Si chiese per l'ennesima volta cosa fosse venuto a fare. Il pensiero andò ancora a Massimo. A quello che, sbagliando, aveva continuato a considerare il suo bambino. Senza accorgersi di chi era diventato. Qualcuno incapace di distinguere il confine tra bene e male. Che credeva di avere il diritto di usare gli altri, di abusare di loro, di giocare con le loro vite.

Il rumore di una chiave di ferro che girava nella serratura lo riportò al presente. Alzò lo sguardo e vide una guardia in divisa marrone accompagnare un gigante con la barba lunga. Non aveva le manette e l'agente mostrava nei suoi confronti un atteggiamento rispettoso.

«Senatore, per qualsiasi cosa io sono qui fuori.»

«Non ce ne sarà bisogno» rispose Moretti, e solo allora notò che Borghi, l'ispettore che aveva ucciso suo figlio, aveva alzato la testa e lo stava fissando.

L'agente di custodia uscì e l'uomo rimase in piedi di fronte a lui.

«Cosa è venuto a fare, a vedere la bestia in gabbia?» chiese aspro.

La risposta proruppe spontanea, senza essere mediata dalla razionalità.

«Se c'era una bestia, quello era mio figlio.»

L'altro lo fissò stupito. Evidentemente non si aspettava parole del genere e lo stesso Moretti non avrebbe creduto di poterle pronunciare. Eppure rappresentavano il distillato di quei giorni di sofferenza, qualcosa che era maturato dentro di lui ma che non aveva avuto il coraggio di confessare a se stesso e che ora, di fronte allo sguardo di quell'uomo, aveva trovato la strada.

«Comunque, se pensa che le chiederò perdono si sbaglia, non lo farò» disse Borghi con durezza.

Scosse la testa e gli fece cenno di sedersi.

«Non sono qui per questo.»

Bruno Borghi sedette rigido e lo squadrò con aria di sfida.

«Per cosa allora? Ho confessato, ho rilasciato la mia deposizione. Li ho uccisi io. L'ho fatto e lo rifarei.» Chiuse gli occhi come se volesse cancellare anche la vista di quell'uomo. Perché gli provocava un dolore insopportabile.

Vittima.

Carnefice.

Come in una roulette russa quei ruoli si erano ribaltati.

Continuamente.

Solo il dolore restava a sommergere tutto.

Luigi Moretti sapeva che l'ispettore Bruno Borghi si era arrogato il diritto di ergersi a giudice e di eseguire la sentenza. Ma come poteva non comprenderlo, proprio lui che studiava disegni di legge prevedendo che non sarebbero stati applicati per qualche cavillo giuridico?

Parlò forse più a se stesso che all'uomo seduto di fronte a lui.

«Se avessi capito chi era diventato Massimo, forse sarei riuscito a impedire tutto questo. Ho voluto vedere in lui quello che avrei voluto che fosse, l'ho viziato, ho accontentato i suoi capricci, l'ho fatto sentire invincibile e inattaccabile, l'ho sempre coperto, e così ha pensato di poter fare quello che voleva. Ho creduto che fosse il figlio perfetto, un atleta che avrebbe vinto le Olimpiadi, uno studente modello. Sapevo che non poteva essere morto di overdose, dopo aver visto sua madre uccisa dalla droga, e ho voluto a tutti i costi la verità. Anche se non avrei mai immaginato... Sono sempre stato convinto di fare il suo bene, invece ho sbagliato tutto...» Sentì la laringe contrarsi, come se rifiutasse di lasciar uscire altre parole. Ma s'impose un ultimo sforzo: «La persona che ha fatto questo a sua figlia per me è un estraneo, qualcuno che non conoscevo perché non ho voluto vedere».

Il poliziotto restò in silenzio per un tempo che sembrò lunghissimo, fissando un punto sul muro di fronte a lui. Poi chiese di nuovo: «Cosa è venuto a fare davvero?»

Adesso il senatore Moretti lo sapeva.

«A dirle che io avrei fatto lo stesso.»

Bruno Borghi piantò gli occhi nei suoi. Moretti gli restituì lo sguardo e nella comune sofferenza scoprirono di essere simili. Due padri a cui era stato strappato quello che avevano di più caro. Vicini e allo stesso tempo infinitamente lontani, separati da un abisso incolmabile.

«Volevo punirla, volevo che soffrisse come avevo sofferto io» ammise Borghi. «Ritenevo responsabile anche lei. Per questo l'ho fatto ritrovare a casa, in camera sua, con la siringa ancora nel braccio. Ma lei» proseguì amaro «è solo un padre che non ha capito, proprio come me.»

Aveva abbassato lo sguardo, riconoscendosi nell'uomo a cui aveva ucciso il figlio.

Luigi Moretti si alzò. Non c'era altro da dire.

Poi i due si separarono e si avviarono in direzioni opposte. Verso destini opposti. Ma con lo stesso fardello sulle spalle.

57

«Ciao, è da tanto che non ci sentiamo, ma siamo tornati.»

La voce di Aldo Giordana risuonava forte e chiara dalle casse del computer.

«Qui con me c'è Claudia, la conoscete tutti, è lei che mi ha convinto a non mollare, a continuare quello che Giulia aveva iniziato. Sì, la nostra Giulia, forte e tosta come sempre. Perché la vogliamo ricordare così. Lei è con noi e proprio per questo il primo tema che affronteremo riprendendo il nostro podcast è un argomento a cui teneva molto, qualcosa contro cui ha sempre lottato. Il bullismo.»

Un timbro femminile si sovrappose a quello del ragazzo. Claudia.

«Sì, amici, perché quello che è successo non deve più succedere. Non dobbiamo aver paura di denunciare i prepotenti, quelli che si fanno forti del nome che portano o del gruppo che hanno alle spalle e pensano di poter fare tutto quello che vogliono. Io sono stata la prima ad aver avuto paura, ad aver subito senza reagire. Perché mi sentivo sola. Quando anche Giulia non ce l'ha fatta ho pensato che era tutto inutile, che non serviva a niente ribellarsi. Ma non è così. Uniti possiamo vincere. Contro uno. Contro tutti. Nessuno si deve mai più sentire solo, perché insieme possiamo cambiare il mondo.»

Nic mise in pausa il computer e guardò Mia sorridendo.

«L'ho scoperto per caso e non ti nascondo che mi ha fatto piacere. Almeno tutto quello che è successo è servito a qualcosa.» Fece una pausa e aggiunse: «Quando hai tempo ascolta il podcast, i ragazzi hanno fatto un buon lavoro».

Mia annuì, con un sorriso tirato.

«Lo farò» rispose, poi prendendo il proiettore dalla libreria cambiò argomento: «Andiamo a preparare l'aula, Angela arriverà a momenti».

Nic la conosceva e non insisté. Se avesse avuto voglia di parlare lo avrebbe fatto con i suoi tempi, inutile forzarla. Il tradimento di Franco, del suo cavaliere senza macchia e senza paura, era stato un brutto colpo e Mia doveva ancora assorbirlo. Così la seguì nell'aula, dove gli studenti stavano entrando, e cominciò a sistemare i cavi.

Quando Angela arrivò, vide che Nic e Mia avevano predisposto tutto per la lezione, ma le bastò un'occhiata per capire che avevano la mente altrove. Dopo l'arresto di Bruno e il ferimento di Franco, si erano sentiti solo al telefono e per quelle che potevano definirsi comunicazioni di servizio. Sapevano che aveva visto il senatore, ma non cosa era successo dopo. La tensione era alta. Era evidente che si chiedevano che cosa sarebbe accaduto a Franco, se la Crime Academy avrebbe dovuto chiudere, se avrebbero continuato a lavorare con lei. Tanti interrogativi, tutti ugualmente importanti. Richiamò la loro attenzione con un cenno.

«Mia, Nic, andiamo un attimo da me.»

I ragazzi la seguirono in corridoio, mentre gli studenti continuavano a entrare nell'aula. Angela li precedette nella sua stanza e, quando furono entrati, chiuse la porta.

«Allora?» chiese Mia, mostrandosi per una volta più impaziente di Nic.

Angela si sedette sulla scrivania e sorrise.

«Prima di tutto grazie, senza di voi non ce l'avrei fatta. Siamo una gran bella squadra» dichiarò. «Fulvio sarebbe stato fiero di noi. Anche se quello che abbiamo scoperto ci ha fatto male, siamo riusciti ad andare oltre, ad affrontare una verità scomoda.» Su quest'ultima frase guardò Mia dritto negli occhi. Sapeva quanto ciò che era venuto alla luce fosse doloroso per lei. L'immagine di Franco che si era costruita era stata completamente smantellata e non sarebbe stato facile accettare una realtà molto diversa.

«E Franco?» Nic fece eco ai suoi pensieri.

Mia scattò: «Spero che paghi, ci ha traditi tutti». L'amarezza nel tono della voce sottolineava il dramma interiore che stava vivendo. Senza che se ne rendesse conto, il suo sguardo andò alla foto dove erano ritratti tutti insieme, sorridenti. «Uno stupratore...» mormorò con disgusto.

Angela intervenne: «No Mia, lui non ha partecipato allo stupro. La sua coscienza glielo ha impedito».

«Ma non ha fatto *niente* per fermare i suoi compagni di merende.» La voce era quasi un sussurro, ma il suo disprezzo risultava palpabile. Si avvicinò alla finestra e diede le spalle ad Angela e Nic, appoggiando la fronte sul vetro. «Come gli ignavi» disse con rancore.

Del tutto inaspettatamente, Nic prese le difese di Franco.

«Bisogna trovarsi nelle situazioni per giudicare» replicò. «Che ne sappiamo noi di cosa ha provato? Forse Moretti e quell'altro erano gli unici amici che aveva, gli unici che lo consideravano per quello che era e non perché era il figlio di Cosimo Silvestri. Non voleva perderli.»

«Ma non voleva nemmeno fare qualcosa che gli ripugnava» aggiunse Angela, avvicinandosi a Mia e posandole una mano sulla spalla. «E comunque ha cercato di rimediare a modo suo, aiutando chi ne aveva bisogno.»

Nic spezzettò un foglietto e cominciò a produrre i soliti rotolini disseminandoli sul piano della scrivania.

«Non eri tu a dire che era sempre disponibile?» chiese a Mia.

La ragazza si girò e lo guardò. Aveva gli occhi arrossati, anche se lottava per mantenere il controllo.

«Ma quello che ha fatto...» cominciò.

«No, quello che *non* ha fatto» la corresse Angela. «È qualcosa che si porterà sempre dentro. Era disposto a morire, riteneva che fosse il prezzo da pagare per il suo comportamento.»

Mia spostò lo sguardo su di lei.

«Tu lo hai già perdonato, vero?»

Angela scosse il capo.

«È lui che deve perdonarsi. E non credo che l'abbia fatto.»

«Ma non tornerà a lavorare con noi.» Era più un'affermazione che una domanda.

Angela non rispose subito. Si avvicinò alla scrivania e giocherellò con alcuni dei rotolini di Nic.

«Sinceramente non lo so» disse alla fine. «Ha commesso molti sbagli, anche se non spetta a noi giudicarlo. Ma so che ogni volta che lo guarderò non potrò non pensarci, non è facile dimenticare.»

Mia distolse lo sguardo tormentandosi il lobo dell'orecchio.

«No. Non è possibile.»

Rimasero tutti e tre in silenzio per qualche istante. Poi Angela andò alla porta e l'aprì.

«Forza, in aula. Il senatore ha promesso che ci aiuterà a ottenere i fondi europei, cerchiamo di guadagnarceli.»

58

Era una splendida giornata invernale, l'aria era così trasparente che lo smog sembrava solo un lontano ricordo, pensò Angela contemplando i tetti del ghetto e la cupola della sinagoga che risaltava imponente contro l'azzurro intenso del cielo. Incastonata in quello scenario unico, la sagoma massiccia di Vittorio sembrava riempire tutto il terrazzino. Angela non poté non notare la rigidità delle sue spalle e la tensione che rendeva il profilo della mascella ancora più accentuato. Il vicequestore stringeva le mani sulla ringhiera e fissava immobile davanti a sé, ma lei era certa che non stesse ammirando il panorama. Quello che era successo, la scoperta di ciò che Bruno aveva fatto e di cosa era diventato senza che lui se ne rendesse conto, aveva inferto una ferita profonda e dolorosa a quell'uomo dal carattere forte che considerava la lealtà un valore irrinunciabile. E Bruno aveva tradito non solo il suo amico e capo, ma anche il giuramento fatto quando aveva scelto di essere un poliziotto. Dalla tavola apparecchiata per quattro, su cui brillavano le candele accese per lo Shabbat, Angela prese due calici e li riempì con il vino color rubino rigorosamente kosher, andò fuori e porse uno dei bicchieri a Vittorio. Lui toccò quello di Angela, stirando le labbra in un sorriso.

«Alla risoluzione del caso grazie al tuo intuito, alla tua testardaggine e alle tue doti investigative» e bevve tutto d'un fiato il contenuto del calice.

Angela centellinò il suo e gli posò una mano sul braccio.

«Grazie, ma non ce n'è bisogno. So come ti senti.»

Vittorio non rispose e tornò a fissare senza vederli i tetti del ghetto.

«Non mi va di parlarne, Angela.»

Lei accentuò la pressione sul braccio di lui.

«Forse ti farebbe bene, non credi?»

Lui la guardò cupo.

«No.»

«Io invece penso di sì.»

Gli occhi di Angela sondarono quelli di lui comunicandogli vicinanza, comprensione, affetto.

«Sai che anch'io per te ci sono sempre.»

L'espressione di Vittorio si addolcì. Sollevò una mano e le sfiorò il viso, pronunciando le stesse parole che aveva detto lei poco tempo prima.

«Lo so.»

Quell'attimo sospeso fu interrotto dal suono improvviso del citofono.

«Vai ad aprire» le disse, come pentendosi di quel cedimento.

Angela questa volta non replicò e rientrò in casa.

Poco dopo Melina fece il suo ingresso, preceduta da Paolo che portava due voluminose buste.

«Arrivano i vivandieri» disse lui sorridendo.

Angela gli andò incontro, gli tolse le buste, le posò sul bancone e si voltò per abbracciare la nonna.

«Come sempre Paolo è stato un perfetto cavaliere» disse Melina. «Donna fortunata quella che riuscirà a mettergli il sale sulla coda» aggiunse mentre gli occhi le scintillavano maliziosi.

Paolo la gratificò di uno dei suoi migliori sorrisi, mentre Angela finse di non cogliere l'allusione: Melina aveva da sempre un debole per il minore dei fratelli Benassi e non smetteva di sperare che la loro amicizia si trasformasse in qualcos'altro. Ormai aveva rinunciato a spiegarle che questo non sarebbe mai successo, perché per lei Paolo era come un fratello. A differenza di Vittorio. Proprio in quel momento lui rientrò in casa.

«Ciao a tutti» disse laconico.

Paolo e Melina finsero di non accorgersi dell'alone di tensione che lo circondava come un'aura scura. Conoscevano la situazione, conoscevano Vittorio e sapevano che la cosa migliore era evitare di affrontare l'argomento.

«Ciao» disse Melina. «Perché non mi date una mano a sistemare quello che ho cucinato?»

Angela posò sulla tavola alcuni piatti da portata, mentre i due fratelli prendevano i contenitori dalle buste. Melina ci teneva molto alla celebrazione dello Shabbat, in particolare del pranzo del sabato e, poiché la legge ebraica vietava una serie di attività durante il giorno festivo, cucinava tutto in anticipo. Le pietanze, secondo la tradizione, venivano servite contemporaneamente. Angela faceva il possibile per condividere con la nonna quella giornata, perché la tavola apparecchiata con cura, i cibi preparati da Melina seguendo le antiche ricette ebraiche, la preghiera di ringraziamento recitata insieme le restituivano il calore della famiglia che la nonna e il nonno erano riusciti a ricreare, dopo che lei e Livio erano sfuggiti all'orrore che aveva segnato le loro vite di bambini.

Poco dopo sul desco erano stati disposti hummus di ceci, zuppa di pollo, polpette al limone, insalata di patate, ratatouille e *lekach*, la torta al miele che era una delle specialità di Melina, accompagnata da gustosi biscotti al doppio cioccolato. Non mancava la *challah*, la morbida treccia di pane di cui la nipote era golosa.

«È tutto pronto, possiamo sederci» disse Angela.

Melina lanciò un'occhiata furtiva all'orologio.

«Ti dispiace aggiungere due posti?»

Angela la guardò stupita. Non era certo la prima volta che avevano ospiti per lo Sḥabbat, ma in genere la nonna la avvisava prima. Come mai questa volta aveva aspettato l'ultimo momento?

«Chi deve arrivare?» chiese mentre prendeva l'occorrente per apparecchiare.

«È una sorpresa» rispose Melina. «Lo saprai tra poco.»

Come a sottolineare le sue parole, in quel momento si udì una violenta esplosione di musica provenire dagli altoparlanti di una macchina e dopo qualche minuto il citofono suonò con insistenza.

Angela andò ad aprire con una punta di inquietudine. I suoi sospetti furono confermati quando poco dopo Livio fece un'entrata teatrale tenendo sottobraccio una ragazza bionda e appariscente con un paio di occhiali da sole che le coprivano parte del viso.

«Ciao famiglia, ciao Benassi brothers» disse Livio col suo tono che era una via di mezzo tra lo sbruffone e l'arrogante. «Questa è Miranda, la mia fidanzata» aggiunse indicando la ragazza che si limitò a fare un piccolo sorriso.

Angela cercò di mascherare il disappunto, ma si rese conto che non doveva esserci riuscita, perché Melina disse in tono di scusa: «L'ho invitato io, mi sembrava una buona occasione per riunire la famiglia».

«Assolutamente sì!» dichiarò Livio. Puntò sulla nonna e l'abbracciò con una espansività che ad Angela parve eccessiva. Ma si rendeva conto di non essere obiettiva. Dopo la discussione che avevano avuto al telefono, in quel momento i suoi sentimenti per lui non erano dei più teneri. Però non aveva nessuna intenzione di rovinare la festa a Melina.

«Hai fatto bene» disse perciò, sforzandosi di sorridere.

Livio si girò verso di lei.

«Grazie Angie, sei sempre la mia sorella preferita.» Poi abbracciò anche lei e le sussurrò all'orecchio: «Pace fatta, okay? Riprenderemo il discorso un'altra volta».

Angela non rispose. Per lei si trattava di un discorso chiuso e non avrebbe perso occasione per farglielo capire.

Era arrivato il momento di mettersi a tavola. Melina, una volta che ognuno fu seduto al proprio posto, recitò le parole della benedizione del vino concludendo:

«Benedetto sia l'Eterno che ha dato riposo al Suo popolo d'Israele nel giorno del Santo Sabato».

Poi il suo sguardo si posò con insistenza su Miranda.

«Cara, ti dispiacerebbe toglierti gli occhiali da sole? Non mi piace non poter guardare una persona negli occhi.»

La ragazza voltò la testa verso Livio e tormentò nervosamente con le dita la tovaglia di lino.

«Veramente mi dà un po' fastidio la luce...» disse con voce incerta.

«Angela, puoi accostare un po' le persiane?» chiese Melina.

Angela si alzò e fece quello che la nonna le chiedeva, mentre l'inquietudine che aveva percepito prima dell'ingresso di Livio cresceva.

Melina guardò la ragazza e le sorrise. «Va bene adesso?»

Miranda sospirò e, lentamente, si sfilò gli occhiali dalle lenti scure.

Seguì un silenzio imbarazzato. Angela fissò sgomenta il livido bluastro che si allargava sotto l'occhio fino a raggiungere lo zigomo. Era un marchio che per lei non aveva bisogno di spiegazioni.

Il marchio della violenza.

Ringraziamenti

Una nuova avventura che inizia e tante persone da ringraziare per l'aiuto, il sostegno e l'incoraggiamento.

Per cominciare, un grazie speciale a Roberto Minutillo, che ha creduto nel nostro lavoro e ci ha presentato Rosaria Carpinelli, senza la quale oggi non saremmo qui. Grazie a voi per averci dato fiducia.

Grazie a Federica Manzon, che ci ha scelte e accolte in Guanda, in una collana di grandi nomi italiani e stranieri a cui siamo orgogliose di essere affiancate. Grazie a Laura Bosio, scrittrice qui nel ruolo di editor dalla capacità maieutica, che è riuscita a tirar fuori il meglio della nostra scrittura con uno sguardo attento alle sfumature e alla tridimensionalità dei personaggi. Grazie a tutta la redazione Guanda, a cui va la nostra sincera gratitudine per il grande lavoro svolto.

Grazie di cuore a Marcello Kalowski, scrittore intenso e raffinato, che ci ha restituito l'immagine di un Ghetto vivo e pulsante di memorie, e ad Angelo Sed, che ha lo stesso nome del nonno deportato e ucciso ad Auschwitz, il cui studio di avvocato a piazza Costaguti, con la porta sempre aperta per chi ha bisogno di lui, ha ispirato quello di Angela.

Un grande grazie agli esperti, che ci hanno fornito preziosi suggerimenti e chiarimenti su materie spesso ostiche: Rossana Cecchi, patologa forense e professoressa di Medicina legale all'Università di Parma; Maria Chiara David, tossicologa forense, consulente tecnico della procura della Repubblica di Roma; Armando Palmegiani, commissario della Polizia di Stato, professore di Criminologia clinica e psicopatologia forense; Luca Fogliano e Giorgio Telarico, esperti informatici; Paola Rocco, psicologa, e Paola de Sanctis Ricciardone, antropologa e appassionata di gialli.

E ancora grazie a Patrizia Fassio, sceneggiatrice, editor e autrice, e a Maria Teresa Casella, amica scrittrice, che anche questa volta ci hanno offerto consigli preziosi durante la stesura della nuova storia.

Grazie come sempre alle nostre famiglie, che contribuiscono a spronarci e a supportarci.

Infine un grazie particolare a voi lettori, vecchi e nuovi, che avete scelto di continuare a seguirci.

Questo libro è stampato col sole

GRAFICA VENETA

Azienda carbon-free

PEFC
PEFC/18-31-226
Certificato PEFC
Questo prodotto è realizzato con materia prima da foreste gestite in maniera sostenibile e da fonti controllate
www.pefc.it

Fotocomposizione:
Nuovo Gruppo Grafico s.n.c. – Milano

Finito di stampare
nel mese di maggio 2024
per conto della Ugo Guanda S.r.l.
da Grafica Veneta S.p.A.
di Trebaseleghe (PD)
Printed in Italy